# Hinter den Türen

**Fantastischer Roman**

von
**Henry Milk**

Herstellung und Verlag:
BoD - Books on Demand, Norderstedt
ISBN 978-3-7347-5263-6

# 1 (present)

„Ich mag das Fleisch blutig, Lady Theresa."
Ich lächele sie dabei an, denke an ihre roten Lippen und an die womöglich sehr weißen Titten, an deren Nippeln ich saugen würde, an alles, was kommen würde, aber innerlich bleib ich angespannt.
„Schließen sie sich an?"
„Naah, ich mag es eher medium."
„Ich werde Elfreda anweisen, die Steaks jetzt zu machen."

Ich gehe zu Elfreda in die Küche und gebe ihr meine Instruktionen. Nachdem Elfreda serviert hätte, würde sie Autumn Wood verlassen, um mich bei meinem Treiben nicht weiter zu stören.
Ich bin zurück im Wohnzimmer, dessen Einrichtung mir immer vorkommt, als stamme sie aus der ersten Hälfte des letzten Jahrhunderts. Am Anfang der zweiten Hälfte wurde ich geboren. Wen wundert dann, dass ich mich an der Einrichtung nicht störe.

„Elfreda geht, nachdem sie aufgetischt hat. Ich wünsche dann, dass sie sich ihrer Kleidung entledigen. Ich wünsche, dass sie halbnackt mit mir speisen. Sie tragen doch einen BH Theresa?"

„Lass dich überraschen Paul Haydn."

Sie lächelt mich an und macht einen Kussmund. Sie wird mindestens dreißig Jahre jünger sein, schätze ich. Anfang dreißig, keineswegs zu alt für ihre Profession. Ich störe mich nicht daran, dass sie mich duzt, schenke ihr vom süßen Portwein ein. Verflucht leckeres Zeug, aber ich bleibe meinen trockenen Roten treu. Ich habe eine Flasche Elias Mora für mich. Weitere könnten folgen. Vorhin, auf dem Bad, habe ich mir die blaue Pille gegönnt, die mir verspricht, dass dieser Abend ein Erfolg wird. Ich werde diese Nutte vögeln, bis sie quiekt. Ein blutiges Steak braucht weniger als fünf Minuten. Bald darf ich Lady Theresa in ihren Dessous betrachten.
Ein bis zwei Minuten länger braucht das Steak von Theresa. Ich kann es nicht abwarten, dass die Lady ihre Jeans ablegt, ihren Herbstpulli.
Draußen ist heute ein ungemütlicher Tag. Definitiv ist der Herbst ins Dartmoor eingezogen, über Yes Tor ziehen, dunkle, kühle Wolken. Zeit für eine Spezies, weder Tier noch Pflanze, aus der dunklen, feuchten Erde zu poppen.
Die Tür geht auf, Elfreda bringt das Essen, Rinderfilet mit Kartoffelgratin und einem grünen Salat. Ich mag dieses Grünzeugs eigentlich gar nicht, soll aber gesund sein, wenn man Nitrate gut verträgt. Ich nehme von meinem Toro – ich liebe Rotweine aus diesem spanischen Weinanbaugebiet – und bemerke, dass der Rote mich langsam in den Griff kriegt. Lady Theresa soll ihre Schenkeln spreizen, damit ich ihr rosarotes Fleisch sehen kann.

„Elfreda, sie können jetzt nach Hause fahren."
„Ich kann sie doch jetzt alleine lassen?"
Das sagt sie immer, wenn ich einen weiblichen Gast habe.
„Ja sie können unbesorgt nach Hause fahren."
Man stelle sich vor: Eine Siebzigjährige fährt noch Moped. Es sind etwa zwei oder drei Kilometer bis nach Okehampton.
„Bis Morgen Mr. Haydn!"
Sie spricht meinen Namen ziemlich richtig aus, wie Mr. Hyde und ein n danach und nicht wie hay, Heu.
„Bis Morgen, Mr. Hadyn"
Das sind oft die erlösenden Worte für diese Gelegenheiten. Ich kann nun meine volle Aufmerksamkeit Lady Theresa schenken. Das Essen steht heiß auf dem Tisch.
„Theresa jetzt ist es Zeit, sich der unnötigen Kleidungsstücke zu entledigen."
"Und du?"
„Ich esse immer angezogen, ich kann nicht anders. Ich kann es gar nicht erwarten, ihren reizvollen Po zu sehen."
„Ich sitze beim Essen."
Frechheit! Aber Theresa ist eine brave Nutte. Sie zieht ihre Pumps aus, von denen ich mir wünsche, dass sie beim Ficken getragen werden, streift geübt ihre knallenge Jeans runter und zeigt sich in einem unverschämt kleinen String und ich warte darauf, dass ich mehr von ihren Titten zu sehen bekomme. Ja, sie sind recht groß. Die Lady steht nun da in ihren Dessous, in der Farbe, die ich so mag, rot.

„Du darfst deine Schuhe wieder anziehen. Ich möchte dich mit angezogenen Schenkeln ficken. Aber lass uns jetzt essen und weiter trinken."
Sie toastet mir mit ihrem Portglas zu und ich toaste zurück mit meinem Toro. Das Essen schmeckt wie immer vorzüglich. Es ist Elfredas Geheimnis, wie viel Anteil an der Pfeffersauce Fertigsauce ist. Ich verschlinge das Fleisch, giere nach den weißen Titten, bin viel schneller als Theresa, weil ich als Nachspiel ihren nackten Arsch vor Augen haben will. Ich bemerke ihr Atmen, jede Bewegung ihrer Brust. Ich will sie ficken. Das Schätzchen isst langsam, aber ich kann sie ja betrachten. Er steht ganz klar. Will sie mich quälen, wenn sie so langsam isst? Das Fleisch ist rosa gefärbt im Inneren, so wie ihr Geschlecht. Komm, iss den letzten Happen.
„So Schätzchen, jetzt willst du mich bestimmt ficken?"
„Zieh deinen BH und dein Höschen aus! Erst die Titten!"
Sie hat die Brüste, die mich zum Träumen bringen, aber sie, sie dreht sich um, streckt mir ihren Hintern entgegen und streift den winzigen String runter. Was für ein delikater Arsch! Das Viagra tobt in meinem Schwanz. Ich muss mich der Klamotten entledigen, die mich daran hindern, zu ficken. Recht schnell gemacht. Ich nähere mich Theresa und beiße sie in den Hals.
Ich beiße sie immer in den Hals, ohne zu wissen was das bedeutet und hinterlasse meine Knutschflecken. Ich werde auch noch an ihren Brüsten saugen.

„Komm Alterchen, fick mich von hinten", sagt sie. Von wegen Alterchen, ich könnte dich in den Arsch ficken, was ich nie tue. Sie mag erstaunt sein über meine Standfestigkeit. Ich bin geil und werde das Nüttchen ficken, bis es schwitzt. Ich labe mich später an ihren großen Brüsten. Wie wunderbar!

Gefickt! Die Nutte fährt mit einem Taxi nach Hause oder vielleicht auch zu ihrem nächsten Einsatzort. Die Dämmerung draußen hat sich inzwischen in Dunkelheit gewandelt. Ich mag diese Zeit nicht, aber noch fühle ich mich gut. Ich sitze in einem der schweren Ledersessel, nippe an meinem Roten und lasse die letzten beiden Stunden Revue passieren. Die Agentur hat gute Arbeit geleistet, Theresa war schon eine Wucht, in keiner Weise unangenehm. Irgendwie roch sie auch gut. Obwohl ich nicht zu Wiederholungen neige, könnte ich mir vorstellen, sie nochmals zu bestellen. Ich fühle mich wieder wie ein Mann, das tut gut und durch diese Pillen von Pfizer konnte ich sie zweimal nehmen. Die Nutte hat mich wegen meiner Leistungen gelobt; sie wird sich aber ihren Teil gedacht haben. Ich finde in dieser Art Abenteuer nicht die volle Erfüllung, aber ich habe es in meinem Leben nicht gelernt, mich an eine Frau zu binden. Die Vereinigung mit Lady Theresa war nicht vollständig, mental wurde sie nicht vollzogen. Ich kann mir vorstellen, dass die teilweise Auflösung des Ichs in der Folge noch eine weitere Stärkung des Ichs hat. Ich kann nur spekulieren, denn es ist zu lange her, dass ich geliebt habe.

Wieder allein, bis morgen Nachmittag. Elfreda wird kommen, um nach dem Rechten zu sehen und um mich abends zu bekochen. Wenn diese Nächte nicht wären..., denn dann geht von Yes Tor eine Bedrohung aus. Die Kreaturen der Nacht wollen mich verschlingen. An sich mag ich das Yes Tor, der höchste Berg Südenglands. Schon oft war es Ziel ausgedehnter Spaziergänge, die meine Gedanken beflügeln können und von den Kreaturen, ob eingebildet oder nicht, gibt es keine Spur. Die einsame Heidelandschaft eignet sich schon gut für Horrorgeschichten, insbesondere wenn sich Nebel über die Landschaft legt und die Dämmerung zur Nacht beginnt. Irgendein Bann verhindert, dass ich Autumn Wood verlasse, irgendein Bann und die Geheimnisse, die sich mit Autumn Wood verbinden. Ich muss mich mit meinem Ängsten auseinandersetzen, zumal es gibt für mich immer die Möglichkeit der Flucht, wenn es auch eine merkwürdige, wunderliche Flucht ist.
Die Flucht ist Teil des Geheimnisses, dass ich leider nicht lüften konnte. Es gibt noch andere Geheimnisse um meine Person, eins davon ist, dass ich vermutlich einer der größten Dealer Englands für LSD bin, obgleich ich nur selten tätig werde. Es ist immer noch ein Erbe der Vergangenheit.
Im Keller von Autumn Wood gibt es eine Tiefkühltruhe mit etwa fünfzig Gramm Acid. Fünfzig Gramm hört sich nicht viel an. Was sind schon fünfzig Gramm Cannabis? Eine Menge, die als erhöhter Eigenbedarf angesehen werden kann. Ein

hartnäckiger Kiffer verbraucht diese Menge in wenigen Wochen. Fünfzig Gramm Acid sind etwas ganz anderes, es sind etwa dreihunderttausend Einzeldosen mit einem Endverkaufswert von vier bis zehn Millionen Euro. Das Zeug hat ein hohes Alter auf dem Buckel, 42 Jahre. Seine Entstehung ist eine andere Geschichte aus einer fernen Zeit, die ich vielleicht einmal erzähle. Der Strafbestand der Herstellung ist verjährt, meine gelegentlichen Deals natürlich nicht, ebenso wie es strafbar ist, solch eine Menge zu horten.

Dies ist das zweitgrößte Geheimnis von Autumn Wood und möglicherweise kommt man mir irgendwann auf die Schliche, weil Dealen immer mit Risiken verbunden ist, auch wenn man nur alle zwei Jahre tätig wird. Die Gesellschaft würde mich als Verbrecher ansehen, aber ich bin nicht sicher, ob ich wirklich einer bin. Jedenfalls handele ich nicht aus Habgier. Ich habe vor, in der nächsten Zeit einen weiteren Deal zu starten, auch natürlich, um die Haushaltskasse zu strecken, aber die Haupteinnahmequelle in meinem Leben war eine größere Erbschaft, von der ich heute noch zehre.

Was hat mich nur nach Autumn Wood verschlagen, um dieses Einsiedlerleben zu führen? Autumn Wood ist für eine einzelne Person viel zu groß. Tatsächlich ist mir die Anzahl meiner Zimmer und Kammern nicht bewusst, ich müsste schon im Geiste anfangen, zu zählen.

Zwei Kammern bergen das größte Geheimnis von Autumn Wood und meine Person. Ich bin mir nicht

sicher, ob es überhaupt irgendetwas mit meiner Person zu tun hat. Wenige Versuche deuten darauf hin. Vielleicht bin ich einfach nur geistesgestört. Mancher würde sagen: Bei all dem Zeug, das er in seinem Leben eingepfiffen hat, ist das kein Wunder. Für früher mag das gegolten haben, aber in den letzten Jahrzehnten hatte ich nur einen erhöhten Konsum an Rotwein und Port. Von meinem Schatz nehme ich im Jahr genau einmal, im Frühjahr, und seitdem ich im Dartmoor lebe, probiere ich im Herbst von den natürlichen „Schätzen", die rund ums Yes Tor zu dieser Zeit sprießen.
Hatte übrigens vor, Pater Copleston zu einer solchen Expedition ins Dartmoor zu bewegen. Wer weiß, vielleicht ist er zu ängstlich. Dennoch könnte ein Psychiater, ein Neurologe oder Psychologe der Meinung sein, dass ich unter starken Störungen leide. Es ist nun Fakt, dass ich unter Angststörungen leide, genauso, dass es Fakt ist, dass ich Amnesien habe. Das ist Teil und Schlüssel des Geheimnisses.
Vielen Menschen würde es bei dem Gedanken, alleine in Autumn Wood zu leben, mulmig werden, denn Autumn Wood liegt sehr abgelegen. Bis zum nächsten ständig bewohnten Haus sind es mindestens achthundert Meter. Zurzeit ist es ringsum von Autumn Wood stockfinster, da die Straßenbeleuchtung defekt ist. Die Stadtverwaltung von Okehampton sieht sich wohl außerstande, den Schaden zügig zu reparieren. Ich habe den Schaden schon vor mehreren Wochen gemeldet. Also Angst hätte so mancher alleine in Autumn Wood, zumal es

viele Horrormärchen ums Dartmoor gibt. „Der Hund von Baskerville" ist das Bekannteste. Aber bin ich geisteskrank, wenn ich an eine andere, versteckte Wirklichkeit glaube? Das tun viele. Esoterikzirkel hatten schon immer Konjunktur. Vielleicht gibt es ja wirklich Geister und Werwölfe im Dartmoor, obwohl ich das eigentlich bezweifle, zumindest tagsüber. Aber gefühlt glaube ich an einen Zusammenhang zwischen meinen Angstzuständen und diesen merkwürdigen Amnesien, die mich befallen.
 Ich glaube fest daran, dass meine Amnesien eine Ursache haben, die außer mir liegt, denn sonst müsste ich völlig an meinem Verstand zweifeln. Die Amnesie wird von den beiden Kammern oder was immer sich hinter den zwei Türen verbirgt, ausgelöst. Die blaue und die grüne Tür. Benutze ich eine, vergesse ich alles, was ich in der dahinter liegenden Kammer erfahre oder erlebt habe. Von der Zeit in der Kammer weiß ich nichts.

Manchmal mag ich es, mit den Nutten noch etwas zu plaudern, bevor es zum Beischlaf kommt. Meistens trinken sie meinen Port. Es ist reizvoll, sie in ihren Dessous in meinen Ledermöbeln sitzen zu sehen. In mir baut sich dann eine große Geilheit auf. Es ist überaus schwierig, mich dann zu disziplinieren. Ich schaue diese äußerst reizvollen Personen an und versuche mich in Small Talk. Es scheint so, als ob ich die Frauen noch verführen müsste, um mit ihnen zu kopulieren. Das Viagra garantiert mir den permanenten Ständer. Heute musste es bei mir schnell gehen, aber während des Essens fixierte ich meinen Blick auf die göttlichen Brüste, die Erlösung bringen können. Und was für eine Ungeduld in mir steckte. Lady Theresa ist vielleicht zurück nach Exeter, die Taxikosten machen einen nicht unerheblichen Teil dieses Vergnügens aus, welches ich mir mal häufiger, aber auch mal seltener gönne. Das letzte Mal lag zwei Monate zurück. Jetzt, da ich in der nächsten Zeit einen Deal abwickeln will, werde ich wahrscheinlich häufiger auf das Talent solcher Damen zurückgreifen.

Jeder Deal macht nervös, obgleich ich grundsätzlich etwas Sekundäres, fast etwas Nebensächliches in dieser Aufgabe sehe. Ich vermeide es, von meinem üblichen Tagesablauf abzuweichen. Ich mache meine Spaziergänge, schreibe meine Essays, spiele Schach mit Howard Jones und meine Gopartien mit Pater Copleston und fast zu guter Letzt lasse ich mir von Elfreda abends ein Essen servieren, mit oder ohne Damen. Der spätere Abend und die Nacht bleiben auch in den Tagen eines Deals ein Geheimnis. Über diese Zeiten weiß ich wenig, außer das sich in mir eine Angst aufbaut, vor dem Unbekannten da draußen, das sich aus meiner Angst heraus materialisiert, was da ist, um mich zu töten, zu verschlingen, zu absorbieren oder einfach nur zu ängstigen. Sehr selten wache ich am frühen Morgen in meinem Bett auf, sondern finde mich vor den Türen wieder, nachdem ich eine geschlossen habe, ohne jegliche Erinnerung. Manchmal fühle ich mich dann seltsam müde, mit einem durchaus angenehmen

Gefühl in den Adern, was sich dann im Laufe des Tages umkehren kann. Hin und wieder lege ich mich in diesen frühen Morgenstunden noch in mein Bett, dass mich offenkundig die ganze Nacht noch nicht gesehen hat. Ich bin dennoch nach diesen Nächten nicht übermäßig müde. Schlafe ich etwa in einer dieser Kammern? Ich kann nicht sagen, dass ich die grüne oder blaue Türe bevorzuge, im Grunde bringen sie das gleiche Resultat. Es gibt feine Unterschiede, die grüne Tür bietet nicht das wohlige Gefühl, dass sich manchmal einstellt, wenn ich die Kammer mit der blauen Tür verlassen habe. Die beiden Türen gehören zu meinem geregelten Tagesablauf, den ich mir durch so einen Deal unwesentlich stören lasse. Mit 64 hat man ein Recht auf einen geregelten Tagesablauf, was nicht heißen soll, dass ein idealer 64jähriger in meiner Vorstellung nicht spontan sein darf.

Die Nacht wird präsenter, dass was von ihr ausgeht, macht mir Angst. Ich versuche mich der Angst zu stellen, aber auch der Rote hilft nur wenig: Ihn im Übermaß genossen, kann zwar bedeuten, dass ich den Mächten, die im Dunkeln im Dartmoor auf mich lauern mögen, widerstehe. Sehr selten schleppe ich mich ins Bett, mit der Hoffnung, bis zum nächsten frühen Morgen durchzuschlafen, aber dann wache ich nach wenigen Stunden auf, voller Panik und flüchte mich zu einer der Türen in die absolute Vergessenheit. Aber vielleicht lauert gerade hier das Böse, zersetzt mich, bis ich nicht mehr bin, und spuckt mich am anderen Tag wieder aus, bis abends

das böse Spiel wieder beginnt.
Dies war nicht immer so. Ich hatte eine halbwegs normale Kindheit in Deutschland, wuchs in Fulda auf, recht katholisch geprägt, hatte wie so mancher in diesen Tagen eine rebellische Jugend und gewissermaßen war ich schon sehr radikal, aber ich schloss mich nicht der Baader-Meinhof-Bande an, sondern synthetisierte mit meinem früheren Freund Meinhard Holz 200 Gramm LSD. Keine Ahnung, wo Meinhard steckt. Er ging damals mit einem Teil der Ausbeute nach Südamerika. Ich habe nichts mehr von ihm gehört. Vermutlich ist er tot oder aber, er ist 64 wie ich und lässt es sich in Buenos Aires oder im Süden von Brasilien gut gehen.
Ich verstehe nicht, dass er sich seit damals nicht gemeldet hat. Wir hatten keinen Streit. Es war ein aufregendes Leben, das ich dann führte, eine nicht unerhebliche Menge Drogen im Gepäck, aber die Angstzustände von heute kannte ich nicht. Meine Vorfahren müssen ursprünglich aus Siebenbürgen kommen – obgleich die Siebenbürgen natürlich ursprünglich aus Deutschland stammen – aber ich hatte keinen Trieb in das heutige Rumänien zurückzukehren, stattdessen zog es mich schon immer in das Vereinigte Königreich.

Zu Anfang hätte ich fast einem schottischen Loch den Vorzug gegeben. Wer weiß, welche Geister und Dämonen dort auf mich gewartet hätten? Das Klima hier im Süden ist etwas milder und in den Hochsommermonaten, wenn manchmal die 30 Grad

Celsius erreicht werden, fahre ich ans nahe Meer, um in ihm zu baden. Etwas zog mich ins Vereinigte Königreich und irgendwann war ich angekommen, zuerst in London und schließlich in Okehampton, Devon. Unvergessen sind die Tage in Eastbourne, die Tage auf den Seven Sisters, meine Liebe.
Mit 54 erwarb ich Autumn Woods, und seitdem ich 54 bin, muss ich mich mit einer mir bisher unbekannten Seite von mir auseinandersetzen. Ich will mich dem nicht entziehen. Meine Eltern starben, als ich 52 war. Ich habe sie immer zu Ostern besucht, mehr Beziehung ging nicht. Sie haben nie gewusst, was für ein Kind sie in die Welt gesetzt haben. Seitdem ich in Autumn Woods bin, lebe ich mit der Angst und mit der Möglichkeit, ihr aus dem Weg zu gehen, auch wenn ich nicht genau einschätzen kann, wie hoch der Preis ist, den ich dafür zu zahlen habe. Ich höre Geräusche. Etwas fordert von mir Tribut. Morgen möchte ich einen nicht unwichtigen Essay schreiben. Er wird schwierig werden, aber jetzt spüre ich Angst, irgendetwas da draußen macht mir Angst. Ich werde die blaue Türe aufsuchen.


Essay:   Fleisch (Skizze)

Um es vorneweg zu sagen, ich esse gerne Fleisch, insbesondere das „böse" rote Fleisch. In der Debatte um den Welthunger und den Klimawandel kommt

immer wieder die Forderung auf, weitgehend oder ganz auf Fleisch zu verzichten. Eine Allianz von Gesundheitsaposteln, radikalen Tierschützern, Weltverbesserer und Klimaforschern hat einen weltweiten publizistischen Angriff gegen unsere Angewohnheiten gestartet, dem man scheinbar mit rationalen Argumenten nichts entgegen halten kann. Die Fleischlobby ist verdächtig still geworden, die Schädlichkeit von Fleisch ist in aller Munde. Etwas erinnert mich die Debatte an die Diskussion und Einführung der Rauchverbote in den Neunziger Jahren des letzten Jahrhunderts. Raucher wurden immer mehr geächtet, das Rauchen in der Öffentlichkeit wurde stark reglementiert, alles, um das potenzielle passive Mitrauchen einzuschränken, dessen Gefährlichkeit auf schwachen statistischen Füssen steht. Heute (und natürlich auch früher) sind es die Armen der Welt, denen es heute, aber insbesondere in einer fernen Zukunft schlechter gehen wird. Das ist eine scheinheilige Debatte. Niemand schert sich um den neureichen Veganer, der zweimal im Jahr Fernreisen nach Südostasien unternimmt, um in einem Restaurant in Bali die neuesten Tofukompositionen zu essen. War ich in meinem Leben für die überhöhten Verteidigungshaushalte? Ein Fünftel davon hätte schon gereicht, die Armut zu bannen, zu zeigen, dass die Menschheit solidarisch handeln kann. Mehr für den Frieden hätte man nicht tun können.
Niemand sollte jetzt den Eindruck bekommen, dass ich Dinge gegeneinander ausspielen will. Ich will nur

diese Scheinheiligkeit zeigen, die sich in dieser Debatte inszeniert. Armutsbekämpfung und Klimaschutz sind auch nur scheinbar Verbündete. Zurzeit ist immer noch der beste Klimaschutz der ungleiche Reichtum auf dieser Welt. Gewiss, das ist zynisch, aber es entspricht der traurigen Wahrheit. Ein Extrembeispiel soll das verdeutlichen: Was wäre, wenn ein Milliardär, sein Jahreseinkommen - es sei hypothetisch eine Milliarde Euro - an hunderttausend Arme verteilen würde. Die hätten dann ein zusätzliches Einkommen von zehntausend Euro im Jahr. Geld für unglaublich viele Konsumgüter und sehr viel Fleisch, sehr viel mehr Fleisch, als ein Millardär essen kann. Fleisch war in der Menschheitsgeschichte schon immer ein Symbol für Reichtum und die guten Tage, wie es auch die Absicherung vor sehr schlechten Tagen war. Vitamin B12 ist essentiell für Menschen und das war es mit Sicherheit schon, bevor Vieh gehalten wurde, um Milch und Käse zu erzeugen. Die Spezies der Menschheit gehört zu den Allesfressern. Dies ist unser biologisches Erbe und es mag Menschen geben, die sich dem Roastbeef mehr hingezogen fühlen als zu einer Erbsensuppe. Die Haltung von Vieh gehört zu einer der größten Kulturleistungen der Menschheit. Das Töten von Tieren ist durch die jeweiligen Religionen abgesegnet, nur einzelnen Arten bieten sie Schutz. Es hat sich eine gigantische Kultur um das Fleisch gebildet, die sich in unzähligen Kochrezepten ausdrückt, in Tausenden von Wurstsorten. Ja, Wurst ist Kultur! Ich liebe es

Britisch zu frühstücken, mit Eiern und Speck, mag auch Wurstplatten aller Art.
Ich muss zugeben, dass ich kein Freund der Massentierhaltung bin, kein Freund riesiger Schlachthöfe, aber das ist der Preis, der bezahlt werden muss, um dieses Symbol des Reichtums finanzierbar für alle zu machen. Dies ist nicht Teil der Tradition und Kultur ums Fleisch, es ist vor allem Ausdruck des Zwanzigsten Jahrhunderts und der industriellen Revolution mit ihren Schattenseiten. Wir verdrängen dies gerne. Zugegeben, es gibt eine Sucht nach diesem Symbol, sodass viele auf ihr tägliches Fleisch nicht verzichten wollen. „Unser täglich Brot gibt uns heute", heißt es in einem traditionellen Gebet. „Unser täglich Fleisch gib uns heute", klingt da nach Blasphemie. Ich identifiziere mich mit „unseren" kulturellen Werten und mit der Freiheit. Ich bin durchaus dafür, dass meine Freiheit mich etwas kostet. Freiheit ist leider nicht immer Freiheit des anderen. Ich bin für die Freiheit, so viele Zigaretten zu rauchen, wie ich will, ich bin für die Freiheit, so viel Fleisch zu essen, wie ich will.
Fünf Kalorien oder fünfzehn Kalorien Input, um eine Kalorie in Form von Fleisch zu erhalten, erscheint bei den Hungersnöten, die die Menschheit plagen, einem perversen ökonomischen Gesetz zu gehorchen, aber es macht auch manchmal Sinn, zum Beispiel, wenn Tiere als Resteverwerter dienen. Man denke an die Kartoffelschalen für die Schweine, an unbrauchbares Pflanzenmaterial, das hier und da anfällt, und als Mastfutter ausgesprochen Sinn macht.

Ob das für den Sonntagtagbraten oder ein Frühstücksei reicht? Es gibt Steppen, die sich kaum für Pflanzenanbau eignen. Solche Flächen findet man zum Beispiel in Australien und in Argentinien. Ich liebe argentinisches Roastbeef und ich mag es englisch.

Das Rind ist der größte Übeltäter. Das verdankt es seiner Biologie. Würden wir kurz vor einer neuen Eiszeit stehen, könnte man die Rindviecher als wahre Retter preisen. Dem ist nicht so, wir haben es mit Klimaerwärmung zu tun, die letztendlich zu unangenehmen Migrationen führen wird. Kriege gehören dazu. Rinder gasen Methan aus und das ist nicht gut in Zeiten globaler Klimaerwärmung. Man rechnet bei einer Tonne Rindfleisch mit ca. 14 Tonnen Klimagase in $CO_2$-Einheiten. Manche gehen sogar von mehr aus. Um ihnen eine Relation von 14 Tonnen zu geben: 14 Tonnen pro Jahr ist die Menge, die auf einen westeuropäischen Bürger fällt, bei Berechnung aller Produktions- und Energiekosten. Eine Tonne Fleisch hört sich viel an, ist aber nur ein größeres Steak pro Tag. Gutes Roastbeef oder Filet kosten das zehnfache wie gewöhnliches Rindfleisch. Konsumiere ich davon eine Tonne, habe ich einen Anteil von 140 Tonnen $CO_2$, den ich zu verantworten habe. Da gibt's kein Diskutieren, da es unweigerlich aus den Gesetzen von Angebot und Nachfrage folgt. Dies ist zugegeben ein Dilemma. Die Ökonomie und Ökologie von Lammkotelett und feinen Käsen rechnet sich ähnlich.

Ich mag blutiges Rinderfilet in pikanter Pfeffersauce.

Ich mache mir kaum Gedanken über die Krebsgefahren, die davon ausgehen sollen, aber eine eigene Recherche hat ergeben, dass die Darmkrebsraten in Kuba kaum anders sind als in den USA, aber ich wette darauf, dass in den USA ein vielfaches an rotem Fleisch verzehrt wird. Ich lasse mir von den moralischen Besserwissern mein Steak nicht verbieten. Ich bin kein Freund gesellschaftlicher Verbote, Restriktionen wie die „ein Kind-Politik" und anderes. Seit meiner Jugend träume ich von einer freien und gerechten Welt. Das muss kein Widerspruch sein. Ich will das Recht auf mein blutiges Filet behalten, setze mich aber vehement dafür ein, dass dieses Fleisch zusätzlich besteuert wird. Ich fordere eine gerechte $CO_2$-Steuer für alles und jedes, in der Hoffnung, dass dieses Geld Innovationen fördert, die das Leben auf diesem Planeten erträglicher machen.

2 (future)

„Hallo Paul Haydn. Willkommen in der Obersten Zeith." Allenthalben Gelächter um mich herum. Das ist immer so, wenn ich aus der grünen Tür komme, mein kleines Appartment verlasse und die Oberste Zeith betrete. Was hinter der Tür liegt, weiß ich nicht, ebenso wenig, was hinter mir liegt. Ich bin der Mann ohne Gedächtnis und auch irgendwie ein Fremder in der Obersten Zeith. Die Sonne steht hoch über dem Genfer See, gleißendes Licht, meine Augen müssen sich anpassen. Mir scheint es so, dass ich Tage nicht

mehr hier war. Aber wo war ich? Auch meine außerirdischen Bekannten wollen mir da nicht weiterhelfen. Es ist Teil des Spiels, sagen sie. Eine hübsche junge Prostituierte mit nackten Brüsten schmiegt sich an mich. Ich habe keine Lust auf ihr Spiel. Meine Libido scheint irgendwie geschwächt zu sein. Ich bin nicht mehr ganz jung, das weiß ich, auch wenn ich mein wahres Alter nicht kenne.
„Paul Haydn, warum bist du so bockig?"
Es ist Elvira, die heute Lustmädchen spielt. Sie knabbert an meinem Ohrläppchen und flüstert mir ins Ohr, dass sie an meinem Schwanz saugen möchte. Elvira ist keine Außerirdische, aber sicher kann ich mir nicht sein. Spielverderber sagt sie, als ich ihr sage, dass ich im Moment keine Lust auf diese Spielchen habe.
Hier muss das Paradies sein. Das Ufer des Sees ist mit Palmen gesäumt, die Temperaturen sind angenehm warm. Ich kenne Jahr und Monat dieses Orts. Es ist 2138 und es muss Mitte Mai sein. Ich weiß einiges über den Ort, der an der Peripherie von Genf liegt. Hier betreiben Außerirdische und menschliche Physiker Cern II. Es ist ein interessanter Ort für eine Wissenschaft, von der ich überhaupt nichts verstehe. Auch wenn dieser Ort eine Geschichte hat, ich habe praktisch keine. Das, was ich meine Geschichte nennen darf, begann vor etwa zehn Jahren. Ich weiß nicht, wann ich geboren wurde, ich weiß nichts von meiner Kindheit, meiner Jugend und über meine mittleren Jahre. Möglicherweise bin ich ein Kunstobjekt, ein

simuliertes Wesen, an dem man seinen Spaß hat. Warum lacht man über mich? Hier ist mein Eintritt in virtuelle Realitäten, die man qualitativ von der Realität nicht unterscheiden kann. Man trifft auf Figuren, hinter denen wahre Menschen und wahre Außerirdische stecken, aber auch auf programmierte Kunstwesen, die man von den anderen nicht wirklich unterscheiden kann. Überall wird gevögelt, ohne Ende, so als ob dies Sinn spendend wäre. Es macht Spaß, keine Frage. Wenn ich die grüne Tür geschlossen habe, bin ich in der Obersten Zeith, der einzigen Realität, die mir bleibt. Dieses Ufer am See ist mein Zuhause, meine Wirklichkeit. Ich beurteile das mit einem Wissen, das aus dem Zwanzigsten Jahrhundert zu stammen scheint. Das ist recht merkwürdig. Denke ich an Computer oder Autos, so denke ich an Dinge von früher, Dinge, die natürlich weiterentwickelt wurden. Es scheint so, als lebe ich in einer merkwürdigen Zukunft mit einem Wissen über eine Vergangenheit, die mehr als hundert Jahre zurückliegt. Ich bin sicher, man treibt seine Spielchen mit mir. Vielleicht bin ich ein Entführter aus einer vergangenen Zeit, aber auch dort fehlt mir das Wissen über mich. Hier gibt man keine Auskunft, sondern lacht. Es gibt Geheimnisse. Ich weiß nicht, ob die bei Cern II mit Zeitreisen experimentieren. Der Name dieses Platzes ist merkwürdig: Oberste Zeith, aber ich habe mich vergewissert, dass dies schon seit Jahrhunderten ein Ortsteil von Genf war. In den verfügbaren Quellen kann man die Geschichte bis zum 17. Jahrhundert zurückverfolgen.

Möglicherweise rauben Zeitreisen das Gedächtnis. Dann spielt man ein perfides Spiel mit mir und das seit vielleicht 10 Jahren. Die Oberste Zeith mag aber auch ein virtueller Ort sein, der das Gedächtnis auslöscht, wenn man ihn betritt, zumindest partikulär, da ich mich immer erinnern kann, was hier gespielt wurde. Ich kann nur sagen: „Ich denke, also bin ich", aber möglicherweise bin ich ein Konstrukt und das Stückchen eigener Geschichte, das ich kenne, ist eine Legende, die ich niemals erlebt habe und von der ich mir das nur einbilde.

Mag nun die Oberste Zeith ein virtueller und simulierter Ort sein, so ist er Ausgangspunkt für viele virtuelle Räume, die ich öfters aufsuche. Einer ist so wirklich wie der andere könnte man meinen. Man könnte es so ausdrücken: Die Physik und die Biologie sind sehr wirklich, auch wenn man sich manchmal auf fremden Planeten wähnt.

Ich habe ein Faible für Vampirrollen. Ich tauche dann in eine entfernte Vergangenheit ein oder in eine undefinierte Gegenwart.
Ich habe vor, mich vom Center zu entfernen, um am Ufer des Sees zu spazieren. Ich habe nie probiert über den See zu gehen, ich bin nicht Jesus. Es ist in der Umgebung von Genf in den letzten hundert Jahren beträchtlich wärmer geworden, statistisch sind es vier Grad mehr, die den See zu einem mediterranen Gewässer machen, wobei ich mediterran wie im Zwanzigsten Jahrhundert

gebrauche. Tatsächlich wird das südliche Mittelmeer von Wüstenküsten begrenzt. Genf, die Oberste Zeith muss Wirklichkeit sein. Hier spielen Außerirdische Golf und Tennis, aber sie versuchen sich auch an den traditionellen Strategiespielen der Menschheit, wie Go und Schach. Ich spiele beide Spiele recht gerne, weiß aber nicht, wie und wann ich diese Spiele gelernt habe. Ich bewege mich weg vom Center, lasse das Gelächter hinter mir. Ein bisschen Ruhe, ein bisschen Besinnung. Ich werde mich dennoch auf ein Spielchen in einem der virtuellen Räume einlassen, auch auf ein Spielchen der Möchtegernkurtisanen, mit denen du ficken kannst ohne Ende. Es sind Rollen, die sie spielen, so als ob sie sich in einem virtuellen Raum befinden. Möglicherweise sind es Physikerinnen von    Cern II, die ich ficke und die sich in ihrer Freizeit mit diesem Rollenwechsel einen Spaß erlauben. Eine wirkliche Liebesgeschichte habe ich hier noch nie erlebt.


Teile der Welt sind zu einer Art Schlaraffenland geworden oder verkommen. Zeitweise muss die Menschheit unter einer Art Kulturschock gestanden haben, aber Menschen lernen schnell. Seit mehr als fünfzig Jahren treiben sich Außerirdische auf der Erde rum. Man hat sie angenommen wie die digitale Revolution oder das Wunderwerk der Genforschung, dass die Erde überzieht. Die kleinen Nanohelfer sind überall. Für so eine Welt sehe ich verdammt alt aus, aber ich habe mir versichern lassen, dass es noch jede

Menge alte Menschen auf diesem Planeten gibt.
Kriege sind ausgestorben, nicht so die Kriminalität.
Ich muss mich darauf verlassen, was man mir erzählt,
verlassen darauf, was ich mir ansehen kann.
Etwas macht es mir unmöglich, die Welt zu
entdecken, zu bereisen, denn ich muss immer wieder
zurück, durch die grüne Tür. Ich kann die Oberste
Zeit nicht verlassen, nur in die eine Richtung, die in
eine Art Niemandsland führt, von dem ich nichts
weiß. Nur soviel, dass ich den größten Teil meines
Lebens dort verbringe, ohne zu wissen, was ich dort
treibe, ohne zu wissen, ob ich dort lebe, ob ich dort
bewusst bin. Meine „Freunde" hier wissen
vermutlich alles über mich. Vielleicht bin ich für sie
ein nettes Spielzeug, wenn es ihnen zu langweilig ist,
neue Universen zu starten. Tatsächlich weiß ich
nicht, was man in Cern II vermag, kenne mich mit
den versteckten Dimensionen und ihrer Anzahl nicht
aus, denn ich scheine geistig ein Kind des
Zwanzigsten Jahrhunderts zu sein. Bin ich Opfer von
Zeitkidnappern, die mich immer wieder
zurückschicken, aber immer auch wieder herholen,
um ihren Spaß an mir zu haben? Es macht keinen
Sinn. Man sagt, es gibt mehr als zehn Milliarden
Menschen und einige Million Außerirdische
unterschiedlicher Spezies. Nicht weit von hier ist ein
Flughafen. Man sieht im regelmäßigen Takt die
Raumfähren aufsteigen und landen und das alles
geräuschlos. Abgesehen von einem fortwährenden
Gelächter ist die Oberste Zeit ein ruhiger Ort, jetzt
ein vom Sonnenlicht verwöhntes Paradies. Hier, in

der unmittelbaren Nähe von Cern II liegt der Anteil der Außerirdischen bei mindestens fünfzig Prozent. Ich schätze, dass die Bevölkerungszahl der Obersten Zeith hundert nicht überschreitet; ich könnte mal nachfragen. Was die Welt angeht, gibt man sich recht gesprächig, auch wenn es für mich bei Geheimnissen bleibt. Beim größten Geheimnis und ich muss zugeben, dass ich ein sehr egozentrisches Weltbild habe, das Geheimnis um meine Existenz, schweigt man sich aus oder lacht. Mit den Mitteln der Logik kann ich keine Antworten finden. Ich habe es längst aufgegeben, Antworten zu finden. Versuche, Informationen zu schmuggeln, sind offensichtlich gescheitert. Ich habe Verschiedenes ausprobiert. Das Einfachste war der Zettel in der Tasche, mit einer kurzen Beschreibung, wer ich bin und ein paar Fragen, die ich beantworten soll, würde ich den Zettel im „Reich der Dunkelheit" vorfinden. Diese Zettel blieben unbeantwortet.

Es ist schön in der Obersten Zeith. Der See, die fast tropische, teilweise exotische Vegetation und ein Blick auf die nahen Alpen tragen dazu bei. Die Frühlingsmonate sind besonders schön. Ich gehe hier wie alle anderen auch irgendwelchen dekadenten Spielchen nach. Es gibt mehrere Simulatrons, die vielfältige Angebote bieten. Ich stehe nicht so sehr auf Action, Ego Shooter Spiele, auch das gibt es in der friedlichen Obersten Zeith. Beliebt sind auch die Spiele, in denen die Menschen gegen die Außerirdischen kämpfen, wobei man darauf achtet, dass die Akteure wie echte Außerirdische und die

Menschen wie echte Menschen aussehen, wobei wie gesagt nicht alle teilnehmenden Avatare einen real existierenden Piloten haben. Es gibt die Programme, von denen man meinen könnte, dass sie einem den Verstand rauben. Auf all das steh ich nicht so sehr. Ich vögel lieber und such meinen Harem auf. Es ist durchaus entspannend, von zehn Schönheiten verwöhnt zu werden, und hinter einigen stehen wirkliche Frauen, die gerne Haremsdamen spielen, während sie anderweitig in der Weltraumbehörde oder in Cern II tätig sind. Ich besuche selten das virtuelle Reisebüro, buche eine Städtereise, manchmal auch einen fremden Planeten, aber das macht gar nicht so viel Sinn, weil kaum Zeit bleibt, den eigenen Planeten kennenzulernen. Ich verlasse mich darauf, dass die Simulationen originalgetreu sind. Eine dunkle Seite von mir wird bei den Spielen auch offenbart. Ich spiele gerne den Vampir und schlage meine verlängerten Eckzähne in weiße Jungfrauenhälse, deren Trägerinnen wohl meist völlig gerechnet sind, es sei denn, einer der jungen Damen der Obersten Zeith hätte einen Lustgewinn daran, Vampiropfer zu spielen. Es ist nicht ausgeschlossen und vielleicht outet sich irgendwann die betreffende Dame, mir scheint aber, dass irgendein Spielentwickler passend und exklusiv für mich das Spiel entwickelt hat. Ich habe mein blutiges Vergnügen. Kurz bevor ich zum Biss komme, schwillt ein bestimmtes Körperteil bei mir an. Der Biss in einen weißen Jungfrauenhals ist für mich größtes sexuelles Vergnügen. Später sauge ich noch an den Brüsten meiner neuen Gefolgsfrau. Dieses Spiel ist sehr realistisch, denn meist werde ich gejagt und gepfählt. Es ist gegen die Spielerehre, nach vollzogenem Biss die Simulation zu verlassen, um es in der realen Obersten Zeith weiterzutreiben. Sex im Simulatron wirkt irgendwie intimer als die Orgien, die an den verschiedensten Plätzen der Obersten Zeith stattfinden. Die Oberste Zeith steht für Wiederholungen, während Cern II den exponentiellen, inflationären Fortschritt symbolisiert. Rund um Genf gibt es natürlich auch Nano – und Gen-Labs. Bei all diesem Fortschritt ist die sexuelle Wiederholung wohl Ausgleich.

Ich habe hier im Center der Obersten Zeith ein Appartment. Seine Wände bestehen aus einer mir unbekannten Plastik, deren Namen ich natürlich kenne, aber von deren Chemie ich gar nichts verstehe. Dort befindet sich die grüne Tür, die für mich immer letzter Ausweg ist. Die Tür scheint für mich reserviert zu sein. Niemand außer mir hat das, was hinter ihr liegt, je betreten, so nehme ich an, so sagt man es mir und es ist Schlussfolgerung meiner eigenen Beobachtung. Es gibt so gut wie keine Kinder in der Obersten Zeith und ich bin eindeutig hier der Gesichtsälteste. Die Elite der Menschheit und mit ihnen die Außerirdischen springen wohl in einen Jungbrunnen. Man sucht in der Obersten Zeith vergeblich einen Friedhof. Gestorben wird woanders. Was will ich in der Obersten Zeith? Letzlich wohl auch meinen Spaß. Der See, im Lichte der Frühlingssonne bietet Ruhe, ziemlich das Gegenteil von dem, was die meisten Simulationen bieten. Diese Partygesellschaft braucht ihre Kicks, die ihnen offensichtlich die Lage nicht bieten kann. Ich will mich da nicht ausschließen. Die Oberste Zeith bedient meine dunkle Seele. Wer steht nicht auf Jungfrauen? Ich auf eine besondere Weise, aber ich beiße gern alles, was jung und attraktiv ist, dabei ist jung relativ, die Opfer sollten nicht wesentlich jünger als vierzig Jahre wie ich selbst sein; ich verbeiße mich nicht an Kindern. Perfide finde ich, wenn Erwachsene in Kinderavatare schlüpfen. Meine Opfer müssen schwere Brüste haben, was ja ein gewisses Alter voraussetzt und auf frühreif stehe ich gar nicht. Ich muss mich immer erklären, dass ich einen Spaß mit Erwachsenen suche, die gerne eine Opferrolle spielen, sich auch gerne etwas jünger machen. Was gibt es Schöneres als eine Jungfrau, zwanzig Jahre jung? Rothaarige Frauen mit langem Haar, milchweißer Haut und Brüsten, die prall einen locken, gefallen mir am meisten. Das Simulatron schafft mir perfekte Frauen, was an sich in der Obersten Zeith nichts Besonderes ist, denn man gibt sich hier sehr perfekt. Abscheulichkeiten wie ausufernde Kunsttitten mit Steinzeit-Silikonimplantaten sieht man hier selten, außer es ist ein Scherz, der zu irgendeinem Rollenspiel gehört. Ich vögele hier ausgiebig, es wird nicht nur gebissen, aber ich habe keine oder nur flüchtige Beziehungen. Was und wo ich sonst auch immer etwas treibe, ich weiß es nicht. Vielleicht bin ich wirklich ein Vampir, der sich die längste Zeit seiner Untotenexistenz in einer Gruft erholen muss, ein traumloser Zustand, zumindest bleibt nichts im Gedächtnis haften. Wenn ich am See entlang spazieren gehe, fern vom Gelächter, erzähle ich mir oft meine Geschichte, die ich nur zu einem kleinen Teil kenne, aber meine ganze Existenz auszumachen scheint. Wer bin ich denn? Ich muss es mir immer wieder erzählen. Was für ein untypischer Vampir ich doch bin. Ich werde nicht unruhig, weil mir Blut fehlt, ich werde unruhig, wenn ich in meine Gruft zurückmuss, hinter der grünen Tür. Finde ich dort Ruhe? Dies ist das Vampirmodell meiner Existenz, denn vermutlich bin ich nur ein Spieler der dekadenten Obersten Zeith, der gerne ausgelacht wird, weil man gerne in mir einen Trottel sieht. Streitet jeder ab. Gewissermaßen bin ich wohl rückständiger als die anderen, die Kinder ihrer Zeit zu sein scheinen oder Touristen einer noch ferneren Zukunft. Ich verstehe nichts von dem, was in Cern II passieren mag, von Prinzipien, die das Innerste zusammenhalten. Paul Haydn steht ratlos vor dem Pauli-Prinzip, nachdem sich zwei gleiche Teilchen aus dem Weg gehen, aber ich frage mich dann: Woher wissen die Teilchen voneinander, dass sie gleich sind? Meine Frage danach produziert Gelächter. Ich habe es aufgegeben, die Welt zu verstehen und mein Interesse an diesem Pauli-Prinzip ist wohl auf die Namensähnlichkeit zurückzuführen. War zufällig mal darauf gestoßen, vielleicht habe ich es auch bei einer der Partys und Orgien aufgeschnappt. Ich bin mir bewusst, wenn ich meine Opfer ficke, dass eins der Mäuschen in CernII

arbeiten kann und ihr Blut hergeben muss, um mit
klarem Kopf ihre Arbeit im Center zu leisten. Keine
Männer, keine Außerirdische, ich bestehe darauf,
dass meine Opfer wirkliche Frauen sind –
Programme sind auch ok. Unter den Vampirjägern,
die mich meistens zur Strecke bringen, mag der
ganze Kosmos vertreten sein, stört mich nicht. Ein
Van Helsing von Alpha Centauri sei mir recht.
Touristen aus anderen Zeiten und anderen Räumen
ist eh dasselbe, denn in der Weite des Kosmos
verlieren sich die Unterschiede.

Es nähert sich der Nachmittag. Ich will noch
meinen Spaß haben, bevor ich mich auf meine
unbekannte Reise mache. Rothaarig und vollbusig
soll sie sein.

Ich möchte umkehren, zurück zum Center. Auch
eine leichte Erregung baut sich auf, ein Zeichen, dass
mein Ende in der Obersten Zeith andeutet. Ich muss
mich geschickt anstellen. Mir muss es gelingen, an
den Titten des Fräuleins zu lecken. Ich muss das
Fräulein verführen, ihre Rokokokleider abzulegen.
Es beginnt mit einem gehauchten Kuss auf die Hand,
deren weißen Handschuh mit höchster Erregung ich
an mich genommen habe. Meine Zunge lauert
erwartungsvoll, um dem Fräulein einen Kuss zu
geben, der sie bereitwillig macht, sich in ihrem
Mieder zu zeigen. Ich erahne ihre Oberschenkel, die
sich um mich klammern könnten, um meinen weißen
Saft auszupressen, eine kleine Explosion, die ich mit
Stößen unterstützen werde. Das alles muss
geschehen, bevor meine Häscher kommen. Ich

wedele mit ihrem weißen Handschuh, schlage sie auf den Po. Sie soll feucht werden unter ihrem Mieder.

Zieh dich aus Fräulein, die weißen Kniestrümpfe zuerst. „Es ist das erste Mal, dass ich ficke", sagt sie in meiner Fantasie. Ich giere nach ihren Brüsten. Mache es Fräulein, mache es. Später wirst du den Männern zuflüstern: „Ich ficke gerne", „Steck ihn tief in mir rein." Unter der Voraussetzung, dass Van Helsing sie rettet und sie von ihrem Vampirismus befreit. Das nette rothaarige Fräulein lechzte nach meinen Lippen und ich knete mit meinen Händen ihre großen Titten, um zu erfassen, an was ich saugen werde. Sie merkt es, dass die Dinger gefallen, die Jungfrau wird fallen. Ich knie vor ihr, schaue sie mit lüsternen Augen an und streife das Mieder völlig runter. Jetzt möchte ich ihre Milch saugen, während meine Finger ihr feuchtes Geschlecht stimulieren. Der Fick ist der letzte Kick vor dem Biss. Ich streife mit ihr durch Wälder, wo sie gerne ihren Arsch zeigt. Das Spiel wird nie langweilig.

Meine Fantasien sind wunderbar. Wunderbar, dass ich sie bald zur „Realität" machen kann. Die Oberste Zeith ist alles andere als lustfeindlich. Ich werde sie beißen, ob ich darf oder nicht und letztendlich ist mir manchmal egal, ob die Jäger mich kriegen oder nicht und ich stehe schon ein wenig im Ruf, ein Spielverderber zu sein. Das Simulatron ist nur noch wenige Meter entfernt. Ich wähle ein Setting. Ein Diener eines Grafen öffnet die Tür. „Lady Theresa erwartet sie schon, Mr. Haydn." Das Spiel kann beginnen.

3 (present)

Heute ist Samstag und ich habe weiß. Howard ist in der Regel recht pünktlich. Meine Schachpartie mit Howard ist immer der krönende Abschluss der Woche. Ich werde den e-Bauer ziehen und dann hat Howard die Wahl der Erwiderung. Dieser 6.10. ist ein regnerischer Tag, der 6.10.2018. Ich habe in meiner Jugend nicht gedacht, so alt zu werden. Howard kommt immer mit seinem Morris, den er abends hier nicht stehen lässt, obwohl wir in der Regel jede Menge Alkohol trinken.
Es klingelt. Der Inspektor ist da. Ich öffne ihm selbst. Elfreda habe ich angewiesen, eine Lammkeule zuzubereiten, mit einer Kombination von grünen Bohnen mit Speck und gratinierten Kartoffeln in Sahnesoße. Meine Küche wiederholt sich, aber bestimmte Sachen esse ich nun mal gern.
„Hallo Howard!"
Inspektor Howard Jones mustert mich so, als ob er mich nicht kenne. Er scannt meine Tagesverfassung. Howard begleitet mich ins Wohnzimmer, zwei schwere Ledersessel stehen um einen Schachtisch. Ich habe einen Schachtisch, aber kein Goban. Howard mag letzteres Spiel nicht; wir haben es nie versucht. Howard ist passionierter Schachspieler. Elfreda hat dafür gesorgt, dass das Kaminfeuer lodert. Das Wetter draußen verlangt nach beheizten Räumen. Ein Herbst im Dartmoor kann recht ungemütlich werden. Wir treffen uns schon seit Jahren, ähnlich lange wie mit Pater Copleston, mit

dem ich Dienstags Go spiele. Dienstags verrate ich Schach und spiele ein Spiel mit weitaus älterer Tradition. Aber heute gehört der Tag dem Schach.
„Howard, nimm Platz!"
Howard ist ein paar Jährchen jünger als ich. Er ist 60, ist noch im aktiven Dienst und wüsste er über mich Bescheid, würde er mich hochnehmen. Er ahnt vermutlich nichts von meiner Doppelexistenz, die ich selbst gern verdränge. Glücklicherweise haben Howard und ich ähnliche Spielstärke, es wird also nie langweilig. Ich liebe Schach.
„Du hast heute Weiß Paul", sagt er zu mir.
Vor der Partie wechseln wir kaum Worte miteinander. Das sparen wir uns für später auf, bei Essen und Wein. Es läuft immer alles in gleichen Bahnen, wir trinken zwei Flaschen Rotwein, nie mehr und dann kommt der Zeitpunkt, dass der Inspektor in seinen alten Morris steigt und nach Okehampton fährt, ohne Angst vor einer Alkoholkontrolle und ich sag immer zu ihm: „Brech dir keinen Arm", was so viel wie „Hals und Beinbruch" bedeuten soll, aber ich glaube, er hat seinen Morris im Griff.
Während des Schachspiels trinken wir zwar auch Wein, es wird aber kaum mehr als ein Glas getrunken. Wir spielen eine Spanische Partie. Ein wenig habe ich befürchtet, dass Howard heute zu einer Sizilianischen neigt. Sizilianisch gehört nicht gerade zu meinem Theoriereportoire. Wir notieren die Partien und analysieren sie später mit unseren Schachprogrammen. Howard spielt auch im örtlichen Schachverein von Okehampton, den ich nur ein paar

Mal aufgesucht habe. Ich meide das Leben in der Öffentlichkeit. Ich lebe lieber hier zurückgezogen in Autumn Wood. Inspektor Howard Jones ahnt nichts von den chemischen Molekülen, die in einer Tiefkühltruhe im Keller lagern, er ahnt nichts von der grünen und der blauen Tür und von meinen Frauenbesuchen habe ich ihm auch nichts erzählt. Wir sind Schachfreunde. Er ahnt gar nichts.
Von Inspektor Howard Jones geht keine Gefahr aus. Das gilt für das reale Leben; auf dem Schachbrett sieht das anders aus. Auf dem Brett ist Howard ein gefährlicher, ebenbürtiger Gegner, den ich nicht unterschätzen darf, obgleich ich etwas häufiger gegen ihn gewinne. Faule Remis gibt es bei uns nicht. Partien werden bei uns ausgespielt, bis nichts mehr geht oder die Stellung eindeutig ist. Ich toaste ihm mit meinem Glas Roten zu und nehme einen Schluck.

Nein, im wirklichen Leben habe ich vor Howard keine Angst, im Gegenteil, seine Gegenwart gibt mir Sicherheit. Ich bin mit einem Inspektor der örtlichen Polizei befreundet, was soll mir da passieren? Howard nimmt auch einen Schluck vom Toro und macht den zehnten Zug.
„Ich bin übrigens versetzt worden. Vom Diebstahldezernat zum Drogendezernat."
Ich wunder mich immer, dass die kleine Stadt Okehampton so viele Dezernate hat. Es erscheint irgendwie surrealistisch und kafkaesk. Ich kann mir nicht verkneifen, ihm zu antworten, während des

Spiels.

„Hat Okehampton ein Drogenproblem?"

„Später!", sagt Howard und erinnert mich daran, dass wir hier sitzen, um zu spielen.

Howard ist jetzt im Drogendezernat. Dann ist er hier ja richtig. Ein wenig regt mich seine Mitteilung auf. Ich habe Probleme, mich auf das Spiel zu konzentrieren. Ich darf keine Fehler machen. Er wäre mal wieder an der Reihe zu gewinnen, denn die letzen Partien habe ich gewonnen, obgleich ich es mir mit Schwarz immer schwer mache, aber die letzte Partie mit Schwarz habe ich gewonnen. Inspektor Jones fahndet nach mir, aber er weiß es noch nicht. Autumn Wood ist sicher. Ich bin ein freier Bürger Großbritanniens und ich wohne in einem der schönen, alten Häuser, die diese Insel zu bieten hat. Wenn etwas Englisch ist, dann ist es Autumn Wood. Drogenkriminalität ist in den großen Städten wie London. Manchester oder Bristol angesiedelt, aber nicht in Autumn Wood, Okehampton. Ich rede mir dies ein und ziehe ungefähre Züge.

„Was ist los mit dir Paul?"

„Wieso?"

„Weil du jetzt soeben einen Springer verlierst."

Es ist immer schade, wenn unsere Schachpartien aufgrund eines verfrühten Patzers zu schnell beendet sind. Ich gebe Elfreda Anweisung, das Essen vorzuziehen. Wenn ich in ausgeglichener Stellung einen Springer hergeben muss, gebe ich auf. Rücknahmen sind bei uns Tabu. Die Partie hat eine gute Stunde gedauert, genaugenommen hatte ich 35

Minuten meiner Spielzeit verbraucht und Howard 40. Seitdem ich Go spiele, hat sich mein Denken beim Schach verändert. Ich rechne nicht mehr soviel im voraus, weil das beim Go eh zwecklos ist, wenn man mal von lokalen Situationen absieht.
„Du bist wohl heute nicht in Form, Paul"
„Du hättest mir nicht erzählen dürfen, dass du zum Drogendezernat gewechselt bist."
Ich versuche zu scherzen.
„Wieso, hast du gestern einen Joint geraucht?"
„Ich stehe mehr auf Koks, Howard, das solltest du wissen."
„Dann muss ich dich jetzt wohl festnehmen."
„Warte damit bis nach dem Essen"
„Was gibt es denn?"
„Lammkeule!"
„Schon wieder?"
„Du bist doch nicht zum Vegetarier geworden?"
Ich bin mir sicher, dass Howard in seinem Leben schon mal an einem Joint gezogen hat - nur gezogen, nicht inhaliert.
„Geschah die Versetzung auf deinen Wunsch?"
„Nein, ich war mit meinen Einbrüchen und Diebstählen ganz zufrieden. Die Wege des Kommissariats von Exeter sind unergründlich. Aber für mich ist es mit sechzig eine nette Herausforderung, mich in ein neues Gebiet einzuarbeiten."
Die Versetzung. Ich habe das Spiel verloren, wegen der Versetzung. Nun ist mir Howard auf den Fersen, er weiß es nur noch nicht. Ich bin nicht paranoid

genug, um ernsthaft anzunehmen, dass man Howard wegen mir versetzt hat. Weil er gute Kontakte zu einem großen Fisch hat.
„Du kannst ja demnächst etwas von deinem beschlagnahmten Stoff mitbringen, bevor er verbrannt wird oder wieder in die Hand von Kindern gerät."
„Was soll es denn sein?"
„Sagte ich doch schon."
„Das wäre ja Doping"
„Okay, wenn ihr mal eine gute Kiste Ribera oder Toro beschlagnahmt, sag mir Bescheid. Ich bin dann bei der Auktion dabei."
Ich toaste ihm zu. Nach dem Spiel können wir ungezügelter trinken, das löst die Zunge. Da wir gemeinsam nie so viel trinken, dass wir in ein Lallstadium geraten, brauche ich nicht weiter befürchten, dass meine gelöste Zunge sich verplappert.
„Und ihr lagert den ganzen Dope bei euch im Kommissariat?"
„Du bist ja wirklich neugierig. Nein, nur bis zu einer gewissen Menge. Vernichtet wird in London."
Howard weiß, dass ich mich nie für Drogen interessiert habe. Das ist die offizielle Version. Drogen waren kaum unser Thema. Wir haben halt nur Schach im Kopf, ein bisschen Politik, kaum Frauen, Musik schon eher. Howard steht auf meine Brucknersammlung. Das hat er mit Pater Copleston gemeinsam, mit dem ich mich gerne über Drogen unterhalte. Es gilt die geistliche Schweigepflicht, so

hoffe ich doch sehr. Der gute Howard ist völlig ahnungslos. Er weiß gar nichts, weder was von Türen noch Molekülen in meinem Keller. Ich habe ihm nur von meinem dritten Hobby erzählt, den Essays. Vielleicht hat er mal einen von mir gelesen. Selbst die Guten veröffentliche ich nicht unter meinem Namen. Inspektor Howard Jones weiß gar nichts. Mit einem halbwegs sicheren Gefühl eröffne ich das Essen. Es läuft Chopin im Hintergrund. Den Bruckner sparen wir uns für das Ende unseres Abends auf. Es kommt dann manchmal eine gewisse Ergriffenheit auf, der Wein tut das Seine. Die Nachricht, dass er nun auf der anderen Seite arbeitet, macht mich schon nervös. Ich neige dann zu Übertreibungen. Die Übertreibung des Abends ist der Victorino, den ich auftische. Ein Spitzentoro, nicht ganz billig. Ich kläre Howard auf.
„Das ist eine Spitzendroge. Ein Spitzengewächs"
„Hast du Geburtstag?" - „Nein, zur Feier deiner Beförderung. Du bist doch befördert worden?"
„Mein Salär ist nur bescheiden gestiegen."
„Jedenfalls kannst du dir damit die Fahrt nach Exeter leisten."
Ich habe mich immer gefragt, warum Howard den Dorfpolizisten in Okehampton spielen will, ein größeres Dorf mit knapp 6000 Einwohnern.
„Victorino, Jahrgang 2008, der Top-Toro des damaligen Jahrgangs. Er wurde von einem führenden spanischen Weinkritiker unter den Top sieben aller spanischen Weine, die damals auf dem Markt kamen, gesehen."

Howard zeigt sich beeindruckt.
„Der war sicher teuer"
„Gar nicht!", gebe ich an. „35 Euro."
Seitdem der Euro in Großbritannien eingeführt wurde, ist ein Euro auch ein Begriff für englische Polizisten. 35 Euro sind trotzdem für einen englischen Polizisten sehr viel Geld. Howard kennt sich mit den Preisen von Spitzenweinen nicht aus. Es gibt deutlich Teurere. Normalerweise stehen hier Weine für acht Euro, höchstens fünfzehn Euro auf dem Tisch.
„Vergess nicht, Howard, ich habe geerbt."
Ehrfurchtsvoll erhebt er sein Glas, schnuppert mit seiner Inspektornase. Kirschrot ist das Gesöffs, würzig soll der Wein sein, mit dem Aroma von reifem Obst. Gesegnet sei der, der diesen Geschmack des Himmels zu schätzen weiß. Ein wenig vermiss ich bei ihm die Gier, mit der er sich sonst auf die Lammkeule stürzt. Das Fleisch hat Spitzenqualität, bestes schottisches Lamm. Ich habe keine Ahnung, woher die Kartoffeln und Bohnen stammen, aber Elfreda scheut sich nicht, Geld auszugeben. Bio ist es allemal. Ich liebe leise, dezente Klaviermusik beim Essen, insbesondere, wenn ich Gäste habe. Selbst die Nutten versuche ich damit zu beeindrucken. Es gibt kaum Gäste in Autumn Wood. Nicht ganz billige Callgirls, Pater Copleston und der Inspektor. So habe ich mein Leben eingerichtet; mehr Menschheit brauche ich nicht. Das ist nicht ganz richtig. Ich habe natürlich einige Onlinekontakte und da lasse ich es mir nicht nehmen, schon mal mit jemand anderem

Schach und Go zu spielen. Ich blogge gerne, aber die nicht virtuelle Menschheit reduziert sich auf ein paar Nutten, Elfreda und meine beiden Spielpartner. Manchmal lässt es sich nicht vermeiden, einen Arzt oder Dealer aufzusuchen.
„Vorzüglich!"
Howard hat seine Schüchternheit abgelegt.
„Das Essen wie immer, aber dieser Wein!"
„Erwarte jetzt nicht, dass ich den jetzt immer auftische. Ich habe davon noch neun Flaschen im Keller."
Wenn er noch wüsste, was ich sonst noch im Keller habe. Jedenfalls keine Leichen. Für mich ist es auch selten, dass ich einen Victorino trinke und ich bin sehr gespannt, wie er sich heute zeigt. Der Inspektor gibt sich kultiviert, schlägt sich nicht den Bauch voll, was er hin und wieder tut. Es ist immer genug da. Ich verlange nach Elfreda und gebe ihr das Zeichen, abzuräumen. Wir begeben uns zurück ins Leder neben dem Kaminfeuer. Die verkorkste Partie steht noch auf dem Tisch.
„Howard, ich kann sie nicht mehr sehen."
Ich greife möglichen Tendenzen Howards vorweg, die Partie analysieren zu wollen. Patzer ist Patzer.
„Welche Bruckner gibt's heute zu hören?"
„Die Zweite, mit dem Irish Orchester."
Ich glaube, ich höre viel mehr Bruckner als meine Freunde, die sich auf den Ohrenschmaus in Autumn Wood immer freuen.
„Was hast du eigentlich für eine Meinung zu der verkorksten Drogenpolitik deines Landes?"

„Es gibt Zeugs, das ist sehr gefährlich. Ich möchte nicht, dass unsere Kinder abhängige englische Kinder sind."
Ich muss aufpassen, um nicht an der falschen Stelle zu scherzen.
„Ich verstehe dich Howard"
Die Kinder sind das Problem. Damit hat Englands berühmtester Drogensüchtige, Lord Byron, wohl auch nicht gerechnet. Er hatte eine so aparte Tochter, die Erfinderin der Informatik. Howard, wenn ich wollte, könnte ich dir aus meinem Leben erzählen, aber dann würdest du mich festnehmen. Dein Kollege Holmes hätte vielleicht Mitleid mit mir gehabt.
Seltsamerweise reden wir nicht mehr viel, trinken Wein und lauschen der Musik. Später steigt der Inspektor angetrunken in seinen Morris.

Es ist längst dunkel geworden und ich bin allein in Autumn Wood, eine Situation, die ich nicht besonders mag. Ich versuche mich mit Musik abzulenken, höre die Erste von Bruckner in der Originalfassung. Es gibt die verschiedensten Versionen von Bruckners Sinfonien. Er wurde von seinen Kritikern runtergemacht und selbst seine Freunde steigerten nicht sein Selbstbewusstsein. Deshalb schrieb er oft neue Fassungen seiner Werke, aus Unsicherheit und um seinen Kritikern entgegenzukommen. Ich habe meine Anlage aufgedreht. Ich störe niemanden, und ich will nichts von draußen hören, nichts, was mir Angst machen könnte, aber es ist sicher, es ist wie ein Naturgesetz, dass ich Angst bekommen werde, von dem da, was da draußen ist und mich, wenn nicht töten, dann erschrecken will. Es ist eine Angst vor eingebildeten Gegnern, vor etwas, das so stark ist, dass es egal ist, ob es real ist oder nicht, und neben der kommenden Angst verspüre ich auch eine gewisse Verwirrung, die mich befällt. Die Mächte der Finsternis sind vielleicht nicht real, aber sie haben Macht. Welche Imagination dort draußen auch lauert, sie gibt mir keine Ruhe. Vielleicht bin ich krank. Ich lehne es ab, einen Arzt von meiner Not zu erzählen. Ich habe niemandem davon erzählt, weder Elfreda, noch meinen Spielepartnern. Niemand kennt meine Geheimnisse. Ich bin mir sicher, dass meine Angst mit den Türen zusammenhängt. Ohne Türen keine Angst, aber die Türen verursachen nicht die Angst. Sie sind nur ein Mittel zu fliehen, der Angst auszuweichen. Aufgrund meiner Bildung müsste ich ein aufgeklärter Mensch sein, ein Mensch, der die Ideale der Aufklärung verinnerlicht hat. Für so jemanden gibt es nicht das Übernatürliche, keine Dämonen, keine Türen, die vielleicht in eine andere Wirklichkeit führen, aber die Welt ist leider komplizierter. Ein halluzinogener Drogenrausch, ich möchte mal sagen, eine halluzinogene Weltsicht kommt in der Welt der Aufklärung nicht vor, bestenfalls als Krankheit. Mit steigender Angst verliert das Ich an Stärke. Wovor habe ich Angst? Vermutlich davor, dass ein Werwolf mir die Kehle durchbeißt. Sind die Türen real, sind es die Werwölfe auch. Ich weiß nichts von dem Zauber der Türen, ich weiß nur, dass es mich jenseits der Türen nicht gibt. Nichts scheine ich erlebt zu haben, wenn ich durch die Türen zurückkehre. Bevor die Geister und Kobolde des Dartmoors mich erwischen, entweiche ich der Gefahr, aber auch mir, durch die Türen. Im Grunde genommen weiß ich nicht, welche ich bevorzugen sollte, ich wähle etwas öfters die blaue. Ich habe diese Ängste nur bei hereinbrechender Nacht. Ganz selten habe ich eine Nacht im Schlafzimmer von Autumn Wood verbracht. Ich probiere es manchmal, bis ich vor Angst scheiße. Angstlöser helfen wenig. Nachdem das alles losging, habe ich es wenige Male geschafft, meine Angst im Bett auszustehen. Kurz vor Morgengrauen bin ich dann eingeschlafen. Das tue ich mir nur noch selten an, da ich die Lösung mit den Türen kenne. Vielleicht habe ich hinter den Türen auch Angst, jedenfalls weiß ich hinterher davon nichts. Schade, dass ich mich auf die Musik nicht konzentrieren kann, denn ich bin schon recht unruhig. Ich weiß nicht, was mir konkret Angst einjagt. Wieso bin ich Ziel der Dämonen des Dartmoors? Wie man hört, leben die Bürger von Okehampton ein beschauliches Leben. Warum ich? Wegen ein paar Gramm verbotener Substanz? Weil Autumn Wood am Rande des Dartmoor liegt und die Kreaturen dieser Landschaft mich als Eindringling wahrnehmen? Es erscheint widersinnig. Tagsüber habe ich überhaupt keine Angst, als ob die Wesen, die mich bedrohen, nicht existieren würden. Aber seit alters her ist bekannt, dass böse Mächte im Dunkeln agieren: Es erscheint so, dass mit der beginnenden Nacht sich ein Schlund der Unterwelt auftut, aus dem die bedrohlichen Gestalten emporklimmen und ein Reich des Bösen proklamieren, zumindest für Bereiche, in die die elektrische Straßenbeleuchtung nicht vorgedrungen ist. Dämonen scheuen die elektrische Straßenbeleuchtung, aber es gibt schon einige Kreaturen, die auch das Straßenlicht nicht abschreckt. Ich denke an Jack the Ripper, der aber eigentlich nichts Übernatürliches an sich hat. Mr. Hyde mordet auch unter Straßenlaternen. Wäre Mr. Hyde möglich, ohne die dunklen Mächte, die es zweifelsfrei gibt? Habe ich das wirklich gedacht -zweifelsfrei-? Jedenfalls meine Angst ist real. Bruckner ist zu laut, um das weit entfernte Heulen der Monster zu hören. Ich habe recherchiert: Nach der Sage gibt es das Unbekannte, die Kobolde im Dartmoor, aber nirgends las ich, dass von ihnen lebensbedrohliche Gefahr ausgeht. Wem würde ein kleiner Pixie schon Schaden zufügen? In meiner Dartmoorwelt sind es brutalere Wesen, furchterregender als aus einem Conan Doyle-Roman, denn selbst ein Hund von Baskerville könnte in mir nicht die Furcht erzeugen, die ich verspüre, selbst, wenn er es nur auf mich abgesehen hätte. Warum sollte es dieser Hund auf mich abgesehen haben? Bei den übernatürlichen Kreaturen der Nacht ist es etwas anders. Sie verteidigen ihre Domäne und Autumn Wood ist ein Stachel ins Dartmoor. Die Welt war noch in Ordnung, als ich mit Howard Jones Schach gespielt habe. Es gibt ein Geheimnis um Autumn Wood. Was quält mich hier, was hält mich hier? Ich bin verwirrt. Ja, es ist Zeit, die blaue Tür zu wählen.


## 4 (past)

Durch die Türe gekommen, es ist Nacht wie immer. Die Nacht ist mein Element, nur in der Nacht kann ich leben, aber Leben, kann ich meine Existenz als Leben bezeichnen? Ich erinnere mich an letzte Nächte hier in Poppenhausen, nicht aber an die letzten Stunden. Hinter der Türe muss meine Gruft sein, in der ich mich in einem todesähnlichen Zustand befinde. Ich weiß es nicht. Ich bin mir noch nicht mal sicher, welchen Tag wir haben. Es muss Oktober sein, ein Oktober im Jahr 1776. Soviel ich gehört habe, scheinen die Engländer den Krieg in ihren Kolonien zu gewinnen. Vor ein paar Wochen hat General Howe New York eingenommen, aber was interessiert mich das noch? Seit meinem letzten Aufenthalt in Bistritz bin ich nicht mehr derselbe. Ich versuche Kontakt zu meinen alten Freunden zu halten, die im wesentlichen im fernen Genf leben. Wenn mich mein Trieb nicht nötigt, in der Nacht rauszureiten, um ein Opfer zu finden, versuche ich mich mit
 Korrespondenz abzulenken. Ich erwarte einen Brief von Le Sage. Der Arme! Wenn er wüsste, was damals geschehen ist! Damals, als ich noch ein normaler

Mensch war, als es für mich noch Tage gab. Ich versuche, meinen Aufenthalt jenseits der Gruft so weit wie möglich hinauszuschieben. Es ist nicht so, dass ich zu Staub zerfalle, wenn mich ein paar Sonnenstrahlen erwischen, aber ich halte es nicht aus. Ich bin im Morgengrauen schon auf die nahegelegene Wasserkuppe geritten, ich wollte die Landschaft der Rhön genießen, aber meine Beklemmung wuchs ins unerträgliche. Selbst bei verschlossenen Fensterläden halte ich es in meinem Domizil nicht aus, muss durch die Türe. Die Leute in der Umgebung halten mich für einen komischen Kauz, mein Diener ist stumm. Wie gerne würde ich am Fortschritt der Menschheit partizipieren, aber bin ich noch ein Mensch? Ich habe gehört, dass eine großartige Spinnmaschine in England erfunden worden ist. Bald werden die Engländer die Herren der Welt sein, sie werden die Abtrünnigen in Amerika besiegen und unterwerfen. Washington und Franklin haben meine vollen Sympathien, aber können sie gegen die Großmacht England bestehen? Die Elite der Denker auf dem alten Kontinent hofft auf Amerika. Ich müsste Voltaire schreiben, aber Voltaire ist ein viel beschäftigter Mann. Warum sollte er sich mit einem unbedeutenden Geist wie meinem noch weiter abgeben? Eine Zeit lang hatte ich zu ihrem Kreis gehört, bewegte mich unter Genfer Intellektuellen, habe Voltaire und auch Rousseau getroffen. Voltaire galt mir immer als der scharfsinnigere. Geblieben ist mir meine Freundschaft zu Le Sage. Der Arme! Er findet keinen

Schlaf. Fast scheint es mir, als ob unsere Probleme verwandt seien, aber das ist lächerlich. Wüsste Le Sage, zu welchem Monster ich verkommen bin, würde er sich vielleicht von mir abwenden. Poppenhausen liegt umgeben von einer herrlichen Landschaft, die ich manchmal im Morgengrauen durchritten habe. Ich kann erahnen, wie sie im vollen Glanz der Mittagssonne dar liegt, mir ist es aber nicht mehr gegeben, diese jemals genießen zu können. So traurig, wie meine Existenz mir erscheint, ich will sie nicht beenden. Im Gegenteil, ich habe Angst, dass meine Häscher mich fassen und pfählen werden. Irgendwann werden sie mich erwischen, nachdem ich wieder meiner Lust nachgegangen bin, meiner Bestimmung. Die Sonne muss schon seit ein paar Stunden untergegangen sein. Mein alter Diener hat mir ein Essen zubereitet, aber ich habe, wie meist, keinen größeren Appetit. Vielleicht reicht es, vom Blut zu kosten. Nach der Uhr sind es noch gut acht Stunden bis Sonnenaufgang. Ich muss mein „Tageswerk" gut planen. Ich sollte Nachtwerk sagen, denn mein Tag ist die Nacht. Die Lust ist nicht planbar, ich verspüre heute Abend etwas Lust. Sie könnte stärker werden. Manchmal reite ich einfach so durch die Nacht, am liebsten im hellen Vollmondlicht, um ein wenig von der Landschaft erahnen zu können. Ich mag die wenigen Öllampen in der Stadt, die den Gassen ein wenig Licht spenden, ich mag das Halbdunkel der Wirtshäuser. Meine Lust steht im krassen Widerspruch zu meiner Ernsthaftigkeit, die ich mit meiner Korrespondenz betreibe. Ich schreibe gerne, versuche mich an den Diskussionen der Zeit zu beteiligen, obgleich die Anzahl meiner Brieffreunde weniger geworden ist. Ich werde Le Sage nie wieder sehen. Schon meine Scham lässt das nicht zu. Wie auch sollte ich nach Genf reisen? Das Geheimnis um meine merkwürdige Existenz wäre keins mehr, würde ich in meinem Domizil längerfristig Gäste empfangen. Mir bleibt die Korrespondenz, aber heute ist mein Trieb, meine Lust größer. Ich brauche eine Frau.

Ich bin nu standesmäßig angekleidet, sage meinem stummen, alten Diener, dass ich noch einen Ausritt mache. Er kann es nicht kommentieren. Bei einem Ausritt fürchte ich mich immer ein wenig. Er könnte der Letzte sein, denn ich weiß, dass meine Häscher mir auf der Spur sind. Genoveva, die weiße Stute, wird mich nach Fulda tragen. Ich streichele ihre Nüstern. Los geht's. Die Temperaturen sind nicht mehr so hoch, aber das Wichtigste, es ist trocken. Im Winter wird es wieder sehr ungemütlich werden, meine Lust zu befriedigen. Ich traue mich nicht mehr, die Kutsche zu nehmen, sie könnte zu langsam sein. Ich habe meine Goldmünzen dabei, um ein Nüttchen aufzureißen. Ich kann nicht hoffen, auf eine willige Jungfer zu stoßen. Keine brave Jungfer ist zu dieser Zeit noch in den Gassen von Fulda unterwegs, keine, die sich mit einem auch edel gekleideten Fremden einlassen wird. Mit höherem Tempo nimmt Genoveva ihren Galopp nach Fulda auf. Die frische

Luft, wie liebe ich sie! Die Wege und Straßen sind leicht abschüssig, Genoveva kennt den Weg. Es gehört einiges an Erfahrung dazu, den Ritt nachts zu unternehmen. Ich achte immer darauf, dass genügend Mondschein vorhanden ist. Es ist bitter, wenn die Wetterverhältnisse nicht mitspielen, wenn ich mein Verlangen nach Sex und Blut nicht stillen kann. Ich wage es nicht, eine Magd aus dem Dorf aufzusuchen, schnell könnte man mir auf die Schliche kommen. Wenn ich meine Blutrunst nicht befriedigen kann, werde ich schwach. Es ist eine Art Verdursten. Glücklicherweise ist da die Türe, die ich eh zum Morgengrauen aufmachen muss. Kehre ich aus der Türe zurück, bin ich meist frisch und meine Gier, mein Durst nach Frauenblut baut sich nur langsam auf, aber nach längerer Abstinenz wird das Verlangen doch recht groß. Überlegungen, in die Stadt zu ziehen, kann ich getrost lassen: Ich brauche die Türe. Ein Sarkophag wäre keine wirkliche Lösung.

Es muss Bestimmung sein, dass ich hier in Poppenhausen lebe. Mein Schicksal hat mich in dieses Haus mit seinem Geheimnis geführt. Die Unerträglichkeit des Tages könnte mir das Leben kosten. Ich geb Genoveva die Sporen. Ich habe Lust, aber das Pferd kann nicht fliegen und ich bin nicht Baron Münchhausen. Mein Orientierungssinn hat sich noch nie getäuscht, bald erreiche ich die Stadt, ohne um Einlass zu bitten. Ich kenne die Gässchen, wo sie sich rumtreiben, mir bereitwillig ihre Brüste zeigen. Was wird mit meinen Opfern? Ich habe später nie eins wieder gesehen. Ich gehe nicht davon aus, dass sie sterben, sondern eher, dass sie ein ähnliches Schicksal wie mich trifft, dass sie selber blutrünstig werden und den Tag, das Sonnenlicht nicht aushalten. Schlimmstenfalls werden sie gepfählt, aber nicht von mir. Die Frage nach einer Schuld von mir stellt sich nicht; sie darf sich mir nicht stellen. Es ist meine Natur, vom Blut junger Frauen zu kosten. Die Frage der Schuld stellt sich mir sowenig wie die, ob ein Wolf, der ein Reh oder Schaf reißt, irgendeine Schuld hat. Gewiss, ich könnte gegen meine Natur handeln, im Haus bleiben oder im Wirtshaus von Poppenhausen mit ein paar Männern Wein im Überfluss trinken. Ich muss meinen Durst nur bis zum frühen Morgen aushalten und dann ab durch die Türe. Am nächsten Abend ist meist wieder alles gut. Aber es ist zu meiner Natur geworden, zu beißen, und ich fühle mich immer noch als Kind des Schöpfers, nicht des Teufels. Der Teufel hat keine Kinder und ich habe keinen Vertrag mit ihm. Das Schicksal wollte es so, dass ich selbst gebissen wurde, damals in Bistritz, und ich kann nicht behaupten, dass es mir unangenehm war, als die weiße Dame es tat. Sie hat gewisserweise mein Leben zerstört, beziehungsweise auf eine andere Ebene gehoben. Die Jahre ohne die Türe waren die härtesten, aber es muss ein Schicksal geben, denn mein Weg hat mich weg von Genf, weg von meinen Freunden hier in das Haus in Poppenhausen geführt. Hier werde ich sterben, wenn ich denn sterbe. Es gibt Sagen, nach denen Vampyre unsterblich sind. Ich habe eine andere Natur angenommen, aber ich bin nicht tollwütig. Ich bin kein tollwütiger Hund, den man so einfach erschlagen darf. Doch meine Häscher werden mich pfählen, wenn sie mich fassen. Der Sage nach besitzen Vampyre unglaubliche Kräfte, mit denen sie sich zur Wehr setzen können, mächtig, jedem einzelnem Menschen überlegen. Meine lieben Freunde: So ist das nicht. Ich habe die Kräfte eines normalen Sterblichen, jeder Junger ist mir überlegen, kann mich in einer Minute bezwingen, denn ich bin ein älterer Mann, zwar noch kein Greis, der aber mit den Kräften eines jungen Erwachsenen nicht mithalten kann. Frauen kann ich nur noch mit meinem Gold und Silber gewinnen, keine würde sich wegen meines bloßen, fahlen Körpers mit mir einlassen. Nur mein Gold kann sie dazu bewegen, ihre Keuschheit zu verlieren. Sie sehen mein Gold und zeigen mir bereitwillig ihre fetten Brüste, laden mich ein, an ihnen zu saugen, was ich gierig tue, in Vorfreude auf das, was noch kommt. Wenn sie wüssten, dass ich nicht nur an ihren Nippeln saugen möchte, sondern auch an ihren Lebensadern. Vielleicht wäre die eine oder andere sogar freiwillig bereit, auf ihr armseliges Nuttendasein zu verzichten, um dieses Leben auf einer anderen Ebene zu führen. Vielleicht gewinnt ihr die Unsterblichkeit, was ich nicht glaube. Vielleicht führt euch das Schicksal zu einem Haus mit einer geheimnisvollen Tür. Vielleicht verblutet ihr, vielleicht werdet ihr verbrannt, ich weiß es nicht! Wenn ich wider meine Natur im Haus ausharre, was ich in allen bedeckten und regnerischen Nächten mache, bei Frost und Schnee, habe ich immer stark den Eindruck, dass dies meiner Gesundheit schadet.


Ich zeige Franziska mein Gold. Sie will fünf Stücke. „Mein Herr, sie wollen mich ficken? Sie sollen mich ficken dürfen"
„Bist du auch gesund, Franziska?"
Franziska scheint noch jung zu sein, aber als sie mir sagt, dass sie das noch nie gemacht habe, bin ich sicher, eine unverschämte Lügnerin vor mir zu haben. Ich hatte sie in einer der berüchtigsten Gässchen von Fulda angetroffen, die genügend Öllampen haben, um zu sehen, welche Art von Frau man vor sich hat. Sie nahm mich bei der Hand, um mich in eine einsame, dunkle Ecke dieser Stadt zu führen, wo wir es tun konnten. Mir ist es lieber, wenn sie mich mit auf ihre Zimmer nehmen, wo ich bei Kerzenlicht die geilen Frauenleiber betrachten und betasten kann. Franziska erzählt mir, dass sie fünfundzwanzig sei und auf einen Mann wie mich gewartet hätte. Dabei greift sie ungeniert nach meiner Hose. „Na warte, du Früchtchen!" Sie gibt mir einen Kuss. Ich mache mir mit ihrem Rock zu schaffen. Ich muss das Früchtchen erst ficken, damit ich sie beißen will. Unter ihrem Rock ist sie nackt, was sehr viel über ihre Profession aussagt. Meine Hand tätschelt ihren Arsch, den ich gerne bei Kerzenlicht betrachten würde. Ja gewiss, ich bin ein normaler Mann. Sie quiekt vor Vergnügen. Ich stopfe meinen Mund mit

ihren gro0en Titten, die dafür gemacht scheinen, erwachsene Männer zu stillen. Sie stöhnt, als meine Finger in ihr Geschlecht hineinfahren. Dann saugt sie kräftig an meinem Schwanz. Es ist bald so weit. Sie wird mir ihren Nuttenpopo entgegenstrecken und stöhnen, wenn ich in ihr Fötzchen eindringe.
„Du bist so geil, mein Alterchen", japst sie.
Ich stoße sie heftig und regelmäßig, überaus erregt und in Vorfreude auf das, was kommen wird. Ich fühle mich so jung. Dann entlade ich mich in ihr. „Du warst großartig, Alterchen, sagt sie zu mir. Ich streichele ihren Arsch.
„Zum Abschied möchte ich dich noch auf den Hals küssen."
„Nur zu, mein Herr!"
Ich beiße zu, ein kurzer Schrei und dann Stille, während ich an ihr sauge und mir etwas Blut die Mundwinkel hinunter läuft. Ich fühle mich so gut.


Ich bewege mich schnell durch die Gassen zu meinem Pferd, ohne aber zu auffällig zu wirken. Dies sind nun die gefährlichsten Minuten, denn ich muss unbehelligt durch eins der Stadttore kommen. Es sind zehn Minuten zu Genoveva, dann trabe ich gemächlich zum Tor. Nur nicht auffallen. Ich habe immer auch ein paar Goldstücke parat. Ich höre noch kein Geschrei, keinen Alarm. Es ist schon wohl kurz vor Mitternacht. Man wird mich wohl passieren lassen. Geschafft! In diesen modernen Zeiten sind Stadttore nur noch eine Formsache und nicht unbedingt bewacht. Hinter der Stadt gebe ich meiner Stute die Sporen. Sie hat einen schweren Weg vor sich, denn es ist nicht nur ein anstrengender Zwei-Stunden Ritt, sondern es müssen auch ein paar Hügel genommen werden. Das Wetter spielt mit, die Sicht ist nicht die schlechteste. Das helle Halbmond-Licht weist mir den Weg. Wie oft habe ich diesen Ritt schon gemacht? Ich frage mich, wann man mir auf die Schliche kommt. Irgendwann jagen sie mich, irgendwann fassen sie mich und werden mich dann umbringen. In Poppenhausen hört man wenig von den Vorfällen in Fulda. Ich kann es nicht oft tun, obwohl ich fühle, dass ich es brauche. Ich wunder mich immer wieder, dass ich noch auf Frauen treffe, die sich anbieten. Von meinen Opfern habe ich nie wieder was gehört. Fürs nächste Mal werden sie mir wohl eine Falle stellen wollen, aber keiner weiß, wann ich wieder gen Fulda aufbreche. An sich wäre es schön, irgendwann auf eines meiner Opfer zu treffen. Vielleicht teilen sie mit mir ein ähnliches Schicksal, fallen in manchen Nächten über wohlhabende Herren her, an deren Adern sie dann saugen. Demzufolge müsste es dann in Fulda von Vampyren nur so wimmeln. Vielleicht sterben sie irgendwann, wenn sie ihre Sucht nach menschlichem Blut nicht stillen können, vielleicht sterben sie, wenn sie zwangsweise zu viel Sonnenlicht ausgesetzt sind, vielleicht gibt es einen Zwang wegzuziehen. Im Grunde genommen weiß ich gar nichts. Ich weiß nur, dass der Biss einer nicht ganz feinen Dame mich zu dem gemacht hat, was ich jetzt bin, aber möglicherweise vererbe ich mit meinen Bissen und mit meinem Saugen die elende Vampyreigenschaft gar nicht weiter. An sich sollten meine Bisse nicht tödlich sein. Ich sehe nicht, warum meine Opfer verbluten sollten. Aber wie gesagt, ich weiß nichts, etwas, was diametral zu meinem neugierigen Charakter steht, aber es wäre töricht, Nachforschungen zu betreiben, töricht und gefährlich und wann sollte ich dies tun. Des Nachts in Fulda? Da suche ich mir dann lieber ein dralles Nüttchen, um an ihr zu saugen. Zugegeben, jeder gewöhnliche Mensch, meine Brieffreunde würden mich als Monster bezeichnen. Vielleicht wissen sie auch mehr über die Auswirkungen meiner Taten. Aber wieso sollte ich mich selbst verurteilen, selbst richten? Ich bleibe ein Kind der Schöpfung und folge ihrem Plan. Es ist oft so, dass auf meinem Heimritt solche Gedanken sich formen. Vielleicht versuche ich, mich wirklich zu rechtfertigen. Ich war ein guter Mensch, glaubte an das Gute im Menschen und seine Verbindung zu Gott, wenn mir oft das rechte Vertrauen zur jeweiligen Obrigkeit fehlte, aber das ist typisch für einen gebildeten Geist im Zeitalter der Aufklärung, das weiß ich und später wird man so unsere Zeit bezeichnen. Ich würde wetten, dass die Ideen Voltaires und Rousseaus in der Weltgeschichte einiges bewegen werden und das sind nur die, die ich in Genf kennengelernt habe. Überall formiert sich der bürgerliche Geist gegen Althergebrachtes. Die Fortschritte in Mathematik, Naturwissenschaften und Technik sind gewaltig. Ich wage es nicht, mir die

Welt der Zukunft vorzustellen, aber vermutlich wird es keine Vampyre mehr geben, entweder, weil man sie von ihrem Schicksal befreien, sie heilen kann oder man kann sie effektiv aufspüren und vernichten. Ich wünsche, dass es die Vereinigten Staaten von Amerika geben wird, ich wünsche mir, dass dieses Europa aufhört, Zentrum der Welt zu sein, um das sich alles dreht. Vielleicht zeigen uns ja noch die Osmanen, wer die wahren Herren der Welt sind. Das Reich Alexander des Großen und das der Osmanen haben viel gemeinsam, aber auch die Osmanen sind Teil der alten Welt. Die Zukunft liegt in Amerika und China. Ich hetze Genoveva nicht mehr so sehr. Vermutlich weiß sie auch, wie viel Strecke vor ihr liegt. Ich fühle mich immer noch gut. So ein Biss kann Tage bis Wochen nachwirken, bis die Not und die Lust so groß werden, dass ich wieder gegen die Stadt aufbrechen muss, um ein delikates Opfer zu suchen, dass einen Handel mit mir eingeht, ohne zu wissen, was letztlich ihr Preis ist. Es ist seltsam, dass es mir wichtig ist, quasi unabdingbar mit den Opfern vorher Geschlechtsverkehr zu haben, aber das hatte die Dame aus Bistritz mit mir auch, bevor sie mich biss. Ich reite durch einige Dörfer, in denen kein Licht mehr brennt. Hier könnte ich nicht erwarten, zu später Stunde auf ein Fräulein zu treffen. Es gibt so manches Wirtshaus in den Dörfern, dass zur späten Stunde geöffnet ist und die eine oder andere Dirne treibt sich dort herum, aber ich wage es nicht im Wirtshaus von Poppenhausen oder der der Nachbardörfer eine Dirne anzusprechen und es mit ihr zu tun, meine blutige Bestimmung auszuüben. Zu schnell käme man mir auf die Schliche. Ideal wäre für meine Destination eine große Stadt wie London, Paris, vielleicht auch Köln, aber ich glaube nicht, dass ich jemals von diesem schicksalsträchtigen Haus in Poppenhausen wegziehen werde, es sei denn, jemand erlöst mich davon, Vampyr zu sein. Ich brauche dieses Haus mit ihrer geheimnisvollen Tür. Bald werde ich sie wieder öffnen.

## 5 (present)

Ich habe Elfreda Anweisungen gegeben, dass wir heute wieder auf Autumn Wood eine Dame erwarten. Sie weiß mit Sicherheit, um welche Art von Damen es sich handelt. Sie hatte meine Ankündigung mit Stirnrunzeln entgegen genommen. Sie kennt dieses Laster von mir, aber sie wird sich wohl wundern, dass ich so schnell wieder auf dieses Gewerbe zurückgreifen möchte, denn der Abend mit Theresa liegt nur wenige Tage zurück. Sie wird sich wohl doch keine Sorgen um mein Geld machen. Ich muss zugeben, ich bin in den letzten Tagen etwas nervös. Mich ergreift immer eine nervöse Grundstimmung, wenn ich beginne, einen Deal einzufädeln, zudem setzen mir die Unwesen des Dartmoors in nicht gekannter Weise zu, sodass ich mich immer früher am Abend durch die Türen in die Vergessenheit flüchte. Ich möchte heute mit der Dame zuerst ficken und dann etwas speisen. Ich bin mir bewusst, dass auch das Essen dadurch recht teuer wird. Soweit mir bekannt, hat die Dame einen Fahrer, der sich vor Autumn Wood die Zeit totschlagen muss. Vielleicht macht er ja Bekanntschaft mit den Kreaturen der Umgebung. Nun eigentlich ist es dafür zu früh. Es sind Ungeheuer der Nacht, die mich schrecken. Wenn die Nutte geht, wird die Dämmerung gerade beginnen. Wir haben noch Sommerzeit und geplant ist, dass der Besuch gegen 17:00 eintrifft. Ich werde mich dann mit der Dame eine Stunde vergnügen. Danach darf Elfreda blutige Steaks servieren. Gegen 19:00 wird die Nutte dann wohl wieder gegen Exeter aufbrechen. Ich bin dann wieder allein und mit der Dunkelheit werden meine Angst und die Dämonen des Hinterlands zurückkehren. Aber das ist jetzt nicht mein Problem. Ich habe eine Halbe von den blauen Pillen genommen, mit 64 macht dies beträchtlichen Sinn, auch wenn ich hinterher von leichten Kopfschmerzen geplagt bin. Ich kaufe immer noch die Originalpräperate, obgleich seit einiger Zeit Generica auf dem Markt sind. Es klingelt, ich warte. Elfreda wird meinen Gast schon hier ins Wohnzimmer bringen. Normalerweise ziehe ich vor, dass Elfreda außer Haus ist, wenn ich ficke, aber heute ist es mal andersherum.

„Mr. Haydn, Lady Agnetha"

„Wir wollen dann in einer Stunde Essen, Elfreda."

Elfreda verlässt das Wohnzimmer und zieht sich womöglich in die geräumige Küche zurück. Ich bitte Agnetha, neben mir auf dem Sofa Platz zu nehmen und biete ihr ein Gläschen Port an.

„Sehr leckeres Zeug, hat mich ein Vermögen gekostet."
Ich übertreibe etwas, die Flasche liegt bei 20 Euro. Die Dame zeigt sich geschäftstüchtig und will für die ausgemachte Zeit ihr Geld. Wir verhandeln jetzt nicht mehr. Sie macht nochmals darauf aufmerksam, dass draußen ein Fahrer auf sie wartet. Ich mag mir den Kerl gar nicht vorstellen. Der Preis, den sie nennt, der mich aber nicht schockt, weil ich ihn vorher schon kannte, ist eine stolze Summe. Meine Laster sind nicht billig. Der Port scheint ihr zu schmecken und ich bestehe darauf, dass wir zwei weitere Gläschen trinken.
„Ich bin an sich ganz normal", sage ich.
„Zwei Obsessionen habe ich allerdings. Ich sauge gern an Titten und verabreiche gerne Knutschflecken am Hals. Du musst den Knutschflecken als eine Art Brandzeichen verstehen."
„Ein Brandzeichen deiner Herde." „Ja!"
Sie findet das offensichtlich witzig.
„Nachdem ich dich gefickt habe, gibt es eine kleine Stärkung. Elfreda macht erstklassige Steaks. Das wäre schon ein Grund, sie zu heiraten."
„Willst du mich in den Arsch ficken?"
Ich erkläre ihr, dass dies nicht mein Anliegen ist.
„Vielleicht will ich ein bisschen deinen Arsch versohlen."
Sie kommt mir näher und ich versuche, ihr Parfüm einzuordnen. Irgendwie berauschend. Ich verlange wortlos nach einem Kuss, sie zickt da kein bisschen. Oh Lady Agnetha. Du wirst es nicht schaffen, dass

ich mich mit dir vereinige und auflöse. Die Dame trägt eine Bluse, eine knallenge Jeans und ein paar dunkelblaue Pumps mit circa sechs Zentimeter hohen Absätzen. Meine linke Hand greift nach dem, was in ihrer Bluse steckt, während ich sie andauernd küsse. Jetzt ist es noch nicht Zeit, ihr den Knutschfleck zu machen. Bevor sie die ersten Klamotten auszieht, trinken wir weiteren Port.
„Du bist aber ein Wilder!", sagt sie.
Ich versuche zivilisiert an die Situation heranzugehen. Ich wunder mich, wie sie die knallenge Jeans ausziehen kann, aber sie hat Übung. Ich sehe eine Idee von Höschen und einen schönen BH, der viel nackte Brust zeigt. Die Körbchengröße geht voll in Ordnung. Es wäre sinnvoll, längere Zeit so neben ihr zu sitzen und vom Port zu trinken, aber ich bin gieriger. Sie zieht sich ganz aus, und zeigt mir fast provokativ ihre nackte Kehrseite.
„Willst du mich wirklich nicht ganz tief in den Arsch ficken, ganz tief rein?"
Das scheint ihre Spezialität zu sein. Ich ziehe meine Hosen aus, der Arsch macht Lust, aber ich ficke nun mal eine Dame nicht in den Arsch.
„Du hast einen wunderbaren Arsch, Agnetha, aber ich möchte, dass du mich gleich von vorn reitest, damit ich deine schweren Titten sehen und mit ihnen spielen kann. Und jetzt lass mich an ihnen saugen."
Ich habe keine Ahnung, ob diese Brüste ein Produkt moderner Chirurgie sind. Vielleicht finde ich es raus, wenn ich sie etwas knete. Die Nippel stehen vor, das ist gut, um an ihnen zu saugen. Ich sauge so gerne an

Titten, so als ob ich Milch trinken will oder einen anderen Nektar. Mein Schwanz ist knallhart. So kann gefickt werden. Agnetha hat einen kleinen Kopf, kurze schwarze Haare und große braune Kulleraugen. Das interessiert mich weniger, aber sie ist dennoch ein Glücksgriff, denn ihre Titten und ihr Fötzchen sind phänomenal. Mein Schwanz, die Schwellkörper prall gefüllt, fühlt den richtigen Widerstand. Inzwischen greifen meine Hände nach ihrem Arsch, während sie ihn professionell bewegt. Meine Augen heften sich an ihre Titten. Ich versuche meinen Orgasmus zurückzuhalten, was mir nicht sehr lange gelingen wird. Es ist schon eine Art Schauer, die ich verspüre, als ich komme. Da soll einer sagen, Sex ohne Liebe mache keinen Sinn. Nach dem Fick mache ich ihr die größten Komplimente, versuche zu scherzen und frage nach, ob sie weiteren Port möchte. Mein Penis bleibt verdächtig erigiert. Sie wird sich ihren Teil denken. So sitzen wir beide nackt nebeneinander, aber eine rechte Unterhaltung will nicht aufkommen. Ihre Hand scheint neugierig meinen Schwanz untersuchen zu wollen. Es erregt.
„Genug gesoffen. Ich will dich von hinten nehmen. Zeig mir deinen fabelhaften Arsch."
Ich ahne, dass ich ihr damit ein Kompliment mache. Sie kniet sich nun auf dem schweren Sofa, von mir abgewandt, spreizt verlockend ihre Beine und zeigt ihr Loch, in das andere Kunden sie ganz tief ficken dürfen, zeigt mir aber auch ihr rosa Geschlecht, dass ich ein zweites Mal nehmen werde. Es wird ein sehr langer Fick werden, ich kenne das.

„Dein Arsch ist so geil, Agnetha"
„Dann stoß ganz fest zu. Schnell! Schneller!"
Die Arschbacken klatschen mit der Berührung meines Beckens, ich mag das. Ich hoffe, die Nutte verspürt etwas Spaß, denn es wird eine Zeit dauern, bis ich vor Erregung nicht mehr kann und komme. Dann beiße ich sie.
Später sitzen wir uns am Esstisch gegenüber, trinken spanischen Roten und sie macht mir Komplimente, meine Ausdauer und Potenz betreffend. Elfreda serviert die Steaks mit Pommes und Salat. Wahlweise gibt's Pfeffersauce oder Kräuterbutter. Mein Steak ist zart und hinreichend blutig. Ich liebe das. Es ist nicht mehr als Smalltalk, was ich mit der Dame betreibe. Sie scheint kultiviert und gebildet zu sein. „Agnetha, an einem dieser Tage werde ich auf dich zurückkommen", sage ich ihr zum Abschied.

Dienstag, der 9.10., ich erwarte heute am späten Nachmittag Pater Copleston. Ich werde ihm vorschlagen, einen Ausflug ins Dartmoor zu machen, einen Ausflug der besonderen Art. Morgen jedenfalls soll das Wetter trocken bleiben, wenn auch für den ganzen Tag Bewölkung angesagt ist. Ich verzichte heute auf einen Spaziergang; es ist zudem regnerisch, da macht es keinen Spaß in der hügeligen Heide herumzulaufen. Ich werde mich um meinen Deal kümmern. Wie immer habe ich für längere Zeit jeden Kontakt mit der Szene abgebrochen. Mein letztes Geschäft liegt etwa zwei Jahre zurück; seitdem habe ich die Kontakte ruhen lassen. Nach solch langen

Zeiten kann man nie wissen, ob meine früheren Kontakte noch aktiv sind. Vielleicht sind sie längst hinter Gittern. Ich habe einen Gewährsmann, den ich fragen kann, ein früherer Rockstar der Space-Rock-Szene, war vor allem in den Siebzigern aktiv, jemand, der den Stoff liebt und ihn sein ganzes Leben ausgiebig konsumiert hat. Der geht mindestens einmal im Monat auf Reise, wenn sein Arzt ihm das inzwischen nicht verboten hat, denn er ist weit über siebzig. Er weiß, ob meine Kontaktpersonen noch aktiv sind, da er seinen Stoff von ihnen bezieht. Ich werde Mails schreiben, an meinen Rockstar, und wenn der einen Kontakt bestätigt, werde ich mich per Mail an diesen Kontakt wenden. Mir schwebt vor, zehntausend erstklassige Reisen zu verkaufen, für fünf Euro die Reise. Es gibt immer mehrere Möglichkeiten der Übergabe: die direkte oder vielleicht ist ein Schließfach im Spiel oder per Post. Letzterer Weg ist mir am liebsten, denn eine direkte Übergabe scheint mir immer gefährlich. Der letzte Deal war mit einer direkten Übergabe verbunden. Das schafft Vertrauen. Vielleicht kann mein Rockstar für mich bürgen; wenn ich einen Kontakt habe, schaffe ich ihm die Möglichkeit mit mir verschlüsselt zu kommunizieren. Ich liebe es, meine kurzen Botschaften verschlüsselt in harmlose Bilder zu verpacken. Die einschlägige Szene kennt mich als Mr. Unbekannt, der alle paar Jahre aktiv wird. Meine Mails stammen von Servern, die in dubiosen Staaten stehen. Es gibt noch einige Geldwaschinseln, auf denen ich Briefkastenfirmen mit Konten besitze und ich habe alles getan, um meine wahre Identität zu verschleiern. So gesehen bin ich wahrhaftig ein schwerer Junge, hoch kriminell organisiert, aber gleichzeitig sehe ich mich auch als eine Art Heiliger, ein Idealist, der seine Freiheit aufs Spiel setzt, damit Menschen die Möglichkeit haben, diese „spezielle" Erfahrung zu machen, denn nach meiner Überzeugung hat jeder erwachsene Mensch ein Recht auf diese Erfahrung, aber der Staat verbietet sie. Der schwarze Markt bringt natürlich die Gefahr mit sich, dass in größerem Umfang Jugendliche, vielleicht sogar Kinder etwas in die Hände bekommen, das ihrer Entwicklung extrem schaden kann. Womöglich bricht bei jemandem eine Psychose aus, obwohl ich überzeugt bin, dass in den meisten Fällen die Psychose sich später demaskiert hätte, auch ohne Reise. Jemand, der eine Reise macht, ist sich bewusst, dass er einen Stoff nimmt, der ihn für kurze Zeit verändert. Die Sicht der Welt kann für immer verändert sein. Nun, ich möchte nicht, dass mein Stoff in die Hände von Kindern gerät, aber die Gesetzgebung dieses Landes will es nicht anders. Ich habe selbst mit siebzehn meinen ersten Trip geschmissen. Das war damals für mich phänomenal und dem einen oder anderen vorsichtigen Jugendlichen gönne ich sogar, dass er irgendwie zu einer meiner Reisen kommt. Man verurteile mich. Wenn ich auffliege, kriege ich mindestens acht Jahre Knast, in manchen Ländern wie Indonesien oder Malaysia würde ich hingerichtet. Es kann sein, dass mancher mir das wünscht. Ich gebe zu, damals, als ich mit Meinhard den Plan fasste, in die Krewel-Werke einzubrechen, um eine hinreichend große Menge Ergotamintartrat zu entwenden, war nicht nur Idealismus und Weltverbessertum ein Motiv. Wir wollten auch Geld und vor allem in einer bestimmten Szene Anerkennung. Für uns war es auch ein Mittel, Größen der Psychedelic-Rock-Szene kennenzulernen. Später habe ich noch einige namhafte Künstler mit meinem Stoff beglückt. Das war alles saugefährlich! Ich habe mir damals versucht vorzustellen, wie Salvador Dali oder Max Ernst sich weiterentwickelt hätten, wenn sie mit unserem Stoff stärker in Berührung gekommen wären. Der Dichter bleibt unter Einfluss mehr oder weniger sprachlos, später aber findet er Metapher, die eine neue Weltsicht gebären. Meinhard und ich hatten damals während der Semesterferien in den Krewel-Werken gejobbt. Meinhard war von Anfang bewusst, welcher Stoff dort verarbeitet wurde. Als Chemiestudent und jemand, der hin und wieder eine Reise machte, regelmäßig (mit mir) kiffte, wusste er, wie man den Stoff herstellen konnte. Und er wusste, dass Krewel mit einem Stoff arbeitete, den man als Ausgang für die Reisen nutzen konnte. Eigentlich hatte er das zufällig entdeckt. Sein Vater nahm ein Migränemittel, dass Ergotamintartrat enthielt und bei uns in Fulda hergestellt wurde. Bei ihm klingelte es. In einer durchgekifften Nacht erzählte er mir von seiner Entdeckung, von seinem Plan. Wir lachten, aber er meinte es ernst. Ich war nur der Physiker in dem Projekt, aber ich wusste, er war ein begnadeter Chemiker, gewissermaßen auch eine Art Überflieger in seinem Fach, der aber auch einen Hang zu bestimmten, verbotenen Substanzen hatte. Es gab mehrere dieser durchkifften Nächte und wir redeten nur noch von unserem Traum. Ich hatte mir einen Überblick über die technischen Probleme gemacht, hatte den Eindruck, dass Meinhard und ich die Probleme in Griff kriegen könnten. Wir fühlten uns schon als die aufkommenden Könige. Wir würden mit den Mitgliedern von Tangerine Dream frühstücken und ihnen eine gute Reise liefern. Wir richteten den Keller unserer gemeinsamen Wohnung als kleines chemisches Labor ein, inklusive Schwarzlicht. Meinhard versorgte sich an der Uni mit nötigen Apparaturen, manches musste gekauft werden, auch hochempfindliche Reagenzien, die damals aber noch nicht so scharf kontrolliert wurden wie Jahrzehnte später. Wir bekamen beide einen Job bei Krewel, er als technischer Assistent und ich zunächst als Nachtwächter. Es war kein Problem, sich mit der Sicherheitsanlage der mittelständischen Firma auseinander zusetzen. Später durfte ich auch in der Produktion mitwirken. Das Geld, das wir bei Krewel verdienten, kam uns gelegen, und wir hätten immer noch diese Schnapsidee abblasen können, aber das haben wir nicht gemacht. Die Sicherheitsvorschriften in dieser Firma waren damals vergleichsweise lax, was an sich unverständlich ist, da in der Arzneimittelfirma auch Opiate verarbeitet wurden, die sich schon in einer Art Giftschrank befanden, aber wir hatten damals kein Interesse an Opiaten. Wir hatten keinerlei Interesse an Substanzen, die süchtig machten. Das Ergotamintartrat, gebraucht bei Schwangerschaften, Kopfschmerzen und auch in der Tiermedizin war vergleichsweise leicht zugänglich. Es wurde dort selbst nicht aus Mutterkornpilzen gewonnen, sondern kam von einem Zulieferer. Wir scherzten oft, dass wir in den nächsten Semesterferien dort ein Praktikum beginnen könnten. Wir machten Pläne von der Firma, überlegten uns, wie wir die zumeist duseligen Nachtwächter – wenn es nicht Studenten waren, war es meist Personal im Rentneralter – umgehen konnten. Wir haben dann die Entscheidung getroffen, nicht während der Zeit unserer Beschäftigung zuzuschlagen, sondern Geduld zu üben und ein halbes Jahr zu warten. So würde nicht automatisch auf uns Verdacht fallen. Der Diebstahl ereignete sich dann in den nächsten Semesterferien. Er liegt viel zu lange zurück, um mich an Details zu erinnern, aber es muss alles relativ problemlos vor sich gegangen sein. Auch mit unseren Taschenlampen konnten wir uns perfekt im Firmengebäude orientieren, wir wussten, wo notwendige Schlüssel zu finden waren. Ich schildere dies, als ob es ein Spaziergang gewesen wäre und ich glaube, dass wir uns gar nicht bewusst waren, welche Risiken wir eingingen und ich betone nochmals: Mit Sicherheit wäre dies heute, vierzig Jahre später, bei all der Überwachungstechnik, die existiert, gar nicht möglich. Wahrscheinlich sind dann schon damals die

Sicherheitsbestimmungen im Umgang mit Ergotamintartrat drastisch verschärft worden. Die Presse hat den Vorfall nicht besonders hochgespielt, obwohl es ja auch ein beträchtlicher Schaden war, den wir angerichtet hatten. Wir kannten noch nicht mal den Marktwert von dem Zeug, dass wir entwendet hatten, waren uns aber bewusst, dass der Marktwert der Folgesubstanz um ein Vielfaches, vielleicht das Hundertfache, vielleicht das Tausendfache höher war. Es war eine riskante Zeit und vielleicht war ich immer mit einem Bein im Gefängnis. Der Überflieger, das „chemische" Wunderkind hatte natürlich kein Problem, seine Aufgabe zu erledigen.

Danach begann eine wilde Zeit, ich bezeichne sie im Nachhinein als Angeberzeit, in der wir selbst oft auf Reisen gingen, in der wir aber auch versuchten in das Umfeld unserer Idole in der Musikszene zu gelangen, um uns als ihre Hausdealer zu etablieren. Plötzlich hatten wir beträchtliches Geld in den Händen, hatten einige Deals abgewickelt und ich muss zugeben, das wäre alles nicht lange genug gut gegangen, wenn wir nicht rechtzeitig den Absprung geschafft hätten, obgleich wir uns im eigentlichen Sinne nicht dämlich verhalten haben. Meinhard Holz war alles andere als dämlich. Wir saßen dann auf eine Menge Reisen, die für die gesamte Republik für mindestens ein Jahrzehnt gereicht hätten. Uns wurde klar, dass wir die ganze Sache langfristig angehen mussten. Wir haben es sogar geschafft unsere Studien weiter durchzuziehen, obgleich ich mich in der ersten Zeit kaum noch für Geophysik interessierte. Meinhard Holz schaffte seinen Abschluss sogar nach 10 Semester, dann war er Diplomchemiker und verschwand. Ich habe das nie begriffen. Wir hatten fünf Jahre in unserer kleinen WG zusammengelebt, wir haben flüchtige Frauenbeziehungen geteilt und in den letzten Jahren war alles gar nicht mehr so wild; die Anzahl der Reisen war eher klein, denn eigentlich legt sich auch für den größten Enthusiasten dieses Stoffes die Neigung, ihn all zu oft zu nehmen. Mit -oft- würde ich schon einmal im Monat bezeichnen. Es gibt Ausnahmen, wie mein alter Rockstarfreund, und ich selbst gehe, wie gesagt, nur noch zweimal im Jahr auf Reise, wobei ich mich nur einmal meines Stoffes bediene, aber dies ist auch schon recht viel. Es ist ein Stoff, der neugierig macht, aber nicht süchtig. Eines Tages, kurz nach seinem Abschluss, erklärte Meinhard mir, dass er nach Südamerika gehen werde. Ich wusste zwar, dass er immer schon für Südamerika geschwärmt hatte, denn ich kannte ihn schon aus Kindheitstagen in Fulda. Seine Chemieversessenheit hatte er schon in früheren Jahren, mit sechszehn stellte er Nitroglyzerin und Dynamit her und ließ es in der ländlichen Umgebung hochgehen. Es hat den einen oder anderen größeren Knall gegeben. Meinhard Holz ist verschwunden. Wenn man heute den Namen googelt, findet man ihn nicht. Vielleicht ist er Opfer seines Stoffes geworden, vielleicht schon früh irgendwann in den Achtzigern. Vielleicht gab es irgendeinen unvorsichtigen Deal, den er nicht überlebt hat. Vielleicht hat er sich auch eine andere Identität zugelegt und erfindet in seiner Freizeit oder als Hauptbeschäftigung Designerdrogen, wenn ihn so etwas noch interessiert. Ich gehe nicht so weit, dass ich ihn an der Spitze eines südamerikanischen Drogenkartells sehe. Er hat damals die Hälfte des Stoffes mitgenommen, obgleich ihm sicherlich weit mehr als die Hälfte zustand. Er versprach sich zu melden, was er nie tat. Das Verschwinden von Meinhard Holz ist eins der Rätsel in meinem Leben, wenn auch ein kleineres. Irgendwann kam dann die Erbschaft von Onkel Paul. Ich habe zwar einen Abschluss in Geophysik, aber nie in dem Beruf gearbeitet. Allerdings hätte Meinhard mit Hilfe von Google Möglichkeiten, mich zu finden.

Pater Copleston und ich spielen schon seit einigen Jahren. Damals stand er noch der Gemeinde in Okehampton vor. Heute, mit siebzig, hat sich der kleine Mann mit weißem Bärtchen, eine erstaunliche Fitness bewahrt. Er besucht mich immer mit dem Fahrrad, obgleich er von Okehampton bis hier hin einige Höhenmeter überwinden muss. Ich liebe es, mich mit Pater Copleston über Gott und die Welt zu unterhalten, nach den Spielen und bei einem guten Roten. Ich mache mir dann manchmal Sorgen, dass er auf dem Heimweg zu schnell den Hügel herunterjagt und sich bei einem Sturz vielleicht den Arm bricht. Wie immer erwarte ich Pater Copleston gegen siebzehn Uhr. Wir nehmen dann zuerst einen Tee. Gegen 18 Uhr beginnt dann der Weinabend. Die

Partie selbst ist für zwei Stunden anberaumt und wir sind Perfektionisten darin geworden, diese Zeit auch ziemlich genau einzuhalten. Dann serviert Elfreda das Essen und wie so oft gibt es heute Lamm. Es klingelt und Elfreda öffnet. Der alte Copleston ist kaum außer Puste, allerdings sind die letzten 600 Meter nicht so steil. Ich habe alles vorbereitet: der Tee, ein dunkler Assam, steht schon auf dem Tisch, der Kandis, die Goschalen aus Kastanie und das schwere Buchenholzbrett. Für einen Gotisch hat es nie gereicht. Ich führe immer die weißen Steine, weil ich etwas stärker bin als der Pater. Für ein ausgeglichenes Spiel braucht er zwei Vorgaben. Ich habe bei KGS, einer beliebten Goplattform einen neun kyu-Rang und seiner wird wohl elf sein.

"Guten Abend, Pater. Hast du genügend Spiellaune mitgebracht?"
Ich sehe, dass der Regen, der den ganzen Tag vorherrschte, ihn verschont hat. Er setzt sich auf seinen Platz. Wir spielen nach japanischen Regeln, das heißt seine zwei Vorgabesteine sind zweimal auf Hoshi gesetzt. Das ist für mich die Ausgangssituation und die Spiele variieren von Anfang an darin, ob ich einen seiner Steine direkt angreife oder meinen ersten Stein selbst auf die zwei übrig gebliebenen Hoshi-Punkte setze oder gar Komoku, ein etwas defensiver Punkt, der zu einer Seite näher am Rand liegt. Wir sind und werden Anfänger in diesem Spiel bleiben, aber wir sind keine blutigen Anfänger. Ich brauche gegen einen Dan, einem Amateurmeister die

maximale Anzahl von neun Vorgaben, aber es sind nicht Welten, die mich von dem Dan trennen. Eine größere Geübtheit, ein paar Tricks und die Gabe, ein bisschen besser rechnen zu können und der Spielunterschied ist überwunden. Es ist zuerst ein stilles Beieinandersein mit dem Pater. Wir kommentieren die Züge selten. Im Gegensatz zu den Spielen mit Howard kann ich die Partien mit dem Pater nicht nachspielen, weil zu viele Steine gelegt werden. Das können nur Spieler mit einem ausgezeichneten Go-Gedächtnis. Der Pater erzählt mir, dass er erneut den neunten Kyu auf KGS geschafft habe.

„Dann hast du ja mit deinen zwei Vorgaben ein leichtes Spiel gegen mich", witzele ich.

Ich muss mich vor der Spielweise des Paters sehr hüten. Es scheint zunächst immer so, dass seine gelegten Steine einflussreicher sind als meine, und ich weiß nicht, ob es Glück von mir ist, wenn ich die eine oder andere Ungenauigkeit von ihm nutze und es dann manchmal für einen Sieg reicht. Das Dilemma meines Spiels: Ich warte auf taktische Fallen, die ich stellen kann. Das gilt sowohl für Schach als auch für Go. Deshalb bin ich bei beiden Spielen nie auf einen grünen Zweig gekommen. Ein weiterer Fehler beim Spiel ist, dass ich Situationen mit einer gewissen Erfahrung abschätze, statt die Situation durchzurechnen und abzuzählen. Was der Pater für Probleme hat, weiß ich nicht so genau. Ich stichele den Pater oft mit der Frage, wie viele Vorgaben er heute gegen Gott brauche. „So um die zwanzig", meint er dann.

Das könnte hinkommen, wenn ihm Gott beim Spiel nicht die Sinne vernebelt. Aber Gott ist ein fairer Spieler. Er kann zwar alle Züge bis zum Sankt Nimmerleinstag vorausberechnen, aber mit genügend Vorgaben kann sein Gegner, trotz seiner Fehlerhaftigkeit, gegen ihn gewinnen. Ein gewisses Selbstbewusstsein, da man ja gegen Gott antritt, ist natürlich Voraussetzung. Es gibt Schätzungen, dass die besten Gospieler der Welt drei bis vier Steine gegen Gott benötigen. Vermutlich wäre es unmöglich, gegen den Teufel zu gewinnen, weil der trickst.

Pater Copleston ist nicht Gott und er hat nicht Gottes Allmacht hinter sich, wenn er spielt, das merke ich und nutze meine Chance, aber ich bin auch nicht der Teufel, der gegen den armen Pater spielt.

Der Pater würde mich vielleicht für den Abgesandten des Teufels halten, wenn er mehr von mir wüsste, aber meine Geheimnisse kennt er nicht. Wir lassen uns oft Zeit pro Stein. Oft ist die Abfolge der Steine völlig klar und wir setzen ohne Verzögerung, aber manchmal gibt es die Steine, die fünf Minuten in der Hand bleiben. Man sollte nicht glauben, dass ich dann darüber hochkonzentriert nachdenke oder rechne, wo ich den Stein hinlege, nein, ich scheine darüber zu meditieren. Es muss eine Art von Meditation sein, denn ich habe oft den Eindruck, dass ich mich der völligen Gedankenlosigkeit nähere, in den Minuten, in denen ich über den Stein nachdenken muss. Es wird eine Art von Intuition sein, die zum Zuge kommt. Geduldig wartet oder meditiert mein Gegner ebenfalls. Vielleicht rechnet er auch die ganze Zeit, aber seine Rechnungen führen ins Leere, weil er gegen mich verliert. Ich habe keine Ahnung, was in Pater Copleston vor sich geht, während er gegen mich spielt. Eigentlich bin ich neugierig und es wäre reizvoll einen Essay über dieses Thema zu schreiben. Ich müsste Inspektor Jones und Pater Copleston explizit befragen, was in ihnen vor sich geht, wenn sie spielen, müsste im Internet recherchieren, um das Thema bearbeiten zu können.

„Paul, du bist am Zug"
„Ich glaube, wir könnten langsam mit dem Weinabend beginnen. Ich habe da einen „sehr blutigen" Wein, Tarantinto, Syrah 2010. Das Weinlabel scheint das Bildnis einer Bluttat zu sein. Ein fruchtiger Wein, ohne jedoch zu viel Säure zu haben."
„In vino veritas", sagt Pater Copleston, der nie Einwände gegen einen guten Roten hat.
Das Spiel ist in seiner mittleren Phase, komplexe Strukturen haben sich auf dem Spielfeld gebildet. Es sieht so aus, als könne Pater Copleston gewinnen, aber es gibt noch jede Menge Stellen, wo ich meine taktische Scharlatanerie einsetzen kann. Ich finde wirklich, dass der Tarantinto recht blutig schmeckt. Pater Copleston ist mit Gott im Bunde und ich vielleicht mit dem Teufel, aber sein Gott schläft vermutlich. Ich liebe es Steine zu legen, die

Mehrfaches angreifen. Ich habe mich darin geübt, solche Situationen ausfindig zu machen. Man könnte auch sagen, der Teufel liebt es doppeldeutig.
Während ich über meine Züge meditiere, schläfere ich womöglich meinen Gegner ein.
Oh, da hat er einen Fehler gemacht. Ich habe shicho, eine Leiter gegen ihn. Es könnte sein, dass der Pater die Partie gegen mich verliert. Bei den knappen Partien ist das Auszählen immer eine spannende Sache. Die Partie von heute Abend ist so eine. Ich gewinne mit elf Punkten. Meine Überzahl an gefangenen Steinen war ausschlaggebend, denn unsere Gebiete sind etwa gleich groß. Ich bedanke mich bei Pater Copleston für das Spiel. Zeit, dass Elfreda uns das Essen auftischt. Wir brauchen immer eine Weile, bis wir uns von dem Spiel lösen können. Das Essen ist dafür ein guter Einstieg, eine zweite Flasche Tarantinto wird geöffnet. Manchmal bleibt es nicht bei der Zweiten. Musikalisch habe ich vor, vom üblichen Bruckner abzuweichen, geplant habe ich die Vierte von Mahler und ein paar Sinfonien von Sibelius. Der kleine Pater ist ein mächtiger Fleischesser, da ist eine ganze Lammkeule schon das Richtige. Dazu gibt es Prinzessböhnchen mit Salzkartoffeln.
„Ich habe noch ein bisschen Angst, was den morgigen Tag anbelangt", sagt der Pater unvermittelt.
„Der morgige Tag wäre vielleicht ideal. Wetteronline sagt trockenes Wetter voraus, wenn es auch bewölkt sein soll. Manchmal wird auch die Sonne raus kommen."

„Ich mache mir nicht so sehr Gedanken wegen des Wetters."
Der Pater lächelt mich mit seinen kleinen listigen braunen Augen an.
„Pater, wenn du ein unausgeglichener Sechszehnjähriger wärst, hätte ich auch meine Bedenken, aber du bist ein weiser und alter Mann und ausgeglichen."
„Diese Eigenschaften will ich erhalten, wenn ich auch nur so tue, dass ich weise bin"
„Möglicherweise wird die Erfahrung deine Weltsicht etwas verbiegen. Man weiß nie genau, wie man reagiert. Vielleicht wirst du dir jünger vorkommen, vielleicht auch älter. Mit Sicherheit bist du danach kein Psychopatient, der von Halluzinationen geplagt wird. Diejenigen, die ein Faible für Gott haben, haben oft das Gefühl, ihm während der Erfahrung näher zu sein."
„Will ich das? Würde ich Gott nicht als Halluzinationen ansehen, induziert durch einen biochemischen Stoff. Im Umkehrschluss würde mich das von Gott entfernen."
„Du denkst zu logisch Pater. Und mit Sicherheit wirst du nicht in den Wolken einen weiteren alten Mann erblicken, der auf uns herabblickt und zu uns spricht, dafür wäre die Dosis viel zu klein. Deine Gefühlswelt wird sich aber verändern. Die Gottesnähe, die du verspürst, ist eher ein Gefühl, und da es objektive Gefühle im Prinzip nicht gibt, kannst du in diesem Zusammenhang auch nicht von einem verfälschten Gefühl sprechen. Du hast nur andere

Antennen."
Ich bin Atheist und versuche nun unseren Dartmoorausflug ihm mit Gottesnähe schmackhaft zu machen. Wenn er wüsste, mit welchen Problemen ich mich herumschlage, würde er wahrscheinlich ganz bestimmt Abstand von unserem Projekt halten. Ich jedenfalls würde mich freuen, wenn der Pater mitkommen würde. Ich werde zwar nicht Gottes Nähe verspüren, aber der Pater wird mir vermutlich näher stehen.
„Gibt es nicht die Gefahr einer Überdosierung?"
„Copleston, ich kenne mich da aus. Seitdem ich hier beim Yes Tor lebe, habe ich einmal jährlich einen Ausflug gemacht. Diese kleinen Zwerge sind, was ihre Auswirkungen anbelangt, recht zuverlässig und ich habe keinesfalls vor, Mengen zu wählen, die ich selbst schon alleine für meine Ausflüge gewählt habe."
„Du hast in deiner Jugend mehr Drogen genommen?"
„Pater, ich habe doch gesagt, dass ich über meine Jugendsünden nicht spreche. Vielleicht war ich mal ein gefürchteter IRA-Terrorist" -
„Du und IRA-Terrorist?"
„Pater, ich kann ja verstehen, dass du ein bisschen ängstlich bist, das gehört sich auch so, aber diese Spannung wird sich von ganz allein legen. Du hast doch selbst viel über das Thema gelesen. Ich vermute, es war überwiegend positiv."
„Ja, es war überwiegend gut. Ich kann nicht bestreiten, dass mich auch eine große Neugier treibt.

Ich weiß, dass es auch sehr auf die Randbedingungen ankommt, und ich vertraue dir."
„Copleston, ich kann mir ja denken, dass du außer einem heftigen Alkoholrausch noch nicht viel mitbekommen hast. Du bist zwar ein 68ziger, aber ich vermute, dass du in deinen jungen Jahren eher in theologischen Seminaren gehangen hast."
„Du liegst da ganz richtig, Paul."
Elfreda bringt ihren köstlichen Schokoladenpudding. Man merkt ihr an, dass der etwa gleich alte Pater ein gern gesehener Gast von ihr ist, ganz im Gegensatz zu den „schlechten Frauen", die mich hin und wieder aufsuchen. Den Inspektor und den Pater bedient sie ausgesprochen gern. Aber trotzdem kann ich mich, was die „schlechten Frauen" anbetrifft, auf ihre Diskretion verlassen.

„Kein Wort übrigens zu Howard, wenn du ihm mal in Okehampton über die Füße laufen solltest."
Howard und der Pater kennen sich, aber der Pater hat schon seit einigen Jahren aufgegeben, Schach zu spielen. Etwa zu der Zeit, als die häuslichen PCs den Schachweltmeister besiegen konnten. Die Goprogramme sind noch nicht ganz so weit, aber unsereins hat gegen die Stärksten auch mit neun Vorgaben kaum noch eine Chance. Ich hoffe, dass der Pater dem Spiel noch einige Jährchen treu bleibt. Der Pater wird schon stillschweigen bewahren und vielleicht im engen theologischen Kreis über seine Erfahrungen berichten, wenn ich ihn denn rumkriege, aber ich glaube, die Bedenken, die er bringt, meint er

selbst nicht ernst. In Wahrheit steht die Sache für ihn auch fest.
„Jonathan, das wird morgen vielleicht nur ein Einstieg, dosistechnisch hatte ich vor, eher eine kleinere Dosis zu wählen. Im nächsten Jahr können wir dann, wenn du so willst, die Dosis etwas steigern. Trotzdem, es wird morgen mehr als spürbar sein." Er widerspricht nicht.
„Möglicherweise wird ein junges Gehirn stärker verändert, besonders wenn es andauernd einem Einfluss ausgesetzt ist. Man sagt das ja besonders häufig kiffenden jungen Cannabiskonsumenten nach, aber ein altes Gehirn wird weiterhin in seinen Bahnen kreisen."
„Wie beruhigend. Könnte es nicht sein, dass der Schock Alzheimer oder Parkinson auslöst?"
Jeder Ältere hat wohl Angst vor Alzheimer und Parkinson.
„Das halte ich für extrem unwahrscheinlich."
Ich toaste ihm zu.
„Ich glaube viel mehr, dass der biochemische Einfluss auf dein Gehirn vergleichbar ist mit dem Liter Wein, den du heute Abend bei mir trinken wirst. Die psychologische Auswirkung ist allerdings weit größer."
„So wie wenn ich das erste Mal besoffen wär."
„Ja vielleicht. Das erste Mal ist oft was sehr Besonderes."

Ich bin der große Verharmloser, stelle unseren Ausflug auf die gleiche Stufe mit unserem

weinseligen Abend. Ich verharmlose alles: meine
Geschäfte, meine existenziellen Probleme, meine
Einsamkeit. Ich genieße es, mit dem Pater
zusammenzusitzen. Oft haben wir heftige
Diskussionen geführt, die eine Quelle der Inspiration
für mein Denken und auch für meine Essays waren.
Der große Verharmloser! Ich darf mich nicht
verraten. Elfreda hat inzwischen Autumn Wood
verlassen, die robuste Elfreda. Sie überragt Jonathan
Coplestron um einiges, ist fast so groß wie ich. Der
Pater hat offensichtlich keine Lust mehr, Bedenken
zu zeigen. Der Tarantinto hat ihn offensichtlich auch
etwas euphorischer gemacht. Ich arbeite mit unfairen
Mitteln.
„Wann treffen wir uns denn bei dir?"
„Ich würde sagen gegen zwölf. Wir brauchen dann
etwa zwei Stunden zum Sammeln. Gegen 18Uhr
können wir dann wieder in Autumn Wood einkehren.
Elfreda wird uns dann etwas zur Stärkung anbieten."

„Können wir uns nicht früher treffen?"
Würde ich ja gerne Copleston, denke ich, aber ich
kann nicht ganz garantieren, wann ich aus einer der
Türen zurückkehre. Es ist zwar eher selten, aber
manchmal war es zwischen zehn und elf. Ich kann
darauf keinen Einfluss nehmen. Oft finde ich mich
auch schon am frühen Morgen in Autumn Wood
wieder. Verlasse ich es überhaupt? Wir trinken noch
eine Weile. Dann verabschiede ich den Pater und
ermahne ihn zur Vorsicht, damit er sich keinen Arm
bricht.

Ich erwarte den Pater gegen zwölf wie verabredet. Ich könnte ihn anrufen, dass er früher kommen könnte, denn ich war schon früh gegen acht aus der grünen Tür zurück, mit keiner Idee, was in der Nacht für mich vorgefallen war. Vielleicht habe ich in der Kammer nur sehr tief geschlafen. Ich habe die Zeit genutzt, einen weiteren Essay von mir vorzubereiten, habe im Internet letzte Recherchen gemacht, was ich durchaus bis kurz vor zwölf weitertreiben kann. Was den Urknall anbelangt, bin ich nur ein Laie, wenn ich auch einiges darüber gelesen habe. Ich möchte einen Essay über den Urknall schreiben, so gut, wie es für einen Laien geht. Er soll der erste Teil von drei „kosmologischen" Beiträgen sein, die mir in philosophischer Hinsicht nicht unbedeutend erscheinen. Als zweiten in dieser Reihe werde ich einen Essay über Zeit schreiben, eine ziemliche Herausforderung. Zeit verstreicht, ich habe mir auch noch die Beiträge in der deutschen Wikipedia durchgelesen. Nun kann der Pater kommen und es klingelt recht pünktlich. Elfreda ist noch nicht im Haus. Ich habe ihr Anweisungen gegeben, ein Essen für um sieben vorzubereiten. Irgendwann heute Nachmittag wird sie in Autumn Wood eintreffen.

Ich begrüße den Pater herzlich, ziehe nur eine leichte Regenjacke an und schnalle mir einen kleinen Rucksack um, der im wesentlichen ein paar Getränke für den Nachmittag bereithält.
„Das Wetter scheint ja so zu werden, wie der

Wetterbericht es uns versprochen hat", sagt der Pater. Ich schließe die Haustür und mit raschem Schritt bewegen wir uns von Autumn Wood weg. Ich kann mir gut vorstellen, dass der Pater sehr aufgeregt ist. Er berichtet mir, dass er sich heute Morgen noch Bilder von den Pilzen angesehen hat.

„Ja, ohne das Internet wäre man aufgeschmissen, allerdings hat es auch dazu geführt, dass die Verbreitung unserer Pilze drastisch zurückgegangen ist, wenn man von Bereichen in Schottland absieht. Früher ist man hier über die Pilze gefallen. Jetzt muss man schon ein bisschen suchen und es ist von Vorteil, wenn man einen eigenen claim kennt, wo man noch meist fündig wird."

„Wie viele Pilze schlägst du uns vor?" „Zwanzig bis dreißig, das hängt etwas von der Größe unseres Fundes ab"

„Also vom Gewicht. Wie viel Gramm würden wir dann nehmen?"

„Ich kann es in Gramm nicht ausdrücken. Ich weiß nicht, wie viel zwanzig mittelgroße und frische Liberty Caps wiegen. Zehn Gramm dürften es schon sein. Wenn man sie dann trocknet, verlieren sie drastisch an Gewicht."

"Und das Psilocybin wirkt schon nach einer halben Stunde?"

„Sie enthalten kein Psilocybin, sondern Psilocin, da fehlt die Phosphorgruppe. Aber im Grunde ist es egal, weil der Körper eh Psilocybin in Psilocin umwandelt und Letzteres wirkt. Ja, die Wirkung setzt recht früh ein, hängt natürlich auch davon ab, wie viel man im Magen hat."

Wir haben bisher die Wege nicht verlassen, haben eine Westroute eingeschlagen, die mehr um den Berg führt als zu ihm hinauf. Das strengt mich auch weniger an. Ich glaube, die Fitness von Pater Copleston kennt keine Grenzen. Er hat sich auch nicht mit lästigem Übergewicht herumzuschlagen. Ganz natürlich fällt mein Blick auf die Seitenstreifen des Weges. Diese geneigte Blickhaltung wird für ein bis zwei Stunden die typische sein. Meine Augen scannen den Boden. An sich ist das nervend und man kriegt zu wenig von der schönen Landschaft mit.
„Je nach Trockenheit oder Feuchte sind die Pilze hell oder dunkel. Ein helles beige ist möglich, aber auch ein dunkles olivgrün. Der Morgentau trocknet über den Tag. Da die Sonne heute nicht scheint, können wir eher mit dunklen Exemplaren rechnen."
„Ja schade, dass die Sonne nicht scheint", sagt Jonathan.

„Hier, das ist ein enger Verwandter, ein Heudüngerling, lohnt sich aber nicht zu pflücken."
„Verwechslungsgefahr mit giftigen Komplikationen gibt es wirklich nicht?"
„Wenn man gar keine Erfahrung hat, könnte man den einen oder anderen Pilz für einen Liberty Cap halten, einige Pilze haben diesen typischen Nippel, insgesamt eine ähnliche Form und Farbe. Es genügt meist ein Blick auf die Lamellen, um festzustellen, dass man einen Fehlkandidaten erwischt hat. Wenn

man einmal mehrere Liberty Caps gefunden hat, kann man sie mit Sicherheit bestimmen. Die Lamellen müssen dunkel sein und die konische Form ist schon sehr typisch."
Wir gewinnen zunehmend an Höhe und hin und wieder erlaube ich mir einen Blick auf die offene Landschaft. Die Bergspitze liegt dunkel links vor uns. Das Ganze macht schon einen etwas unheimlichen Eindruck, aber an sich können hier keine Bestien oder Dämonen lauern, weil sie sich in der offenen Landschaft nirgends verstecken können, es sei denn in geheimen Höhlen, deren Zugänge man nicht sieht. Im Süden schließen sich dann ausgedehnte Wälder an, wo sich so manche Kreatur verstecken kann.
„Meine Claims liegen an der Südwestseite von Yes Tor. Man hat von dort aus auch Ausblick auf den kleinen Meldon-Stausee."
Während ich hin und wieder ein bisschen keuche, nimmt Pater Copleston ganz unbeeindruckt die Höhenmeter. Wir haben inzwischen den Weg verlassen; er hat einfach aufgehört. So weit ich sehen kann, ist außer uns kein Mensch weit und breit. Bei besserem Wetter findet man schon den einen oder anderen Spaziergänger oder Wanderer, der Südenglands höchsten Berg gesehen haben will, dabei ist Yes Tor an sich nichts Besonderes, Hügel oder Berge – wie man will -, gibt es von seiner Sorte in Schottland Hunderte oder gar Tausende. Auch das nahe Wales kann da viel aufweisen. Für England stellt das Yes Tor schon etwas Besonderes dar und

man sollte nicht den landschaftlichen Reiz des Dartmoors unterschätzen.

„Pater, du kannst langsam die Augen gegen Boden neigen. Vielleicht findest du ja als Erster den göttlichen Pilz."

In der weiteren Umgebung sieht man einige Tiere weiden, im wesentlichen Ziegen und Schafe, das eine oder andere Rindvieh. Jedenfalls ist das ein gutes Zeichen. Meine Augen scannen weiterhin den Boden. Man muss auch aufpassen, dass man nicht stolpert.

„Hier!", ruft der Pater, der etwa zehn Meter gebeugt von mir weg steht.

Ich eile zu ihm hin. Er zeigt auf den Boden.

„Ich glaube Pater, du bist fündig geworden."

Ich pflücke einen der Gruppe, zeige dem Pater die dunklen Lamellen. Die Stelle liefert mehr als zehn Pilze, sie kommen in die Dose. Ich glaube, es wird nicht mehr lange dauern, bis wir vierzig, fünfzig zusammenhaben.

„Gotte Fleisch, Teonanacatl, wie die Tolteken sagten."

Ich grinse Jonathan an.

„Ich hoffe, es kommt zu keinen Menschenopfern", sagt der Pater.

Schnell sind genügend Pilze gesammelt. Pater Copleston hat ein gutes Auge. Wir suchen ein Quell, in dem wir die Pilze waschen können. Es müssen so um die vierzig sein.

„Pater, jetzt fängt unser kleines Abenteuer an."

Ich teile unsere Ernte, zähle die Pilze, die ich esse. Es

sind 21. Der Pater kommt auf die gleiche Zahl. Aus meinem Rucksack fische ich ein kleines Fläschchen Ramazotti, biete es dem Pater an.
„Mit ein bisschen Alkohol im Magen kommt die Wirkung schneller." Der Pater trinkt die halbe Flasche.
„Es ist interessant, den Wechsel der Wirkungen zu beobachten. Der Alkohol wird nach etwa zehn Minuten wirken, die Wirkung der Pilze wird eine viertel Stunde später eintreten. Sehr schnell wird die Wirkung des Alkohols in den Hintergrund treten und nicht spürbar sein. Bei Cannabis ist es ähnlich. Der Pilz ist einfach stärker."

„So so, Cannabis nimmst du also auch"
„Naah, habe ich mal in meinen früheren Jahren gemacht, in meiner wilden Zeit."
Etwas verlogen lächele ich den kleinen Pater an. Er soll nicht alles über mich wissen.
„Wir können unseren Weg jetzt frei wählen. Reizvoll ist ein Blick auf den Meldon-Stausee, selbstverständlich auch der Blick auf Okehampton. Wir können natürlich auch den Berg rauf. Von oben ist natürlich der Blick am besten."
Ich fürchte, dass der Pater aufs Yes Tor will. Bei seiner Kondition ist das kein Problem, ich aber werde schwer an zu pusten anfangen, was unter Psilocin nur beschränkt reizvoll ist zu erleben, andererseits wirkt der Pilz wie ein Dopingmittel, zumindest psychologisch. Ich werde die Anstrengung nicht weiter wahrnehmen.

Die Wettergöttin meint es gut mit uns. Der Himmel reißt auf und die Sonne scheint auf uns. Ich spüre, wie der Ramazotti zu wirken beginnt.
„Ich hoffe Pater, du hast ein wunderbares, mystisches Erlebnis. Ich werde auch nicht so viel quatschen. Das hört irgendwann von selbst auf."
Der Pater kennt sich im Terrain aus und ich überlasse ihm den Weg. Er macht nicht die harte Tour, direkt auf den Gipfel zu, aber wir gewinnen zunehmend an Höhe. Der Sonnenschein ist ein Glücksfall. Es ist alles um ein Vielfaches besser, wenn die Sonne scheint, es sei denn, man sucht besonders düstere Erfahrungen. Im Kiefer bemerke ich, dass der Pilz seine Wirkung entfacht.
Was für lustige Theorien gibt es über diese Pilze. Eine lautet, dass Außerirdische sie auf die Erde gebracht haben. Im Schamanentum Europas haben sie angeblich nicht so eine Rolle gespielt, wahrscheinlich deshalb, weil sie das ganze Jahr nicht verfügbar waren. Während die Außerirdischen die Mexikaner zum Pyramidenbau inspiriert hatten, hat es hier auf unserer Insel nur zu Stonehenge gereicht. Ich vermute, die Außerirdischen mochten es warm.
„Na Pater, merkst du was? Zieht es auch in deiner Wange und in deinen Zähnen?"
„Ja, ist nicht besonders angenehm."
„Geht vorüber Pater."
Es ist eine Macht, die sich in mein Bewusstsein schiebt. Acid und die Pilze unterscheiden sich da ein wenig. Acid ist unaufdringlicher und wirkt schließlich optischer, während der Pilz vorerst das

komplette Körpergefühl ändert. Aber das ist meine bescheidene individuelle Meinung. Es scheint alles intensiver zu werden. Bei unserer Dosis ist nicht zu befürchten, dass größere Halluzinationen auftreten, zumal der Wirkstoffgehalt der Pilze nicht besonders streut. Ich habe von einem Verhältnis zwei zu eins gelesen. Ich hoffe, für den Pater beginnt eine Zeit des Wunderns und Staunens. Die Welt gerät plastischer. Es scheinen Wellen zu kommen, die die Wirkung um ein Vielfaches verstärken wollen. Der Boden scheint nicht mehr ganz fest zu sein, das Heidegelände scheint Wellenbewegungen unterworfen zu sein und unentwegt geht der Weg nach oben.
Eine dicke Hummel kreuzt unseren Weg, ein Überbleibsel des Sommers und der Pater jubelt: „Wie dreidimensional!"
Dabei sind wir das alles von den Kinos mit ihren Brillen gewohnt. Als ich Avatar damals sah, sagte ich mir: Das kennst du doch irgendwo her. Auch der Pater wird den einen oder anderen 3D-Film gesehen haben, vielleicht Alice in Wonderland, jetzt ist er ein bisschen selbst in Wonderland. Na ja, die Dosis ist ja eher schwach. Es ist mehr ein Vorgeschmack von Wonderland.
Die dicke Hummel scheint uns begleiten zu wollen, vielleicht ist sie ein außerirdischer Bot, der genau weiß, was wir gemacht haben. In so einem Zustand neige ich zu wild komischen Gedanken.
 Wir haben jetzt gegen zwei. Die Sonne hat ihren Zenit überschritten. Der Pater wählt nun einen Weg, der uns unweigerlich auf die Spitze von Yes Tor

bringen muss. Der Pilz verstärkt etwas die Wahrnehmung meines Keuchens. Ich höre sogar den Pater keuchen, obwohl er vermutlich ganz ruhig atmet. Irgendwann mal bei meinen Spaziergängen bin ich einem Jogger begegnet, der auf mich zu kam wie eine schwere, keuchende Dampflok. Die Natur entfaltet sich und der Pilz möchte die Trennung zwischen mir und der Natur aufheben. Bei 21 Pilzen gelingt das nicht ganz, es wären da eher hundert oder mehr Pilze von Nöten. Allerdings ist man dann nicht mehr ganz verkehrssicher. Man muss schon Kompromisse machen, wenn man hier draußen ist. Zu leicht kann man sich ein Bein brechen. Ich hoffe, der Pater versteht, warum wir die Wirkung der Pilze hier im Dartmoor entfalten lassen und nicht beispielsweise bei mir zu Hause, in Autumn Wood bei Musik von Bruckner oder Sibelius. Ich hoffe, der Pater rückt ein bisschen näher ran an die Schöpfung, wie er es benennen würde. Er wird nicht ins Paradies zurückkehren können, nicht mit 21 Liberty Caps. Vielleicht wird er bald nach mehr jagen. Ich habe ihm den Schlüssel gezeigt. Vielleicht macht er sich nächste Woche wieder auf, alleine oder in Begleitung, nimmt 82 Pilze, um der Schöpfung und seinem Gott näher zu sein.

Teonanacatl, der Pilz Gottes, das Fleisch Gottes. Ich glaube, auch die brutale toltekische Religion kannte Spiritualität, und der Indianer, der den Pilz mit Teonanacatl bezeichnete, war ein kleiner Philosoph. Alles das wird Pater Copleston bedenken, wenn er

spürt, dass der Pilz ihn mit seiner Schöpfung verschmelzen will. Ich bin bei all den Erfahrungen Atheist geblieben. Auch Atheisten können sich wundern und mit der Natur verschmelzen. Der Pater will wohl tatsächlich auf den höchsten Gipfel von Südengland.
Eine Wolke schiebt sich über die Sonne. Meine Euphorie ist dahin, größere Depressionen wollen mich beherrschen. Ich erahne die Macht der Dunkelheit, werde daran erinnert, dass ich irgendwann gegen späten Abend vor Angst eine der Türen nehmen muss.
„Wie war die Wolke, Pater?"
„Ich hatte kurzfristig den Eindruck, dass Böse sei über die Welt gekommen."
„Pater, du wirst doch wohl nicht zum Sonnenanbeter verkommen?"

Der Pater lacht und lacht. So witzig war das doch gar nicht. Ich kann mir Pater Copleston eigentlich nicht so vorstellen, dass er den Sonnengott Ra anbetet. Das böse Wölkchen zieht weiter und gibt die Sonne wieder frei. Unseren Seelen tut es gut. Ich grinse den Pater an:
„Du willst ganz rauf?"
„Ja, ich möchte in diesem denkwürdigen Zustand auf dem Dach von Süd-England stehen. Es ist zwar nicht das Dach der Welt, aber immerhin."
Die Gegend wirkt unheimlich, ist mir nicht ganz geheuer, kein Wunder, dass ich ihn als Platz der Dämonen und bösen Geister projiziere, in den

Stunden der Angst, wenn ich mich spät abends in Autumn Wood befinde. Ich bin hier oft. Ich versuche so oft, wie ich kann, ausgedehnte Spaziergänge im Dartmoor zu machen. Es ist dann kaum etwas Angst Einflößendes da, nur diese Vorstellung, dass da etwas sein könnte. Der Pilz verstärkt diese Vorstellung trotz Sonnenschein. Schließlich sind wir oben mit einer überwältigenden Aussicht.

„Ich möchte immer so sein", jubiliert der Pater.

Eine Hummel führt einen kosmischen Tanz zwischen uns auf. Ist es die gleiche Hummel? Sie scheint jedenfalls eine Art Hollywood-Hummel zu sein. Sie ist sehr dreidimensional und laut. Das Land von Milch und Honig liegt vor uns, dort unten Okehampton und die Boote auf dem Meldon-See sind kaum erkennbar.

„Später gibt es dann blutige Steaks in Autumn Wood", sage ich.


Essay  Der Urknall

Man erwarte hier nicht einen naturwissenschaftlichen Essay, der neueste wissenschaftliche Ergebnisse präsentiert. Ich bezweifle, dass man ihn als guten populärwissenschaftlichen Artikel durchgehen lässt, aber das ist auch nicht meine Absicht. Ich möchte nur versuchen, etwas zu kommentieren, worüber sich schon jeder Gedanken gemacht hat. Wie hat alles begonnen oder hat es überhaupt irgendwann begonnen? Schöpfungsgeschichten spielen in der

Geschichte der Menschheit eine große Rolle, eingebettet in Mythen und in die jeweiligen Religionen. Ich habe vom Urknall zum ersten Mal in den siebziger Jahren gehört, als interessierter Jugendlicher, der Physik studieren wollte. Ich hatte von Anfang an ein Unbehagen mit dieser Theorie. Wieso sollte das Universum irgendwann entstanden sein, vor nur wenigen Milliarden Jahren und wieso sollte es zuvor weder Raum noch Zeit gegeben haben? Ich las sogar, die Frage nach dem zuvor sei sinnlos, alles verständlich, wenn man die Konzepte der Allgemeinen Relativitätstheorie kennt. Ich habe die Welt als Gesamtes immer als die Menge von allen Dingen verstanden, die einmal entstehen, sich wandeln und neue Dinge hervorbringen. Die Frage nach dem Anfang eines Dings macht Sinn, aber die Frage auf das Ganze zu beziehen ist unsinnig, dachte ich mir. Glücklicherweise las ich von bedeutenden Wissenschaftlern wie Sir Fred Hoyle, die selbst Gegner dieser Urknalltheorie waren. Fred Hoyle hat selbst den Begriff „Big Bang - Urknall" geprägt, um auch rhetorisch gegen diese Theorie vorzugehen. Er selbst hatte eine eigene Theorie entwickelt, die Steady State Theorie. Die Theorie hat einen schönen Namen, aber ich muss zugeben, dass ich sie nie richtig verstanden habe und dass sie mir in Teilen auch suspekt vorkam. Die Urknallhypothese, ist eine Theorie, die der katholischen Kirche sehr zurechtkam und wen wundert es, dass der Begründer dieser Hypothese ein Geistlicher war. Mir schwebte ein unendliches, ewiges Universum vor, aber da sollte es ein einfaches Paradoxon geben, das Olberts Paradoxon, nach dem bei einem unendlichen Universum der Nachthimmel zumindest taghell erscheinen müsste. Ich erspare dem Leser die Einzelheiten, der Interessierte kann in Wikipedia weiter lesen. Die Überlegung von Olberts stimmt nur unter bestimmten Voraussetzungen, z.B. der, dass das Universum über all gleich skaliert ist, aber die Beobachtungen zeigten doch, dass dem nicht so ist.: die Materiedichte im Plantensystem ist vielfach größer als die der Milchstraße und die Materiedichte ist um einiges größer als die des Haufens zu der die Milchstraße gehört. Ich stellte mir Haufen von Haufen vor, und so weiter, im Mittel war „mein Universum" unendlich dünn, und es war mir klar, dass für ein solches fraktales Universum das Paradoxon nicht unbedingt galt. Die Mathematikkenntnisse meiner gymnasialen Oberstufe reichten aus, um dies zu beweisen. Was für eine deprimierende Vorstellung: das Universum begann mit einem Urknall mit zwei hypothetischen Ausgängen: entweder würde es wieder in sich zusammenstürzen und in einer Singularität verschwinden oder für immer sich weiter ausdehnen. Die Abstände der Sterne zueinander würden immer größer, sodass man irgendwann keine mehr sehen könnte, schlimmer noch, die Sterne wären längst erloschen, ohne die Chance, dass neue entstehen. So ein Universum gefiel mir nicht. Ich war mir bewusst, dass die Urknallhypothese auf eine Reihe von indirekten Annahmen beruhte, die man vielleicht auch in Zweifel ziehen konnte. Zum einem sollte sich das Universum ausdehnen. Dies schloss man aus der Messung von rot verschobenem Licht, welches von den fernen Galaxien ausgesandt wurde. Um so weiter weg das Objekt, umso größer der Effekt. Zuerst erklärte man das mit einem Dopplereffekt, man kennt so etwas von Polizei- und Feuerwehrautos, die an einem vorbeifahren, wobei hier aber der Effekt mit der Entfernung konstant bleibt, da die Autos nicht immer schneller fahren. Das Universum war eine Art Luftballon mit Flecken. Die Flecken bewegten sich auseinander, wenn der Luftballon aufgeblasen wird, und zwar um so mehr, je weiter sie voneinander entfernt waren. Später musste man dann immer wieder lesen, dass der Rotverschiebung nicht ein Dopplereffekt zugrunde lag, sondern die Ausdehnung des Raumes an sich. Wenn aber das Universum auseinander treibt, muss man dann nicht zu dem Schluss kommen, alles habe in einem Punkt in einer Art Explosion angefangen? Ich habe darüber nachgedacht, ob es nicht andere Gründe für die Rotverschiebung geben könnte. Vielleicht ist es eine Art Naturgesetz, dass das Licht auf seinem langen Weg energieärmer wird. Es gab in der Literatur das „tired light model" und seine Widerlegung. Mir war bekannt, dass wenn sich Licht von einer Masse wegbewegt, dass es ins Rote verschoben wurde. Wenn den Physikern und Kosmologen ihr Modell auseinanderfällt, erfinden sie lustig Dinge hinzu, wie Dunkle Materie oder Dunkle Energien, bei neuen Gesetzen sind sie etwas konservativer. Mit der

genauen Vermessung der universellen Mikrowellenhintergrundstrahlung verlor das Argument der Rotverschiebung an Bedeutung, rückte an zweiter Stelle. Die alternativen Kosmologien waren inzwischen bedeutungslos. Eine bessere Erklärung als den Urknall konnte es für die Hintergrundstrahlung nicht geben. Aber an sich war es auch der Anfang vom Ende der klassischen Urknallhypothese. Die Gleichverteilung, die man in der Hintergrundstrahlung fand, konnte man so einfach nicht erklären. Etwas romantisch habe ich früher gesagt, die Hintergrundstrahlung sei nichts anderes als das diffuse Bild des unendlichen Universums, mit einem Maximum im Mikrowellenbereich. Das sei dahin gestellt. Um irgendwie das Urknallmodell zu halten, führte man die sogenannte Inflation ein, in den ersten Mikrosekunden (man verstehe Mikro nicht wörtlich) dehnte sich das Universum vielfach überlichtschnell aus, nur so waren Hintergrundstrahlung und Urknall konsistent. Die Physiker mussten eine neue Kraft definieren, das Inflationsfeld, ähnlich mysteriös wie die Ursache der dunklen Energie. Die Messungen der Hintergrundstrahlung wurden immer genauer.
Die Ideen in der Kosmologie sind wieder vielfältiger geworden. Das kann man insbesondere theoretischen Ansätzen wie der Stringtheorie verdanken und es gibt inzwischen eine jüngere Generation von Wissenschaftlern, die das Universum trotz Urknall für unendlich halten. Es gibt Vertreter, die sich ein zyklisches Universum vorstellen können, was

letztendlich für immer bestand. Kritiker behaupten, das vertrüge sich nicht mit dem zweiten Hauptsatz der Thermodynamik. Man machte sich Gedanken über den Mechanismus der Inflation und einige kamen zum Schluss, dass der Prozess der Inflation nicht abreißen könne mit der Folge der „ewigen" Inflation, unentwegt findet irgendwo ein Urknall statt, unser Universum ist nur eins von sehr, sehr vielen. Es sprengt das Konzept dieses Essays, um näher auf die Vorstellung vom Multiversum einzugehen. (Ich plane einen Essay darüber). Mir scheint, die Grundlagenphysik und die moderne Kosmologie befinden sich wieder in einer Art dunklem Mittelalter. Es ist relativ dunkel geworden in der Kosmologie. Vorschläge, um die Konsistenz der Modelle zu halten, werden immer abstruser. Es scheint so, wie am Ende des ptolomäischen Weltbildes, mit dem die Bewegungen der galileischen Monde nur noch schlecht vereinbar waren. Die Kosmologie braucht eine Revolution, das ist etwas, dass ich aus dem Bauch heraus sage. Neulich fiel mir bei meinen Recherchen auf, dass die Hintergrundstrahlung in der Ebene der Ekliptik, der Bahn der Erde um die Sonne, eine besondere Anomalie hat. Wer weiß, vielleicht bildet sich ja die Mikrowellenstrahlung rund ums Sonnensystem. Ich warte auf Antworten. Das dunkle Zeitalter muss beendet werden.

(present)

Pater Copleston war nach dem Essen gegangen. Ich hatte mich entschuldigt, weil ich noch einen Essay schreiben wollte.
„Das müsse ich ausnutzen", hatte ich gesagt.
Die Nachwehen eines solchen Trips seien ideal fürs Schreiben. Gerne hätte ich natürlich mit dem Pater weiter über unsere Erlebnisse philosophiert. Einiges ist allerdings gesagt worden, vermutlich das Wichtigste und wir haben natürlich auch nach unseren nächsten Partien Gelegenheit, die Unterhaltung über das Thema zu vertiefen, nachdem sich alles gesetzt hat. Dann habe ich innerhalb von zwei Stunden einen persönlichen Essay über den Urknall dahin gerotzt, bis die Konzentration nachgelassen hat und mich Stimmungen eingeholt haben, die für diese Uhrzeit die Üblichen sind. Ich weiß nicht, ob ich den Essay in dieser Form veröffentlichen soll. Er bedarf sicher noch einiger Überarbeitung. Ich plane noch eine Art zweiten Teil, über die Raumzeit, verborgene Räume und Paralleluniversen. Ich versuche mich mit diesen Gedanken abzulenken, aber es gelingt mir immer weniger. Es ist 23 Uhr und die Unwesen des Dartmoors haben sich längst auf dem Weg gemacht, um mich zu ängstigen und zu zerstören. Wenn es so etwas wie eine persönliche Aura gibt, so ist diese schon stark durch die mentalen Fähigkeiten dieser Armee der Finsternis gestört.
Keine Spur von Zombies und Werwölfen hätte die Botschaft meines Trips sein sollen. Eine neugierige

Hummel, die sich in ihrer perfekten Dreidimensionalität zeigte und ein junger, ebenso neugieriger Stier, der Pater Copleston ängstigte, konnten unmöglich von einer Armee der Finsternis zeugen, die mich nun bedrohte. Nun ich glaube nicht im Ernst, dass es ein wahres Heer ist, das mich bedroht, sondern eher eine geschickt operierende Guerillaeinheit, die unauffällig genug ist, mich aber trotzdem nervt. Sie sind kein Thema in der Öffentlichkeit. Jeder würde mich für einbildungskrank, schlimmer noch für paranoid-schizophren halten, würde ich von meinen konkreten Ängsten und Visionen erzählen, aber ich weiß: Es gibt die reale Seite dieses Spuks. Weiterer Rotwein wird mir kaum helfen, meine Angst zu zügeln. Im Vollmondlicht, das durchs Wohnzimmerfenster fällt, scheinen Fledermäuse oder Flughunde zu fliegen, jedenfalls Blutsauger, die es auf mein Blut abgesehen haben. Ein Rabe äugt mit einem Auge in das Wohnzimmer von Autumn Wood, um zu berichten. Wovon? Von diesem älteren Mann, der vor Angst erstarrt, der befürchtet, dass die Nacht ihn verschlucken könnte. Diese spezielle Dartmoornacht. Wölfe ziehen um mein Haus und ich weiß nicht, ob sie übernatürliche Kräfte haben, aber ich vermute es. Es ertönt ein Heulen, dass bis Okehampton hörbar sein sollte. Ich warte darauf, dass eins dieser Untiere durch die Fenster springt, um sich an meinem Hals festzubeißen. Meine Gurgel bietet ein einladendes Ziel. Ich warte darauf, dass eins der Untiere mich durch das Fenster anschaut. Ich habe die

Fensterläden nicht geschlossen, denn selbst mit geschlossenen Fensterläden ist meine Angst nicht geringer. Der Rabe hat inzwischen seine Informationen verbreitet. Ein ängstlicher Homo Sapiens befindet sich alleine in Autumn Wood. Schon ein Schwarm böser, schwarzer Vögel, deren Schlauheit ja bewiesen ist, könnte mir das Leben zum Garaus machen und mir die Leber bei noch lebendigem Leib herausreißen. Sie könnten durch den offenen Kamin eindringen, irgendwie können sie eindringen wie giftiges Schlangenvieh und tollwütige Ratten, die durch die Abwässerkanäle ins Haus eindringen können. Hat es Sinn, mein Haus zu einer Festung auszubauen? All das, was ich phantasiere, könnte geschehen, es ist aber noch nie geschehen. Der Rabe sagt: Ein verängstigter Homo Sapiens, aber das sagt er wohl jeden Abend, wenn er im Einsatz ist. Wie seltsam: Ich habe Zauberpilze genommen und deren Zauber hat mich kein bisschen geängstigt. Es kann schon sein, dass hier Wölfe heulen, denn seit einigen Jahren gibt es wieder ein Dutzend, die sich aber mehr in den Wäldern im Süden aufhalten sollten. Momentan ist es still, kein Geheul von Wölfen oder Werwölfen ist zu hören. Mit Sicherheit ist es die Ruhe vor dem Sturm. Irgendwann werden sie nicht nur drohen, sondern sie werden mich holen oder mich hier in Autumn Wood töten. Abend für Abend mache ich diesen Spuk mit. Könnte es sein, dass ich heute Abend besonders empfindlich bin? Vielleicht sollte ich allen Mut zusammennehmen und hinauslaufen in die Finsternis. Würde ich zerrissen

oder würden sie mich nur neugierig beäugen mit ihren großen gelben Nachtaugen? Bei diesem Gedanken nehme ich einen kräftigen Schluck von dem Romanesco.
„Paul Haydn, es ist dir in diesen Nächten noch nie etwas passiert. Es scheint viel wahrscheinlicher zu sein, dass morgen früh Scotland Yard vor der Tür steht, um dich wegen nicht unerheblicher Drogendealerei zu verhaften. Viel wahrscheinlicher ist auch, dass du einen Herzinfarkt bekommst oder an deinem eigenen Erbrochenen erstickst."
 Es ist ein Ritual, was sich seit Jahren dort draußen abspielt. Ich bin mir sicher: Es ist ein Opferritual. Irgendwann ist die Zeit gekommen, da werden mich die Dämonen der Nacht holen und mich auf ihre Weise opfern. Es könnte heute sein. Anschwellendes Geheul, Bellen. Ich bin sicher, dort draußen gibt es ganz merkwürdige, gefährliche Dämonen, die einfach so Steinwände durchdringen können. Eines Abends sitze ich in einem meiner schweren Ledersessel und eine blutrünstige Fratze wird mich anschauen. Vielleicht ist selbst dann noch nicht die Stunde meiner rituellen Hinrichtung gekommen. Ich lebe noch, man lässt sich wohl Zeit.
Vielleicht brauchen sie ein Maximum der Angst, bis sie endgültig zuschlagen. Es muss eine Art übersinnliche Empathie sein. Sie geilen sich an meiner Angst auf. Sie spüren telepathisch meine Angst, kluge Rabenaugen bestätigen ihre Empathie. Sie wollen zuschlagen, wenn die Angst sich nicht steigern lässt. Vielleicht bin ich dann gelähmt, aber

es gibt ein vorher. Vorher bin ich durch eine der Türen, auf und davon. Wenn der Schwarm der Raben hier eindringt, um sich meiner Leber zu ermächtigen, habe ich immer noch eine Chance durch die Türe zu entkommen, es sei denn, ein mächtiger Kobold versperrt mir den Eintritt durch die Tür. Es ist noch nie passiert, dass sie eingedrungen sind. Möglicherweise steht mir das Szenario noch bevor, aber auch schon so gefriert mir das Blut. Ich bin sicher, da draußen ist etwas und es trachtet nach meinem Leben. Ich habe Angst. Ich will leben, auch wenn ich keine neunzehn mehr bin. Mit neunzehn hätte ich den Berg hinaufrennen können. Vielleicht ist es nur eine sehr merkwürdige Angstpsychose. Nein, war da nicht was, ein Klopfen? Der höfliche Dämon klopft an, bevor er mir den Kopf abreist. Da, schon wieder, ein Klopfen, ganz deutlich. Wie weit ist das Ritual fortgeschritten? Teonanacatl, Menschenopfer, vielleicht ist heute der Zeitpunkt mich zu opfern, weil ich vom göttlichen Fleisch gegessen habe. Vielleicht ist heute dieser Tag. Mein Herz pocht. Ja, es klopft wieder. Eine Fledermaus fliegt gegen das Fenster. Freunde, es ist Zeit durch die blaue Tür zu gehen.

6 (past)

Zurück in Poppenhausen, es ist schon spät. Ich weiß nicht, wie viele Tage vergangen sind, seitdem ich Franziska gebissen habe.     Es könnte gestern gewesen sein. Selten bin ich länger als drei Tage weg von Poppenhausen. Mithilfe meines stummen Dieners schaffe ich eine zeitliche Orientierung. Ich werde nach ihm schauen. Er steckt in seiner Kammer, hat offenbar mit meiner Ankunft – so muss ich es nennen – nicht mehr gerechnet. Es muss der 10. Oktober sein. Aber war es gestern?

Ich machte mir einen ruhigen Abend in meinem Domizil in Poppenhausen. Mein Bedürfnis nach Sex und Blut ist nicht so groß, zudem spielt das Wetter nicht ganz mit, mich meiner Destination zu widmen. Ich habe Korrespondenz geführt, zwei Briefe gingen nach Genf, unter anderem an meinen Freund Le Sage. Ich hatte ihm das letzte Mal Anfang Juni geschrieben, zu seinem 52. Geburtstag. Le Sage ist zwölf Jahre jünger als ich, aber dieser Altersunterschied hat mich nie gestört. Hatte auch Rousseau im Juni zum Geburtstag gratuliert, obwohl ich nicht genau weiß, wo er zurzeit steckt. Rousseau und ich sind im selben Jahr geboren, 1712, er in Genf, der Stadt meiner Träume, meine frühere Wahlheimat, ich im transsylvanischen Bistritz. Es ist eine lange Geschichte, die mich schließlich in der Mitte des Jahrhunderts, als gut Vierzigjähriger nach Genf entführt haben, kurz vor dem verheerenden Krieg, der dann schließlich 56 ausbrach. Es war die Zeit, als mindestens zwei Geistesgrößen sich in Genf gleichzeitig aufhielten. Ich darf meinen guten Le Sage nicht vergessen, dem zwar noch die nötige Anerkennung fehlt, aber das mag sich in naher oder ferner Zukunft noch ändern.

Er arbeitet an einer wunderbaren Theorie der Gravitation, die die rein mathematische Theorie von Newton ablösen könnte, weil seine Theorie erklärt, wie diese geheimnisvolle Kraft zustande kommt. Ein für uns unsichtbarer Teilchenstrom, den wir Menschen auch nicht spüren können, weht unentwegt aus allen Richtungen des Weltalls. Dieser Teilchenstrom soll nach Le Sage einen Druck auf die Himmelskörper ausüben, auf jeden von uns, ähnlich wie die Luft, deren Druck wir normalerweise nicht spüren. Ein ganz isolierter Körper oder Planet erfährt von allen Seiten den gleichen Druck, bleibt also unbeeinflusst. Zwischen zwei Himmelskörper bildet sich, wenn auch eine kleine Schattenzone, ein Unterdruck. Der Unterdruck ist umso größer, umso größer der Schatten ist. Große Massen werfen große Schatten. Ich habe selbst ein wenig Physik in Bukarest und Wien studiert. Das Vermögen meines Vaters hat mich aber davon unabhängig gemacht, diese Profession ausüben zu müssen. Ich habe in Wien an wissenschaftliche Studien teilgenommen, mir die Welt des Optischen erschlossen, das merkwürdige Phänomen der Doppelbrechung am Kalkspat untersucht, habe Arbeiten über das Wetter gemacht und über den Traum nachgedacht, dieses vorhersagen zu können. Nach Genf kam ich dann auch mehr um zu studieren als zu lehren. Ich hatte zwar kurz eine Anstellung, aber ich bin kläglich gescheitert. Nach wenigen Wochen habe ich darum gebeten, mich von meiner Gehilfenstellung zu entbinden, weil ich bei meinen Übungen zu stottern anfing. Ich wurde schnell zum Gespött der jungen Studierenden, zumal mein Französisch nicht flüssig genug war. Ich hatte ähnliche Erfahrungen schon in Wien gemacht, hatte aber gehofft, dass mit fortgeschrittenem Alter diese Art von Schüchternheit sich gelegt haben müsste. In den wenigen Jahren in Genf verbesserte sich mein Französisch und im Umgang mit Freunden und auch in der Geschäftswelt stotterte ich nicht. Glücklicherweise hatte ich immer genug Geldstücke zur Verfügung, um ein annehmliches Leben zu führen, mitunter konnte ich Freunde in der Not unterstützen. Ich habe Le Sage an der Universität zu Genf kennengelernt, er besuchte eine kleine Vortrag über Raum und Zeit, den ich damals gehalten habe und er hat nicht gelacht. Später haben Le Sage und ich uns mehr in Kneipen und Etablissements herumgetrieben. Schnell begriff ich, dass der jüngere Mann selbst einige Gebrechen hatte. Er beklagte sein ausgesprochen schlechtes Gedächtnis und den daraus resultierenden Zwang, alles aufschreiben zu müssen. Trotzdem leistete er hervorragende wissenschaftliche Arbeit. Später verriet er mir, dass er unter einem anderen schwerwiegenden Problem leide: Schlaflosigkeit. Ich riet ihm zum Wein, aber das würde kaum helfen, meinte er. Er bedurfte härtere Mittel. So haben wir Laudanum und Cannabis näher kennengelernt. Eine Kombination von Opium, Cannabis und Wein in größeren Mengen mochte ihm wohl helfen, war aber nicht für sein wissenschaftliches Arbeiten förderlich. Ich kann mir vorstellen, dass diese Kombination

nicht zu einem erquicklichen Schlaf führt. Am anderen Morgen kann man keinen klaren Gedanken fassen. Der Gedankenfluss ist zäh, die eigenen Mühlen mahlen mühsam, eine nicht unerhebliche Trägheit des Gedankenflusses hat sich entwickelt. Ein wenig hilft dagegen dieser neumodische schwarze Türkentrank oder ein dunkler schwarzer Tee, der ebenso aus dem Orient stammt.
Für einen Nichtstuer wie mich war diese Dreierkombination eine verführerische Mixtur. Wenn wir abends durch die Gassen von Genf zogen, fingen wir unter ihrer Wirkung an zu schwärmen. Die Welt zeigte sich in einem neuen Licht und für den guten Le Sage war es ja Medizin, die er brauchte. Spät in der Nacht überwältigten mich schwere Opiumträume, in denen meine Gedanken sich in paradoxen Kreisen drehten, illuminiert durch die Wirkung des Cannabis. Auch hier in Poppenhausen greife ich manchmal zu dieser Kombination, obgleich es vergleichsweise schwierig ist, sich in der Umgebung mit Cannabis zu versorgen. Ein paar Goldstücke können aber alles Mögliche bewegen. Ich habe Cannabis in Transsylvanien kennengelernt, eigentlich nur flüchtig, obgleich es dort sehr verbreitet ist.
Wir waren Nachtschwärmer, die im berauschten Zustand die verschiedensten Theorien über die Welt entwickelten. Mancher rümpfte über uns die Nase: zwei erwachsene Männer, die sich verhielten wie übermütige Achtzehnjährige. Le Sage war unverheiratet und legte eine unglaubliche Schüchternheit, was den Umgang mit dem anderen

Geschlecht anbelangte, an den Tag. Unsere Mixtur half auch hier. Unsere Mixtur und meine Goldmünzen. Le Sage hat mich nie ausgenutzt. Der eine oder andere in meinem Umkreis hat es wohl versucht, den einen oder anderen Taler mir aus der Tasche zu locken. Es gibt viele mittellose junge Wissenschaftler, Künstler, Musiker und eigentlich habe ich ein großes Herz. Es gibt aber vor allem viele mittellose junge Frauen, die für ein paar Goldstücke ihre Unschuld verkaufen, aber wir suchten meistens die Erfahrenen auf, die ihre Unschuld schon vor längerer Zeit verloren hatten und wir teilten mit ihnen gelegentlich auch unsere Mixtur, was den Unterhaltungswert unserer Rendezvous und der der Damen prächtig steigerte. Le Sage verlor seine Schüchternheit und nachher konnte er etwas schlafen, soweit seine verfluchte Natur es denn zuließ.

Ich weiß jetzt, was es bedeutet, ein Schicksal zu tragen. Da nützt kein Laudanum; die Sonnenstrahlen und der gelegentliche Drang nach Blut sind stärker. Es war eine kurze, intensive Zeit in Genf, die ich nicht nur mit Müßiggang vertan habe. Ich habe brillante Köpfe getroffen, Mathematiker wie Daniel Bernoulli. Genf war eins der geistigen Zentren von Europa. Die Stadt mit ihrer Lage zu dem großen See und den in der Nähe gelegenen Alpen übt auf manchen einen großen Reiz aus. Als der alte Voltaire sich dort ein Haus kaufte, erhöhte dies für unsereins die Attraktivität der Stadt. Mein Schicksal liegt nun woanders.

Es gibt Ärzte, die sich ein Wissen über die Menschen und deren Körper angeeignet haben, der Mensch hat über Jahrtausende über den Menschen philosophiert. Es werden in der Literatur einige Phänomene beschrieben, aber meine Geschichte bleibt außen vor. Ich bin ein Vampyr, eine Saugergestalt, wenn es über meine Art Wissen gibt, dann ist es überliefert. Ich weiß nichts über mich. Nach der Überlieferung sollten Vampyre eine rastlose, nimmer endende Existenz führen, wenn sie nicht von ihren Jägern zur Strecke gebracht werden, aber ich altere. Ich bin schlicht nach dem Vorfall in Bistritz, 1756, gealtert. Damals war ich 44, heute bin ich 64 und ich bemerke, dass ich 64 bin. Diese überlieferten Geschichten von Vampyren machen für mich keinen Sinn. Ich habe keine übernatürlichen Kräfte, bis auf den Biss, den die gebissene Kreatur womöglich ebenfalls in eine Art Vampyr verwandelt. Es macht keinen Sinn, dass ich altere, wenn ich unsterblich wäre. Hin und wieder bin ich kurz krank, meist im Winter, wenn Halsschmerzen oder eine stärkere Erkältung mich ans Bett fesselten. Ich gehe davon aus, dass ich durch und durch sterblich bin. Ich bin ein Vampyr der zweiten Art, eine Art, die stirbt, vielleicht schneller als die normalen Menschen, eine Art von Vampyr, die selten zu sein scheint, denn von ihr hat man noch nie gehört. Ich beiße nicht mehr als zehn bis zwanzig Frauen im Jahr. Ich muss Forschungen betreiben, was mit meinen Opfern wird, aber wann soll ich das tun? Ich habe keinen Tag. Es ist schwierig zu sagen, was mit mir geschieht, wenn ich die Türe passiere. Damals war es noch einfach. Ich verfügte über einen Sarkophag, in den ich mich zurückzog, wenn das Morgengrauen begann. Ich muss in diesem Ding tief geschlafen gaben, dennoch war es kein Todeszustand, der mich einnahm, sondern es konnte sogar sein, dass ich im Sarkophag träumte, denn ich konnte mich an den Abenden erinnern. Nicht mehr als ein tiefer Schlaf, geschützt in einer Art Sarg, der mich vor der Aura des Tages bewahrte. Ich muss dies so bezeichnen, weil ich mir nicht genau erklären kann, was es ist, das den Tag so unerträglich macht. Sicherlich sind es die Sonnenstrahlen, die ich nicht aushalten kann, aber selbst bei geschlossenen Fensterläden ist der Tag für mich eine Katastrophe, etwas, was an meinen Lebensenergien zehrt, etwas, was mich krankmacht. Der Sarkophag steht in einer ungenutzten Kammer, aber ich wähle ihn nicht mehr als meine Zuflucht, die Wirkung der Türe ist erfrischender. Ein Aufenthalt im Sarkophag endete immer mit einem gerädeten Gefühl und einem überaus großen Drang zu beißen. Ja, auf meinem langen Weg von Bistritz hier hin, habe ich mehr gebissen. Seitdem ich die Türe benutze, hat der Drang nachgelassen, es erscheint nicht mehr -lebensnotwendig- zu beißen. Ich kann Wochen aushalten, ohne zu beißen. Das war damals nicht möglich. Die weiße Dame hat mich verflucht. Meine Ohnmacht nach ihrem Biss war der Ausgangspunkt einer Metamorphose, die mich langsam umverwandelte und nach meinem überstürzten Aufbruch nach Genf zu meinen

Freunden, erlebte ich eine Metamorphose der völlig ungewöhnlichen Art. Ich wurde zum Vampyr, musste lernen, was es bedeutet, ein Vampyr zu sein. Meine Kutsche ging gen Genf und wer sich in der Geografie Europas auskennt, weiß, dass die Strecke Bistritz Genf eine gute Strecke ist. Schon damals führte mein stummer Diener die Pferde. Ich weiß nicht, in welchem Krieg er seine Zunge verloren hat. Ich lernte, die Sonne nicht mehr aushalten zu können, die Mutation meiner Selbst vollzog sich langsam. Erst war es Panik, die mich antrieb. Nach dem Biss der weißen Dame wachte ich in Panik auf. Aus der Panik wurden die Unerträglichkeit des Tages und die Gier nach Blut. In Budapest habe ich nicht an meinem ersten Opfer gesaugt. Die Fenster der Kutsche wurden tagsüber schon verschlossen, aber spätestens in Budapest wusste ich, dass ich ein Vampyr geworden war. Ich komme aus Bistritz, sodass ich mit einem gewissen Wissen über Vampyrismus verfügte, das, was die Sagen meiner Heimat überliefern. Ich musste lernen, was es heißt, ein Vampyr zu sein. Wien und München waren vor mir nicht mehr sicher. Eigentümlicherweise war die sexuelle Komponente meines Tuns nicht so ausgeprägt wie heute. Ich war sozusagen wahllos, obgleich ich eine gewisse Präferenz für das weibliche Geschlecht hatte, ohne aber vorab von den erwählten Frauen den Beischlaf zu fordern. Es kam vor, der Beischlaf und der Biss, aber heute ist es ein Muss, und es erscheint, dass meine Art von Vampyrismus eine sexuelle Spielart ist, wie das Quälen und Foltern

und sich erniedrigen lassen.
Vielleicht ist durch dieses Haus, durch die geheimnisvolle Kammer oder was immer dort steckt, alles anders geworden. Vielleicht ist dies alles nun, um einen hypermodernen Begriff zu wählen, eine Art Vampyrismus light und die Opfer stehen wenig später nach dem Biss wieder auf, gehen weiter ihrer Profession nach und haben hier und da Lust auf blutiges Fleisch, blutige Steaks, mit der sie ihre Lust und Gier befriedigen. Ich weiß es nicht. Seitdem ich über diese Türe verfüge, habe ich eine Lösung, aber ich weiß nicht mehr, wer ich bin.

Mein naturwissenschaftlicher Sinn ist gefragt, das Rätsel der Türe zu lösen, aber bisher konnte es mir nicht gelingen. Eines Abends nahm ich Papier und Feder mit in die Kammer, auf das ich eine Aufforderung geschrieben hatte, die Verhältnisse hinter der Kammer zu beschreiben. Eine Öllampe diente mir als Licht, falls Finsternis, wovon ich ausgehen konnte, in der Kammer vorherrschen sollte. Nach Tagen kam ich ohne Papier und Lampe zurück. Es ist mir wichtig, einen Unterschied zwischen dem Aufenthalt im Sarkophag und dem in der Kammer hervorzuheben. Ich hatte immer Erinnerungen an meinen Aufenthalt im Sarkophag, an die kleinen Momente vor dem Einschlafen, an das Wachwerden und auch an die Beklemmung, die mir der Sarkophag dann bereitete. Ich konnte mich an die Träume im Sarkophag erinnern. Von dem, was hinter der Türe geschieht, habe ich keine Erinnerung. Etwas

geschieht mit mir, was mir völlig den Verstand rauben muss, zumindest im Nachhinein. Ich trete ein in eine geheimnisvolle Welt, von der ich nichts weiß, möglicherweise ein Einstieg in eine Unterwelt.
Ich bin Pragmatiker. Der Aufenthalt hinter der Türe bekommt mir viel besser als der Schlaf im Sarkophag. Mehre Nächte verbrachte ich noch im Sarkophag, der mich am kommenden Abend sehr unausgeglichen entlässt und der eine irrationale Blutrunst in mir wachsen lässt, die letztendlich für mich gefährlich ist, denn umso mehr Opfer ich aufsuche, umso wahrscheinlicher wird es, dass man meiner habhaft wird, mich pfählt und vernichtet. Vermutlich reicht auch ein einfaches Loch im Kopf von einer ganz gewöhnlichen Kugel, denn ich bin vermutlich ein gewöhnlich Sterblicher. Womöglich gehen meine Häscher von etwas anderem aus, weil sie den Überlieferungen folgen. Es gibt so wenige Vampyre. Das muss einen Grund haben. Wenn die Verfolgung der Vampyre in die Hände der Kirche und der Inquisition, den Teufelsaustreibern gelegt ist, so hat das Verfahren vielleicht etwas Geheimnisvolles an sich und die Vernichtung der Vampyre erfolgt unter strikter kirchlicher Geheimhaltung, weil nach gängiger Kirchenlehre Vampyrismus Aberglaube ist. Sie werden alle umgebracht in stillen Aktionen, um das gemeine Christenvolk nicht zu beunruhigen. Möglicherweise sind die Auswirkungen meiner Bisse andere, als wenn ich täglich blutrünstig, wie tollwütig, dem Sarkophag entsteigen würde, die Art der Ansteckungen wäre eine andere, so wie es

unterschiedliche Pocken gibt. Ich habe keine Lust zum Vampyrforscher zu werden, nur manchmal treibt mich meine Neugierde und ich lese in alten Berichten über längs geschehene Vorfälle, die aber auch aus dem Reich der Fantasie entstammen können. Ich weiß, es gibt eine zweite Wirklichkeit, zu der auch Vampyrismus gehört, aber wussten wir das nicht schon immer. Schon die Luft um uns herum ist ein Rätsel. Woraus besteht sie? Was ist ein Geruch? Ich beschwichtige mich, dass die Art von Vampyrismus, die ich betreibe, eher eine sexuelle Abart ist, eine delikate sexuelle Neigung mit keinerlei größeren Folgen für die Opfer, aber ich weiß es nicht. Es ist eine Art Selbstbetrug von mir, denn ich habe auf meinen nächtlichen Expeditionen keine meiner Opfer mehr gesehen. Das kann Zufall sein. Ich denke hin und wieder darüber nach, zu recherchieren. Ich könnte öfters abends nach Fulda reiten und die Frauen suchen, denen ich früher begegnet bin. Ein Ritt nach Fulda, ohne beißen zu wollen oder mich anderweitig zu vergnügen. Suchte ich nur die sexuelle Lust zu befriedigen, könnte ich nicht ausschließen, dass die Lust nach Blut mich überwältigen würde. Eines Abends bin ich mit einem solchen Vorsatz der Recherche nach Fulda geritten, suchte die Gassen auf, in denen sich die Fräulein herumtreiben. Ich fragte nach dieser oder jener, aber statt mir zu antworten, zeigten sie mir ihren drallen Busen und schließlich konnte ich doch nicht widerstehen, an ihrem Busen zu lecken, ihren Popo zu tätscheln und in ihr Geschlecht einzudringen, um

schließlich an ihren Adern zu saugen. Die armen Opfer. Warum musste sie sich auch so freizügig anbieten? Ich musste fliehen. Es scheint so zu sein, dass meine Opfer von einer Ohnmacht befallen werden, die womöglich schließlich tödlich ist oder die der Beginn einer längeren Metamorphose zum Vampyrismus ist. Vermutlich ziehen sie einfach weg, um in ihrer alten Heimat nicht ihr neues Wesen offenbaren zu müssen. Ich hatte mich berauscht an Titten, Geschlecht und Blut und verfluchte mich wegen meiner Willensschwäche. Ich konnte gar nicht rechercherieren, weil ich Opfer meines Triebes wurde. Aber sollte ich mich weiter als Schwächling ansehen?
Ich begann an einer Theorie zu arbeiten, die im wesentlichen besagte, dass der freie Wille gar nicht existieren könnte, nur die Illusion eines freien Willens existiere. Der freie Wille war mehr als eine Eigenschaft, er war ein philosophisches Prinzip und stand im Gegensatz zu Ursache und Wirkung. Wie schön zeigte die Naturphilosophie, wie eins auf das andere folgte, zwangsläufig. Der Eindruck der Freiheit entsteht nur aus Nichtverstehen, Freiheitsgrade sind nichts weiter als die Abwesenheit totaler Einschränkung, aber nichtsdestotrotz folgen Bahnen für die deterministischen Wege.
Ich war hier in Fulda zum Katholizismus konvertiert, aber das geschah in den Wirren des Siebenjährigen Krieges aus reinem Opportunismus. Fulda war durch und durch katholisch, was auch auf die Umgebung abstrahlte. Ich begab mich unter die Macht des

Bischofs, das konnte mir nur von Vorteil sein. Ich bin jetzt Katholik, wuchs aber in Bistritz lutheranisch auf mit frühem Kontakt zum Calvinismus. Meine kurze Wahlheimat Genf war durch und durch calvinistisch. Mir erscheint es als logisch, dass ein allmächtiger Gott alles weiß und somit auch die Zukunft in jedem einzelnen Detail kennt. Das ist Teil der calvinistischen Lehre, alles ist vorherbestimmt, letztendlich von Gott in jedem kleinsten Teil. Warum sollte Gott die Zukunft nicht kennen, wenn seine Propheten sie kennen. Aus naturwissenschaftlicher Sicht ist der Calvinismus befriedigend, denn alles hat seine Ursache. Das Denken in Ursache und Wirkung scheint mir natürlich zu sein, um ein größeres Verständnis von der Welt zu bekommen, auch wenn der englische Philosoph Hume etwas anderes sagt und Ursache und Wirkung auf eine Gewohnheit zurückführt. Bleibe ich bei Ursache und Wirkung, so ist jedes Ding, jedes Ereignis durch eine Ursache vorherbestimmt, denn jedes Ding und jedes Ereignis hat eine Ursache. Damit hat eine Willensentscheidung ebenfalls eine Ursache und ist somit vorbestimmt, im Prinzip sogar vor meiner Existenz, weil die Ketten der Ursachen bis an den Anfang zurückreichen, wenn es denn einen Anfang gibt. Genauso wie der Zufall existiert der freie Wille nur scheinbar. Ich konnte mich mit Le Sage darauf verständigen, dass es entweder nur scheinbar Ursache und Wirkung gab oder scheinbar die freie Wahl und ihren Bruder, den reinen Zufall. Aber vielleicht war alles nur scheinbar, was mich aber nicht davon abhalten konnte, an eine unantastbare Wirklichkeit zu glauben, auch wenn ich sie mit meinen Sinnen nicht wahrnehmen konnte und meine Sinne nur einem Spiel der Täuschung unterlagen. Meine Sinne konnten getäuscht werden, wie die Gaukler, Trickser und viele Naturphänomene uns lehren, aber konnte mein Denken einer Täuschung unterliegen, sodass logisch nicht logisch war. War logisch zu denken nur eine besondere Art der Täuschung?

Dieser Nihilismus führt zu nicht viel. Meine Erfahrungen mit Cannabis und Laudanum sagen mir, dass das Denken merkwürdige Wege gehen kann. Das logische Denken bedarf eines gereinigten Organs, ich meine unser Gehirn, denn es kann nicht nur eine Sinnestäuschung sein, dass unser Denken im Kopf stattfindet. Vermutlich steigt das Laudanum über die Blutbahnen in den Kopf, verursacht dort, ich sage mal -merkwürdiges- Denken, sowie auch das Cannabis, dessen Einfluss auf die Sinneswahrnehmung spürbar ist. Sauberes Denken erfordert also einen sauberen Kopf, aber was ist ein sauberer Kopf, was ist mit all unseren Köpfen, die ja kaum gleich sein können, weil sich ja schon unser Blut unterscheidet? Ich kann es schmecken, dass sich das Blut unterscheidet. Ich will das alles nicht vertiefen

Es gibt keinen freien Willen und die Frage nach Schuld und Unschuld ist eine rein pragmatische, die mitverursacht, dass das Verbrechen und Taten gegen die Obrigkeit sich nicht ausbreiten. In einem ideellen philosophischen Sinn bin ich unschuldig, wenn ich mich an den jungen Frauen vergehe, es ist unschuldig, ihre Körper mit ihren Säften zu begehren, in einem sehr praktischen Sinne bin ich allerdings schuldig. Dies werde ich spüren, wenn man mich fasst, foltert, quält, wenn die Vorbereitungen getroffen werden, um mich zu töten. Meine Recherche zeigte mir, dass ich ein Wesen mit wenigen Freiheitsgraden bin, aber ich bin gerne bereit, das Experiment zu wiederholen, aufzubrechen nach Fulda, um nach meinen früheren Opfern zu suchen und um nun zu widerstehen der Begierde, wenn ich in den Gassen einem Nüttchen begegne, das sich offenherzig zeigt und weiß, wie sie geschickt meine Geilheit stimulieren kann.

Ich nehme etwas Laudanum, um mich zu beruhigen. Es darf nicht zu viel sein, da ich mich nicht narkotisieren möchte. Ich habe eine Zeit lang noch mit dem Gedanken gespielt, nach Fulda zu reiten, um Nachforschungen zu treiben oder meiner Lust nachzukommen. Es ist ja noch nicht so lange her, dass ich am Blute gesaugt habe. Sexuell bin ich nicht ausgehungert und manchmal habe ich das Gefühl, es hinter der Türe getrieben zu haben. Was bleibt an diesen einsamen Herbstabenden, in den Nächten? Ich bin menschenscheu geworden, seit dem ich ein Vampyr bin. Besonders gesellig war ich nie. Die einfache Rede, der einfache Witz prallt an mir ab, ich schätze die gebildete Konversation zu zweit, höre allerdings auch gerne gescheiten Vorträgen zu und kann mich in ausgewählten Diskussionsrunden ereifern. Mit meinem Diener kann ich mich nicht unterhalten. Obgleich er sehr aufmerksam ist und auch in seinem höheren Alter – ich schätze er ist um die siebzig – verrichtet er seine Dienste gut, aber ich schätze ihn doch eher als ein einfaches Naturell ein. Er weiß von meiner Natur und er hat auf seine Weise geschwiegen. Er hat mich nicht verraten an die ach so grausamen Christenmenschen. Jahre zuvor war er schon mein Diener, während meiner Aufenthalte in Bukarest und Wien. Als Sohn aus reichem Haus konnte ich mir schon früh einen Diener leisten. Warum ich ihn für mich ausgewählt habe, kann ich nicht mehr sagen. Mein Vater stellte mir Konrad vor: Er war mir wohl von Anfang an sympathisch oder ich hatte Mitleid mit der stummen Kreatur. Er geht gerne in die Dorfkneipe und trinkt von den Geldstücken, die er von mir bekommt, ein paar Schoppen Wein in Gesellschaft, obgleich er sich ja nicht unterhalten kann. Wenn ich nicht fantasiere, nutze ich meist meine Zeit, um zu schreiben. Ich sorge für genügend Licht, sodass ich Lesen und Schreiben kann, aber ich bemerke, dass es meinen Augen nicht bekommt und die Kraft meiner Augen schwächer wird. Meine Augen bräuchten das helle Tageslicht, um meinen einsamen Tätigkeiten nachzukommen, aber der Tag vernichtet mich. Oft fantasiere ich darüber, einen Roman über mein Leben zu schreiben, wer weiß, wie lange es noch währt. Die Novelle über einen Vampyr wider willen. Gerne würde ich meinem Publikum die sexuelle Erregung schildern, die mich ergreift, wenn ich mich mit einem meiner Opfer einlasse. Ich habe aber eine gewisse Scheu, die Intimitäten im Detail zu beschreiben, anders wie manche Autoren in Frankreich, die es wohl darauf anlegen, eine Philosophie ihrer Obsessionen zu schreiben. Ich kann und darf nicht meine wahre Blutrunst preisgeben. Man könnte mich für eine tierähnliche Kreatur halten, für ein verabscheuungswürdiges Monster; ich würde für meinen Roman nur ein seltsames Publikum gewinnen. Mein Schicksal. und ich bin davon überzeugt, dass es ein besonderes Schicksal ist, dass seines gleichen sucht, muss meine Leser rühren. Die Erotik und blutgeile Gewalt darf ich nur andeuten, ich werde die Schönheit der Jungfern preisen, ohne zu unterstreichen, dass es Käufliche sind, die ich für mein Laster erwählt habe. Die jungen, feinen Damen sollen bei ihrer Lektüre feuchte Augen bekommen, von Tränen gerührt sein, und die eine oder andere mag sich heimlich wünschen, selbst Opfer des edlen Vampyrs zu sein. In diesem Roman müsste ich mein Alter schönen. Vielleicht ist es ein stolzer Vierzigjähriger, der die Herzen der Frauen erobert, um sich an ihnen zu vergehen, vielleicht ist mein Held auch ein schöner Achtundzwanzigjähriger, der von einem bedauernswerten Schicksal angetrieben wird, ein schönes, kultiviertes Monster, dass zumindest die Frauen lieben. Ich fantasiere öfters über diese Novelle, und auch wenn ich alles so schöne, dass unser Vampyr fast eine Lichtgestalt ist, eine verstoßene Lichtgestalt, so kann ich davon ausgehen, dass die Kirche und das Patriarchat von Männern, die sich um ihre feinen Damen sorgen, mir bei der Verwirklichung meines Projekts einen Strich durch die Rechnung machen. Vermutlich würde man den Autor verfolgen, auch wenn ein nicht unerhebliches Interesse in der Damenwelt bestünde. So werden die Leiden des jungen V. Nicht erscheinen, aber ich könnte die Novelle schreiben. Vielleicht könnte ich veranlassen, dass mein Roman hundert Jahre nach meinem Tod erscheint. Möglicherweise schreibe ich auch zwei Varianten des Romans, die geschönte und die wahrhaftige, in der ein verbrauchter alter Mann seinen animalischen Leidenschaften nachgeht.

Mehr Wein, mehr Laudanum, genug geschrieben. Ich habe in einem Brief an Le Sage meine Gedanken zum Kausalitätsprinzip und der unvermeidlichen Vorbestimmtheit ausgeführt. Vielleicht wird mein Gedankengang ihn als calvinistischer Genfer erfreuen, obgleich er kein überzeugter Christ ist. In später Stunde, nachdem ich über Lesen und Schreiben ermüde, ruhe ich auf meinem Kanapee und gestatte es mir, von wollüstigen Frauen zu träumen. Ich träume davon, ihnen beim Auskleiden behilflich zu sein. Das Laudanum hilft mir bei der Visualisierung meiner Sehnsüchte. Cannabis wäre da besser, zudem kann es die Erregung erheblich steigern, aber in Poppenhausen und Umgebung ist es schwierig, sich mit gebrauchsfertigem Cannabis zu versorgen. Damals in Genf war es kein Problem, aber ich kenne nicht die Kreise in Fulda, die mir diese Pforte öffnen können. Ich träume von einer

Hausherrin mit prächtigem Busen, die ihr Leben mit mir hier teilt, mit der ich mich vergnügen kann, ohne ihr in den Hals zu beißen. Ich werde dann weiterhin meine Ausflüge machen.


Essay – Die unsichtbaren Dimensionen

Die Menschen haben immer schon ein Faible für das Verborgene gehabt. Die Welt der Geister, aber auch Gottes Reich sind für uns verschlossen, gewissermaßen unsichtbar. Wir können ihre Existenz direkt nicht beweisen, uns bleibt nur der Glaube oder Unglaube. In der Physik und Kosmologie haben sich in den letzten hundert Jahre Tendenzen breitgemacht, solche Konzepte in ihre Theorien zu integrieren, obgleich diese Versuche immer umstritten waren. Die Naturwissenschaftler hatten unsichtbare Strahlen und Felder wie die Röntgenstrahlung und die elektromagnetischen Felder entdeckt, die sich immerhin indirekt durch ihre Wirkungen nachweisen lassen, aber ähnliches behaupten auch die Theologen, die indirekte Indizien (Wunder) für Gottes Wirken halten. Man hat behauptet, dass Atome existieren, obwohl man sie nicht sehen konnte. Die Mathematik hatte immense Fortschritte gemacht und die Geometrie beschränkte sich nicht mehr nur auf zwei- und dreidimensionale euklidische Strukturen. In der Mathematik machte der gekrümmte dreidimensionale Raum Sinn, ebenso wie beliebig viele Dimensionen, die man einführen konnte. Ein heller Geist wie Gauss fragte sich, ob der Raum, in der sich unsere Existenz ausbreitet, möglicherweise gekrümmt sei. Nachdem die Mathematik diese Strukturen in ihre ideelle Existenz gehoben hatte, war diese Frage nur mehr als berechtigt, denn warum sollte der „physikalische" Raum, den wir erfahren, ideal euklidisch sein? Es war zu vermuten, dass die Abweichung von Euklid nicht groß sein konnte. Man misst die Winkelsumme eines Dreiecks, und wenn dann 180 Grad resultieren, ist die Annahme, die Geometrie der Welt sei euklidisch, nicht ganz abwegig. Die Erdoberfläche, wenn man sie sich flach vorstellt, ist das beste Beispiel: bei kleineren Dreiecken wird die Winkelsumme nahezu 180 betragen, bei größeren weicht sie deutlich davon ab, den wir leben näherungsweise auf einer Kugeloberfläche, eine gekrümmte zweidimensionale Geometrie. Gauss wählte Berggipfel als Punkte seines räumlichen Dreiecks: die Summe war dann doch 180 in der damaligen Messgenauigkeit, und wohl auch mit der heutigen. Mit Einstein und Minkowski verkomplizierte sich die Geschichte. Physiker waren es schon länger gewohnt, dynamische Abläufe in Weg-Zeit-Diagrammen darzustellen, dabei ist die Zeit eine weitere Dimension, hilfreich zur Darstellung, aber keine „wirkliche" Dimension, da wir immer im Moment leben, die Zukunft nicht kennen und eher eine illusionäre Vorstellung von der Vergangenheit haben. Die Welt existiert nur in ihrem Jetzt, ich entwickle mich im Jetzt, bis ich nicht mehr bin. Der ideelle Gedanke liegt nahe, ein Jetzt für das gesamte Universum zu postulieren, für das was existiert. Schon in der Philosophie der Antike gab es andere Denkrichtungen, wie die Lehren des Parmenides und Zenon von Elea bezeugen. Ich will darauf nicht näher eingehen, alleine Zenons Pfeilparadoxon wäre einen ganzen Essay wert und die merkwürdige Folgerung, der Pfeil könne sich gar nicht bewegen, kommt wundersam modernem physikalischem Zeitverständnis sehr nahe. Nach Einstein nämlich gibt es dieses absolute Jetzt gar nicht; um es krass auszudrücken: das Jetzt-Universum ist abhängig vom Beobachter und ein sehr entfernter Beobachter, der sich etwas zu mir bewegt, hat ein Jetzt-Universum, in dem ich vielleicht auch vorkomme, aber irgendeine ferne Zukunft von mir. An dieser Sache scheiden sich nun die Geister, zum einem, weil dieser entfernte Beobachter nur gedacht ist und weil mein „persönliches" Jetzt-Universum nur gedacht ist, da ich es nicht wahrnehmen kann. Was ich wahrnehme, war, liegt in der Vergangenheit, egal, ob nur einen Bruchteil einer Mikrosekunde oder wie das Bild der Sonne, das achteinhalb Minuten alt ist. Während die Sonnenstrahlen auf meinen Pelz brennen, kann ich nicht sagen, ob die Sonne noch existiert. Das „persönliche" Jetzt-Universum ist unsichtbar, ohne Wirkung auf mein Jetzt. Einstein und andere haben aus der Relativität des Jetzt geschlossen, dass Vergangenheit, Gegenwart und Zukunft physikalisch gleichberechtigt sind. Zum Jetzt eines Gastes am anderen Ende des Universums gehört die Erde der Zukunft oder die der Saurier. Alle Zeiten existieren, nur kann ich das subjektiv nicht wahrnehmen. Für Einstein ist Raum und Zeit verwoben, die Raumzeit, und die Zeit dimensional genauso real, wie wir die Wirklichkeit des Raumes annehmen. Die Raumzeit ist für mich aber unsichtbar. Solch eine Vorstellung von der Zeit führt zum Blockuniversum, eng verwandt mit dem Gedanken von Parmenides. Was hat das für ideelle Konsequenzen? Die Zukunft ist festgelegt und der freie Wille ist nur eine Illusion. Mein begrenztes Leben im Wandel ist nur eine Illusion, was man sich nicht so leicht vorstellen kann, aber ich habe es versucht; es geht. Geburt und Tod meiner Selbst geschehen, somit Bewegung, als Stillstand (im Sinne von Zenon) fortwährend. Wir haben nicht die richtige Sprache dafür, weil wir gleich wieder zeitliche Begriffe bemühen, um diese Zeit zu beschreiben und das ist an sich so fragwürdig wie nach einem Anfang der Zeit zu fragen. Manche behaupten, das Blockuniversum und die damit verbundene Zeitvorstellung ergeben sich unmittelbar aus der Relativitätstheorie (oder zumindest, wie Einstein es sah, legt die RT diese Vorstellung nahe), andere streiten das vehement ab. Alles vorbestimmt; das kann doch gar nicht sein. Lehrt uns nicht die Quantenmechanik, dass auf atomarer Ebene alles zufällig ist? Zumindest nach der Kopenhagener Deutung der QM. Es gibt einige unschöne „philosophische" Aspekte dieser orthodoxen Interpretation, man kann als Mensch diese Theorie nicht begreifen, sondern nur akzeptieren, testen und anwenden. Dies war Motivation, andere Interpretationen zu entwickeln, die diese Schwierigkeiten „umschiffen", aber zu Probleme ganz anderer Art führen. Ich will dem Leser, die Details ersparen. Eine dieser Theorien ist die „Viel-Welten-Theorie". Ganz vereinfacht gesagt, kann ein „Quantensprung" einen beliebigen Ausgang haben. Die Viel-Welten-Theorie besagt nichts anderes, dass bei einem Quantenereignis alle möglichen Ereignisse realisiert werden, jedes für sich in seiner eigenen Welt. Der jeweilige Beobachter erfährt nur seine eigene Welt, die unendliche Mannigfaltigkeit der anderen Welten ist für ihn unsichtbar. Es kommt noch schlimmer: der Beobachter wird unentwegt zu minimalste oder größeren Variationen seiner Selbst kopiert, sodass unzählige Paul Haydn existieren. Es muss sogar Exemplare meiner selbst geben, die abscheuliche Sachen machen. Einsteins Blockuniversum hat das Tor aufgestoßen: unsichtbare Welten, unsichtbare Dimensionen sind nicht nur denkbar, sie könnten auch durchaus wirklich existieren. Ich will nicht unerwähnt lassen, dass der Erfinder des Quantencomputers, David Deutsch, prominenter Anhänger der Viel-Welten-Theorie ist und er etwas gleichnishaft sagt, dass die Überlegenheit der Quantencomputer daher rührt, dass diese Maschine in einigen Welten gleichzeitig rechnet. Mir scheint ein Zeitalter des Unsichtbaren ist angebrochen; wen wundert es bei Konzepten wie Dunkler Materie und Dunkler Energie. Mancher wacher Geist sträubt sich bei der Vorstellung, für die Erklärung eines atomaren Ereignisses bedürfe es mehrere Welten. Andererseits ist es so abwegig, das alles, was möglich ist und wäre, tatsächlich existiert? Vielleicht existiert sogar alles widerspruchsfreie Denkbare. Es mag sein, dass ich meinen Lesern mehr als das Abstruse dieser modernen wissenschaftlichen Denkweisen nicht vermitteln kann. Theoretiker forschen an der Stringtheorie, nach der die Welt zumindest zehndimensional ist. Die versteckten, unsichtbaren Dimensionen sind zu klein, als das der Mensch sie sehen könnte. Vielleicht gelingt es irgendwann in Cern, ein großer Komplex, der Unsichtbares aufdecken will, sie nachzuweisen. Mein persönliches Jetzt-Universum, das Blockuniversum und schließlich das Multiversum mit seinen Stringstrukturen sind alle unsichtbar, nicht direkt beweisbar und zeigen um so mehr die Grenzen der Erkenntnisfähigkeit der Menschheit.

## 7 (present)

Gestern habe ich ein entspanntes Treffen mit Pater Copleston gehabt. Wir ließen die Erlebnisse von letzter Woche im Dartmoor Revue passieren, fügten die eine oder andere philosophische Bemerkung an und Pater Copleston bestätigte nochmals seinen Wunsch die Expedition ins Unwirkliche zu wiederholen, bei größerer Dosis. Soll mir Recht sein. Der Pater ist ein angenehmer Begleiter und er zeigte sich am gestrigen Abend wie beflügelt, was sich auch

in seinem Spiel bemerkbar machte, denn es schien
so, dass er erhebliche Fortschritte gemacht hatte und
das Spiel endete chancenlos für mich. Vielleicht war
ich dann doch nicht ganz so bei der Sache,
keinesfalls beflügelt, denn der Deal macht mich
zunehmend nervös. Es sieht so aus, als ob meine
Gegenseite auf eine persönliche Übergabe besteht.
Wie viel einfacher ist es, dass Geld zu kassieren und
alles per Post abzuwickeln, problemlos, weil mein
Brief mit falschem Absender die nationalen Grenzen
nicht überschreitet. Im Grunde ist es ja nur Papier,
was ich verschicken würde, Papier mit einer kleinen
Verunreinigung von fast weniger als einem Gramm.
Der Pater war dann zufrieden gegangen, nicht ohne
dass ich nochmals Komplimente für seine Spielweise
machte und ich war schon in Gedanken bei meiner
Aufgabe, antwortete auf Mails und die Dunkelheit tat
ihr übriges, um mich nicht besser fühlen zu lassen.
Ich rief die Agentur an und bestellte für heute, frühen
Abend, zwei Damen. Vor einem Deal raste ich
sexuell immer aus, nicht dass es wirkliche sexuelle
Erregung ist, die mich dazu treibt. Gleich zwei
Frauen. Die arme Elfreda wird sehr besorgt um mich
sein. Ich habe blutige Steaks für heute Abend
verlangt, für drei Personen. Sie guckte schon
komisch. Die Agentur hat mir gewissermaßen Rabat
zugestanden; ich bezahle nicht das Doppelte, sondern
nur fünfzig Prozent mehr, trotzdem sehr viel Geld,
aber ich spare Taxikosten. Ingrid und Elisabeth seien
ein eingespieltes Team heißt es. Ich habe mir die
Damen in neckischen Dessous angeguckt, die

Agentur hat ein Online-Portal für Stammkunden, auf dem man sich Appetit holen kann. Ich mute mir mit 64 einiges zu, aber wozu gibt es diese blauen Pillen. Ich denke, ich werde heute ein bisschen mehr davon nehmen und ich hoffe, ich habe den Segen meines Arztes, den ich morgen ohnehin aufsuchen möchte, weil ich nochmals ein Experiment mit der Angst machen will. Elfreda macht schon die ersten Vorbereitungen fürs Essen, es klingelt und sie lässt die Damen hinein. Die Frauen kichern, als sie ins Wohnzimmer kommen und Elfreda zieht ein merkwürdiges Gesicht. Die Rothaarige trägt ein schwarzes Lederköfferchen. Ich vermute darin irgendein Spielzeug wie Handschellen, Peitschen und Lederhandschuhe. Die kleine Blondine hat vergleichsweise kurzes Haar, und soweit ich es abschätzen kann, zumindest einen mittelgroßen Busen, die Rothaarige ist eine Walküre, ihre Titten haben eine exquisite Größe, das kann ich jetzt schon sehen. Elisabeth heißt die Rothaarige, also ist Ingrid die Blonde. Irgendetwas kommt mir bei der Situation bekannt vor, hmm Ingrid und Elisabeth, da war doch etwas, aber ich komme nicht drauf, kann mich nicht erinnern. Ich bin sicher, dass ich die Damen noch nie gesehen habe, aber da ist irgendetwas. Ich biete den Damen Portwein an, habe eigentlich gar keine Lust auf Elfreda Rücksicht zu nehmen, wünsche mir schon vor dem Essen, dass sich die Damen entkleiden, aber unterdrücke letztendlich den Wunsch, weil ich es mir mit Elfreda nicht verderben will. Ingrid, die tatsächlich skandinavische Vorfahren hat, erzählt mir, dass Elisabeth und sie meistens gemeinsame Nummern machen. Sie wären schon früher gemeinsam in einer Stripteaseshow aufgetreten, aber die Geschäfte als Callgirl laufen besser. Kann ich verstehen. Wer will solche Prachtweiber nicht ficken? Na ja, die jedenfalls, die Sex und Liebe trennen, bei denen, die ein sexuelles Universum jenseits von Liebe und platonischer Zuneigung besitzen, aber das sind recht viele. Sind wir die oberflächlichen Menschen oder haben wir sogar verkrüppelte Seelen? Ich müsste mal über das Thema einen Essay schreiben, obgleich es mit 64 schon fast zu spät dafür ist. Elisabeth öffnet den Koffer, indem sich tatsächlich Utensilien für sadomasochistische Spielchen befinden. Sie schwingt die Gerte und zieht Ingrid eins drüber, nicht besonders feste, aber die stöhnt auf. Schön einstudiert.

„Nicht jetzt meine Damen. Elfreda könnte jeden Moment das Essen bringen. Bitte schließe den Koffer Elisabeth."

Genau getan, als Elfreda das Essen bringt. Blutiges Fleisch!

„Wir sehen uns dann morgen Elfreda!"

Ich glaube, ich lasse sie recht ratlos zurück.

Die Orgie kann beginnen. Die Damen beschweren sich darüber, dass ihnen das Fleisch zu blutig ist. Habe ich sie nicht danach gefragt? Ich nehme oft an, dass man es so wie ich mag.

„Meine Damen, das ist bestes Fleisch. Es wäre eine

Sünde, wenn das Fleisch durchgegart wäre. Bestes argentinisches Filet-Fleisch, dieses Fleisch erweckt die Sinne, gewissermaßen auch das Animalische, was in uns allen steckt und dieses Gen ist gut für ihre Profession."
Ich toaste den beiden zu und Ingrid gibt zu:
„Es ist schon sehr lecker."
Muss ich nur noch Elisabeth von meinem Fleisch überzeugen?
„Nimm ein bisschen Pfeffersauce dazu, Elisabeth. Das Fleisch ist so zart, so gut."
Vielleicht schafft sie es ja, in die Dimensionen meiner Geschmackswelt einzudringen.
„Das Fleisch ist so zart wie Ingrids Popo."
Ich bin davon überzeugt, dass sie diesen gern versohlt.
„Gutes Fleisch gehört versohlt!"
Ich schwärme von japanischem Kobe-Rindfleisch, obgleich ich es nur zwei-dreimal gegessen habe. Man bekommt es hier natürlich gar nicht, außerdem ist es ja nicht bezahlbar.
„Das Fleisch kostet das Kilo so viel wie eure Dienste. Seid brav, Elisabeth und Ingrid und esst mein Fleisch ohne Murren."
Ich erlaube mir Elisabeth zu fragen, ob man an ihren Brüsten Milch saugen könnte, sie wären so prall und groß.
„Paul, du bist doch kein Milchbubi?"
Ich gestehe den Frauen meine Vorliebe für größere Brüste. Elisabeth fängt auf ihrem Stuhl an zu wippen.
„Ihr habt mal gemeinsam gestrippt? Das will ich

nach dem Essen sehen!"
Ich verhalte mich auffällig dominant. Vielleicht will ich ja andeuten, dass ich kaum Ziel dieser Peitschen und anderen Spielzeuge sein kann. Ich bin mir nicht sicher, wie ich auf so was reagiere. Die Mädels essen brav ihre Steaks. So was muss einfach schmecken! Elfreda ist eine begnadete Köchin, wenn meist auch die Gerichte einfach gehalten sind, aber es stimmt jede Komponente. Die gratinierten Kartoffeln scheinen jedenfalls ihren Geschmack zu treffen.
„Meine Damen, tanzt für mich!"
Im Hintergrund tönt noch Bruckners Sechste, vierter Satz. Ich habe etwas Probleme mit den vierten Sätzen von Bruckner. Unmöglich, dass die Damen dazu tanzen. Als Jugendlicher habe ich meine Phantasien bei Child in Time ausgelebt. Eine hervorragende Idee. Ich lasse sie zu diesem Song von Deep Purple tanzen, selbstverständlich in der Originalfassung, die auf „Deep Purple in Rock" zu finden ist. Ich brauche nicht lange zu suchen und erkläre ihnen, dass sie nun geile Musik hören werden, Musik, die vermutlich Anfang der Siebziger gehört wurde. Bei Bruckner ist das vermutlich anders. Es wurde noch nie so viel Bruckner gehört wie in den letzten zehn Jahren.
„Child in Time, meine Damen, eure Nummer."
Ich rede wie auf Koks oder manisch aufgedreht. Ich glaube die Damen haben schnell die Dramaturgie der Musik verstanden.
Ich war ein katholischer Junge und für einen solchen war es verboten, nackte Frauen anzusehen. Ich kannte sie nur von Kunstwerken, aber konnte man

diesen Darstellungen trauen? Das es so etwas wie weibliche Brüste gab, war spätestens im Freibad offensichtlich. Ich habe natürlich in meinem langen Leben schon viele nackte Frauen gesehen und es gelingt mir nicht wirklich, die Illusion aufzubauen, ich sei vierzehn. Die Choreografie ihres Strips ist relativ einfach. Sie bewegen prächtig ihre Becken, und immer wenn die Kleine verstohlen ein Kleidungsstück auszieht, kriegt sie eins drüber von der Walküre, die zwar den Arsch bewegt, aber bisher keine Anstalten macht, sich selber auszuziehen. Ingrid steht dann nackt dar, in halterlosen weißen Strümpfen und Pumps und kriegt weiter Schläge auf ihren Arsch. Es kommt dann irgendwie zu einer Umkehrung der Machtverhältnisse. Die Kleinere verfügt nun über die Folterwerkzeuge und zwingt die Rothaarige, sich auszuziehen. Immer wenn Elisabeth zögert und zaudert, kriegt sie Schläge. Mit Child in Time hat das Ganze nicht so viel zu tun, vielleicht, dass die Becken sich im Rhythmus der Musik bewegen. Elisabeth offenbart ihre Titten, man konnte ja schon vorher ahnen, dass sich Großartiges hinter Pulli und BH verbarg. Ich habe eine unbändige Lust, mich mit diesen Titten zu befassen. Devot zieht Elisabeth nach Androhung von Schlägen ihr Höschen aus und zeigt ihren rasierten Schoß. Nun gebe ich weiter die Kommandos. Ich will, dass Ingrid mir ihren knackigen Arsch zeigt, ihn mir entgegenstreckt, damit ich sie ficke, während ich Elisabeth auffordere, weiter zu tanzen und mit ihren Brüsten zu spielen. Eine andere Nummer von Deep Purple läuft, und

mein Schwanz bewegt sich in der engen Möse dieser hübschen Blondine.
Ich bemerke wieder, dass ich 64 bin, fast hätte ein Krampf alles zunichtegemacht. Ich wünschte, ich könnte mich in einem Rausch verlieren, aber ich kann meinen verdammten Schädel nicht abschalten. Auch während des Fickens denke ich an den Deal. Die Walküre soll mich reiten. Jetzt darf Ingrid tanzen, sie hat da auch etwas mehr Talent. Meine Hände kneten die enormen Titten von Elisabeth und mein Schwanz dringt periodisch in ihre Möse rein. Ich werde kommen, ich muss kommen, aber ohne mich in ein orgiastisches Gefühl zu verlieren. Vielleicht hätten die Damen mich züchtigen sollen, vielleicht hätte ich devot ins Land der Lust gefunden. Ich kann mich nicht verlieren. Ich komme belanglos und denke darüber nach, was ich falsch gemacht habe. Schließlich sitzen wir nackt in den Sesseln und trinken. Ich weiß, dass mein Port ihnen schmeckt. Ich habe noch keine Nutte gesehen, der mein Port nicht geschmeckt hat. Wir sitzen nackt da und plaudern noch eine Weile, aber ich werde die Damen nicht mehr ficken.

Nachdem das Taxi die Damen abgeholt hat, bin ich schnell durch die grüne Tür, ohne jegliche Not, da die Beklemmung und die Angst noch nicht da waren. Das mache ich hin und wieder, wenn ich mich geärgert habe. Ich kann leider nicht sagen, ob ich in ein Territorium des Vergessens gerate, jedenfalls vergesse ich alles, was dort geschieht und die

Annahme ist vielleicht nicht unberechtigt, dass ich dort auch vergesse, was ich mitgenommen habe, zum Beispiel den kleinen Ärger von gestern Abend, diese gefühlsmäßige Impotenz, die sich beim Ficken einstellte. Ich habe gefickt wie eine frigide Frau, jedenfalls so stelle ich mir das vor. Der Fick war für mich so belanglos wie er es vielleicht für Elisabeth und Ingrid war, nur das ich für diese Belanglosigkeit jede Menge Euros bezahlt habe. Sicher ist es nicht, dass ich innerhalb der Zone, dieser mysteriösen Kammer, die mich vielleicht ins Unbekannte, vielleicht in eine Art Wunderland führt, die mitgenommenen Probleme vergesse. Heute Morgen, kurz vor Sonnenaufgang kam ich zurück. Jedenfalls hatte ich eine gewisse Distanz zu dem gestrigen Tag, so in etwa wie wenn man gut und tief geschlafen hat. Vielleicht mache ich nichts anderes in dieser geheimnisvollen Kammer. Heute Nachmittag steht ein Besuch bei meinem Hausarzt an. Ich werde über meine Probleme sprechen, die mich des Abends befallen, ohne zu sehr ins Detail zu gehen. Wenn man heute nur vage erzählt, man habe Angst vor Monster, bedrohlichen Kreaturen, Werwölfen etc., ist man doch gleich ein Fall für den Psychiater. Vielleicht empfiehlt man ja auch einen mehrwöchigen Aufenthalt in einem Sanatorium. Da bin ich lieber vorsichtig. Ich bin ja durchaus bereit, stark angstlösende Medikamente auszuprobieren, aber keine Neuroleptika, die mich von dem Wahn befreien sollen, nachts von Unholden bedroht zu sein. Ich mache daraus durchaus keinen Hehl; ich glaube durchaus an das Übernatürliche. Die Wirkung dieser Türen ist mit Sicherheit übernatürlich, ich kann mir kaum eine andere Erklärung denken. Eine „natürliche" Erklärung wäre, dass ich eine multiple Persönlichkeit bin. Immer, wenn ich durch die Tür gehe, übernimmt mich die andere Persönlichkeit, von der ich nichts weiß. Ich habe eine „Tagpersönlichkeit", mein jetziges Ich, dass sich überall außerhalb und innerhalb des Hauses aufhalten kann und meine „nächtliche Existenz", die nur in den Kammern sein kann. Die Kammern sind dunkel, aber ich habe sie irgendwann einmal aus Neugier von draußen ausgeleuchtet. An den Türgriffen hatte ich eine Schnur befestigt, um die Türen von außen wieder schließen zu können. Es gab nichts Besonderes zu sehen, jeweils eine Tür auf der anderen Seite, die aber zu nichts führen kann, jeweils nach den Bauplänen von Autumn Wood. Autumn Wood hat eine Grundfläche von über 200 Quadratmetern und die beiden Kammern liegen im Innern des Baus, nicht sehr groß und fensterlos. Die anderen Türen führen zu nichts oder vielleicht in die Unterwelt. Ich habe mir die mysteriösen Kammern angeguckt und ich konnte nichts Mysteriöses finden außer den Türen. Bei einem solchen Experiment bin ich dann auch mal reingegangen und kam dann am nächsten Tag zurück, wie immer ohne jede Erinnerung. Ich hatte ein Brecheisen zwischen die Tür gelegt, fand aber diese Vorrichtung am anderen Morgen nicht mehr so vor. Vermutlich überfällt mich der Drang, die Tür zu schließen, wenn ich in der

Kammer bin oder geisterhafte Kräfte schließen sie von selbst. Alles das kann ich meinem Hausarzt nicht erzählen. Ich bin davon überzeugt, dass wenn das parapsychologische Institut von Bristol das Haus und die Kammern untersucht, sich der Spuk verflüchtigt. Das Übernatürliche hat eine Tendenz sich dem Öffentlichen zu entziehen. So schreibe ich dies auch in den Blog „Hacking the Supernatural", in dem man auf Skeptiker und orthodoxe Wissenschaftsgläubige trifft wie auf einen bunten Haufen, der sich in der einen oder anderen Art dem Okkulten verschrieben hat. So gibt es auch ein paar Vertreter der Kirchen, die grundsätzlich Wunder akzeptieren – wenn sie denn in ihren theologischen Kram passen, obgleich Gotteserscheinungen und Begegnungen mit dem Teufel erst einmal in Zweifel gezogen werden. Auch die Katholische Kirche zweifelt erst an Wunder und das Übernatürliche und es bedarf einer Kommission, um das Unglaubliche abzusegnen. Die Mutter Gottes erscheint nicht Tausenden Gläubigen auf dem Petersplatz, dort regnet es kein Manna, sondern die Wunder geschehen meist abseits eines ländlichen Dorfes und ihre Zeugen sind einzelne einfache Menschen, wie die junge Bauernmagd, die das Wunder wie ein Blitz trifft. Gott hat sich seinen Sinn für märchenhafte Inszenierungen bewahrt. Die Theologen in den Okkultforen haben natürlich auch eine geheimdienstliche Aufgabe. Sie sollen die okkulte Szene jenseits der Kirchen beobachten, Satanismus in neuen Formen macht sich hier und da breit. Einige im Forum haben sich als Anhänger des

Genre „Horrorfilm" oder „mystery" geoutet, das sind die, die ihre Unterhaltungsphantasien gerne wirklich sähen. Ich konnte nicht feststellen, dass es hier in Großbritannien eine Szene gibt, die verstärkt an Werwölfe und Vampire hier in England glaubt, während der Glaube an harmlose Kobolde durchaus verbreitet ist. Drüben in Schottland ist das wohl anders. Nach der Unabhängigkeit 2016 gab es dann ja auch schottische Briefmarken mit Nessie als Motiv. Das Land ist dünner besiedelt als England, viel Platz für Kobolde, Monster und Märchenfiguren aller Art. Ich habe aber tatsächlich Stimmen im Forum gefunden, die Werwölfe im Dartmoor vermuten, Kobolde sowieso. Ich habe eine Diskussion angestoßen, welche Zaubermacht Kobolde haben. Können sie in uns Menschen die Illusion wecken, sie wären Werwölfe? Natürlich ist die Geisterfraktion besonders stark und es ist fast schon Frevel und Blasphemie, dahinter den Spuk von domestizierten Kobolden zu sehen, die statt draußen im Moor ein verstecktes Leben im Schloss fristen.

Ich schreibe gern kurze Bemerkungen oder statements in Foren wie „Hacking the Supernatural". Ich lasse heute auch ein paar Sätze zu Cameron los. Der Arme, er hat Schottland verloren und das Britische Pfund, was er aber schließlich selbst mitbetrieben hat, ist er doch noch immer Vorsitzender der Konservativen, einer Partei, die der Wirtschaft nahe stehen soll. Ich danke der Wirtschaft für ihr spätes Einsehen und Einlenken, dass der Euro in ihrem Interesse ist. Cameron war schließlich auch ein Getriebener der Liberalen, die europafeindliche Stimmung im Lande kippte, als es der Gemeinschaft 14/15 gelang, die Eurokrise zu stemmen, während die Welt eher nun von einer Dollarkrise betroffen ist. Irgendwann rächt sich die Politik des billigen Geldes. Mit Eintritt Schwedens, Polens, Dänemark und Großbritannien in die Eurozone wird der Euro zur Leitwährung, zumindest vorübergehend. Ich kann nicht umhin, diese Woche Cameron eine gute Note zu geben, da mit seiner Hilfe ein größerer Konflikt mit den Vereinigten Staaten beigelegt wurde. Es gibt immer noch größere französische Interessen, das Freihandelsabkommen zu torpedieren und das Merkeldeutschland verhält sich opportunistisch. Unglaublich, die Dame führt jetzt ihre vierte Regierung. Merkel und ich sind fast gleich alt. „Weiter so, Cameron!", schreibe ich. Der Mann hat einiges aufgegeben, aber an Substanz gewonnen. Gewöhnlich schreibe ich auch in einem Forum, das über Sex, um Liebe im weiteren Sinne geht. Ich oute mich dort als leidenschaftlicher Befürworter der käuflichen Liebe, als Fürsprecher der freien Liebe und der Bindungslosigkeit, weil ich anderes als Letzteres mir gar nicht vorstellen kann. Heute bin ich etwas launisch, was die Beiträge zu diesem Thema angeht, mir sitzt der Frust von gestern noch im Nacken. Ich weiß gar nicht, wie es passieren konnte. Wenn ich mir die Körper der beiden Damen vor Augen halte, dieser knackige Arsch von Ingrid und ihr freches, neugieriges Gesicht, die Schenkel und

Titten der rothaarigen Walküre, bin ich weit davon entfernt, mir vorstellen zu können, wie es zu meiner Blockade kam. Wie ein Naturgesetz hätte eine übergroße Geilheit über mich kommen müssen, ich hätte zweimal kommen müssen, mindestens. Vielleicht hat es mich wirklich überfordert, dass es zwei waren. Ich weiß nicht, ob ich ehrlich sein soll. „Zwei waren für mich zu viel!

Ich schreibe ein paar Zeilen, dass man mit der freien und auch käuflichen Liebe in Bereiche der Erotik vorstoßen kann, die einem traditionellen Ehepaar verschlossen sind. Nie habe ich mich in diesem Forum geoutet, dass ich mich für unfähig halte, eine Liebesbeziehung einzugehen. Ich versuche in meinen Essays und Foreneinträgen immer eine gewisse Ausgewogenheit durchscheinen zu lassen, wenn es aber um Sex geht, beschreibe ich einseitig meine Neigungen, gewissermaßen auch, um mich vor mich selbst zu rechtfertigen. Mir ist bewusst, dass derjenige, der die Hure von der Straße oder die des Massenbordells nimmt, kaum Frauen bekommt, die alle Sinne erfreuen. Es gibt schon einige elende Gestalten, die sich für ein paar Kröten ficken lassen. Ich bin im fortgeschrittenen Alter, da ist der Trieb nicht mehr so groß und wäre ich in den Dreißigern würde es doch ein halbes Vermögen kosten, sich regelmäßig und oft mit Klasse Frauen einzulassen. Es könnte nur eigene Attraktivität helfen, um in der Swingerszene befriedigend zum Zuge zu kommen.

Ich bin mir bewusst, dass ich nicht Modell, Vorbild für die Allgemeinheit sein kann. Der Markt der Sexualität ist ein harter Konkurrenzkampf und der Durchschnitt bekommt nur Durchschnitt, auch auf dem Heiratsmarkt. So kann das durchschnittliche Sexualleben eines männlichen Engländers eine bescheidene Angelegenheit sein, mit ein paar Höhepunkten im Leben, was ansonsten erwartungslos trist verläuft. Ich leiste mir den Luxus von jungen schönen Frauen, die direkt meine biologischen Triebe ansprechen. Wie sollte das bei einem Ehepaar funktionieren, das mehr als dreißig Jahre zusammenlebt? Der Kick wird durch Vertrautheit ersetzt. Ich kann mir nicht anmaßen, über so eine vertraute Liebesbeziehung zu urteilen, ich kenne so etwas nicht mehr. Liebe ist mehr als Sex, aber wird Sex in einer erfolgreichen Beziehung nicht zum unbedeutenden Anhängsel. Man kann wohl nicht alles haben, denn die „freien" Ehen sind mehr eine Utopie, in der meist auch ein Partner verliert. Ich kann nicht anders, als mein Leben zu rechtfertigen. Im Forum bemühe ich mich manchmal um eine pornografische Sprache, die die prickelnden Erlebnisse meiner kleinen Abenteuer beschreibt, reine Angeberei gewissermaßen, ohne jemals anzudeuten, dass auch ich einsam sein kann. Ich habe meine Erfahrungen in meinem Leben gemacht und früh harte Konsequenzen gezogen. Ich habe der romantischen Liebe keine Chance mehr gegeben und zu einer Vernunftsehe hat mich nie was hingezogen, obgleich das vielleicht unvernünftig ist. Ich sah mich nie genötigt, aus einem Rollenverständnis heiraten zu wollen oder zu müssen. Richtiges Glück habe ich in meinem Leben nur selten verspürt. Es gab Glück, das zu tieferem Unglück führte. Ich zog meine Konsequenzen. Meine Lebenseinstellung führt zu einer gewissen Härte, die aber durchaus Zufriedenheit zulässt, die immer wieder bei meinen kleineren Erlebnissen aufkommt, bei fast jedem guten Essen, bei einem Wein, den es zu entdecken oder wiederentdecken gilt. Meine Spielabende machen mir Freude und die Idee, dass in meinem Keller ein Zeug lagert, das Tausende zu einer neuen Weltsicht führt, ist an sich großartig, aber sie hat sich auch abgenutzt. Ich denke, ich habe alles im Griff, abgesehen von der Dunkelangst, aber ich fühle mich nicht nur selten einsam, ich werde aber den Teufel tun und dies in diesem Sexforum, in diesem Forum der Angeber zuzugeben. Philosophische Gedanken zu meinem Treiben sind erwünscht, quasi als untermauernde, hedonistische Ideologie für unser wahlloses Kopulieren, immer mit einer Spitze gegen die gediegene Zweisamkeit. Das Forum ist kein Kontaktforum, was ich an ihm schätze. Noch ein kurzes Wort zu den Betrügern, die ich nicht notwendigerweise bewundere, die, die alles haben wollen, das gediegene und den brutalen, freien Sex. Es sind die, die es verstehen, aus ihrem Leben ein komplettes Lügengebäude zu machen, was den einen oder anderen auch überfordern kann. Ich beneide die Betrüger nicht, ich selber bin ja eigentlich auch einer, aber auf einer völlig anderen Ebene, weil ich die

Geheimnisse um mich schützen muss. Ich werde Dr. Millikan nur ein Bruchteil von dem offenbaren, was mich abends wirklich umtreibt. Ich bin schon länger nicht in die Stadt gefahren, da ja alle Einkäufe von Elfreda erledigt werden. Sie weiß, wo und wann man in Okehampton das beste Fleisch bekommt, die besten Zutaten. An sich ist allerdings die Auswahl in Okehampton nicht groß, sodass sie sich auch in Exeter herumtreibt, um meinen Gaumen zu dienen. Dr. Millikan ist einer der wenigen praktischen Ärzte, die in Okehampton praktizieren. Er macht auch Hausbesuche, wie letzten Winter, als ich mir für kurz eine heimtückische Lungenentzündung geholt hatte. Meine Eltern sind beide an Lungenentzündung gestorben. Dr. Millikan ist in meinem Alter. Er wird wohl in ein paar Jahren die Praxis schließen oder an einen jüngeren Arzt übergeben. Ich werde mit dem Golf in die Stadt fahren. Das Auto aus Wolfsburg schützt mich leider nicht vor den vermeintlichen Attacken der Werwölfe, vor Angst, die mir die anderen Kreaturen und Dämonen einjagen, wenn auch hinter ihnen vielleicht nur harmlose Kobolde stecken, die mir eine Geisterbahnfahrt a la Dartmoor vorspielen wollen, wie ich erst heute im Forum spekuliert habe. Ja, Dr. Millikan, es spannt sich abends, nach Sonnenuntergang, ein grauenhaftes Netz der Bedrohungen um Autumn Wood. Ich bin außerstande zu sagen, ob es mir wirklich nach dem Leben trachtet oder ob dieser nächtliche Reigen des Schreckens mich nur ängstigen will. Sie wissen doch, Dr. Millikan, im Dartmoor leben Kobolde. So will es die Sage. Aber es sind vielleicht nicht nur einfache Kobolde, die einen Schabernack mit mir spielen wollen, sondern mehrere Dämonen, eine Schar von Werwölfen. Vielleicht hat sich im Dartmoor etwas aufgetan, ein Abgrund zur Hölle, zur Unterwelt. Sie zerstören erst Autumn Wood, denn Autumn Wood birgt ein Geheimnis, mehr als alle anderen Häuser in Okehampton und Umgebung. Woher ich das weiß? Dr. Millikan, ich darf die Geheimnisse von Autumn Wood jetzt und hier nicht lüften. Die Angst ist schrecklich. Sie ist so groß, dass sich ein Tor zu einer anderen Dimension auftut. Ich brauche etwas gegen diese Angst, denn gewiss, Dr, Millikan, das kann doch nicht alles wirklich sein.

Das habe ich natürlich Dr. Millikan so genau nicht erzählt. Ich habe versucht, ihm klar zu machen, dass abends mich eine größere Angst überkommt. Ich habe ihm noch nicht mal gestanden, dass ich die Angst jeden Abend habe. Er hat mir gesagt, dass das Tavor nur eine vorübergehende Lösung sein könnte. Hat er das mir vor zehn Jahren nicht auch gesagt? Er erinnerte sich wohl nicht an unser damaliges Gespräch. Auch damals verschrieb er mir Tavor, obgleich ich nicht mehr weiß, ob die Tablettendosis die gleiche war. Warum sollte das Experiment diesmal gelingen? Ich bin älter geworden und habe mich vielleicht etwas an den Schrecken gewöhnt. Ich glaube es nicht, denn etwas nimmt von mir Besitz, dass man nicht relativieren kann. Ich will es heute Abend versuchen. Ich hatte Elfreda gebeten, Fisch

für diesen Tag zuzubereiten. Ich wollte alles anders machen. Statt mich meiner Literatur zu widmen und dem üblichen Klassikprogramm hörte ich Beatles. Ich würde den ganzen Abend Beatles hören, angefangen mit den früheren Platten. Die Musik hörte sich zuerst albern an und mir war, während ich auf dem Tablet einige Spiele machte, eine Bildergalerie von Betty Page anguckte und hin und wieder schaute, was meine „Freunde" so in den Foren trieben. Ich habe es immer abgelehnt, mir einen Facebookaccount oder Ähnliches zuzulegen. Ich habe nur sehr wenige Freunde. Ganze vier Tabletten hatte ich genommen, keinesfalls die Menge, um sich umzubringen. Ich glaube, das kann man mit dem Zeug nur schlecht. Trotzdem genoss ich meinen Alkohol, hatte mich vorsorglich aufs Sofa gesetzt, um schnell in die Horizontale gehen zu können, würde mich eine Müdigkeit überwältigen. Die Monster mögen kommen!
Erstaunlich, es ist schon 21 Uhr, die Kobolde rühren sich noch nicht. Ich habe Lust, mit den Dämonen einzeln zu ringen, den Werwölfen zwischen die Augen zu schießen. Wie albern, ein geladener Revolver liegt auf dem Tisch und ein italienischer Dolch aus dem achtzehnten Jahrhundert, ein Familienerbstück. Selten komme ich auf die Idee, den Revolver in meiner Nähe zu bringen, die nächtliche Gefahr ist zu unreal und die Angst immer der möglichen Gefahr voraus. Nie hat mich jemand von den Türen abhalten können. Ich höre inzwischen das Weiße Beatles Album, hab das Tablet abgelegt,

Port und Tabletten machen doch sehr müde. Warum nicht ein bisschen schlafen? Ich lege mich aufs Sofa, beginne etwas zu fantasieren, weil ich mit einem weißen großen Wolf durchs Dartmoor wandele. Ich mag Wölfe. Warum sollten sie mich angreifen? Ich fahr doch sogar ein Auto aus Wolfsburg. Mein Wolf wird mich verteidigen, wenn ich angegriffen werde. Ein schönes Tier, welches keinen Namen kennt. Er kommt und geht, wann er will. Er wird mich vor seinen Brüdern, den Werwölfen schützen. Ein kalter Vollmond leuchtet im Südosten, Geruch von verbranntem Holz steigt mir in die Nase. Ich realisiere: es brennt in Autumn Wood. In einer Art Panik verlasse ich das brennende Wohnzimmer, zwänge mich durch das ansonsten dunkle Haus, in dem nur leuchtende Augen ein wenig Licht liefern. Da muss die Tür sein. Ich bin gerettet.

8 (future)

Komme durch die grüne Tür und fühle mich ziemlich benommen. Es ist anders als normal: Manchmal war ich beschwipst, ein wenig angetrunken, mit der gleich aufkommenden Frage: Was habe ich jenseits der Tür getrieben?. Kein Wunder, dass man mich auslacht. Ich trinke keinen Alkohol, wenigstens in der Obersten Zeith, nehme keine Drogen, obgleich der Spaß hier relativ verbreitet ist. Dies ist natürlich alles legal und man hört kaum von Unfällen und Überdosierung. Sich die Birne mit Heroin weg zu schießen hat hier kaum jemand Lust, hier zieht sich

kaum jemand zurück, es gibt gewöhnlich keine Depression in der Obersten Zeith, und wenn es tatsächlich eine Opposition gegen das dekadente Treiben auf dieser Welt gibt, so kann man die Morphinisten vermutlich unter ihnen suchen.
Ich suche hier clean meinen Spaß. Ich habe aufgegeben nach einem Sinn zu suchen, nach einem Sinn für mich. Ich finde keine Antworten und niemand gibt sie mir. Ich arbeite hier nicht, bediene mich an den Buffets, die es hier immer reichlich gibt. Ich bin hier geduldeter Gast oder mehr als das, weil ich hier sehr oft bin. Es muss kurz vor Mittag sein, es sieht nach einem sehr schönen Tag aus, aber ich hab die Wahl: Entweder bleibe ich in meinem Zimmer, ziehe mich auf die Liege zurück, um zu schlafen oder ich suche den ärztlichen Dienst auf, damit die schauen, was mit mir los ist. Ich entscheide mich für Letzteres. Ich kenne die Ärzte dort. Sie haben im Allgemeinen wenig zu tun. Sie wissen um meine Sonderstellung: Einmal tauchte ich mit heftigen Erkältungssymtomen und wohl Lungenentzündung in der Obersten Zeith auf, mitten im Hochsommer. Das Gelächter war groß. Man setzte mir eine Spritze und der Erkältungsspuk war nach einer vollen Stunde vorbei. Die Spritze setzte ein außerirdischer Arzt, der sich sehr für die menschliche Biologie interessiert, aber natürlich fehl am Platze ist, das breite Spektrum aller menschlichen Krankheiten kennenzulernen Er ist selbstverständlich ausgebildeter Kosmosmediziner, der unsere Besucher regelmäßig checkt und gegebenenfalls eine Quarantäne anordnet.

Eine menschliche Ärztin, die sehr süß ist, arbeitet dort auch. Ich weiß nicht, ob sie mir schon mal im Simulatron begegnet ist.
Der Weg zum Medicenter ist nicht weit wie alle Wege der Obersten Zeith. Ich brauche keine fünf Minuten bis zur Praxis. Osirim übt sich in einem kleinen Simulatron an einer Operation, während Michaela anscheinend gelangweilt in Datenbanken recherchiert.
„Ich fühle mich ziemlich komisch, Michaela"
„Das ist ja nicht weiter verwunderlich. Sie sind ja auch ein ziemlich komischer Mensch, Paul Hadyn"
„Helfen sie mir aufzuklären, was an mir komisch ist"
„Was ist denn der konkrete Anlass ihres Besuchs."
„Ich fühle mich wie betäubt, nicht unbedingt unangenehm, aber mit einem größeren Bedürfnis zu schlafen."
„Was haben sie nur wieder getrieben?"
„Wenn ich das wüsste. Sie kennen vielleicht die Antwort."
„Warten sie. Ich nehme kurz eine Blutprobe."
Eine Maschine bewegt sich auf mich zu, nimmt meinen linken Arm und sticht eine Spritze in die Venen. In wenigen Minuten ist das Blut nach allen bekannten Substanzen gescannt.
„Sie haben eine gehörige Menge Benzodiazepine intus und zusätzlich einigen Alkohol. Haben sie vor irgendetwas Angst gehabt? Oder wollten sie nur in irgendeiner Weise high sein?"
„Ich habe keine Ahnung. Sie wissen doch, ich bin der

Mann ohne Gedächtnis."

„Ja, sie sind ein seltsamer Heiliger. Vermutlich stammen sie aus einer anderen Zeit."

Das sagt sie so einfach.

„Sie alle kennen mein Geheimnis, nur ich nicht. Ihr wisst alle, was sich hinter der Tür verbirgt."

„Vielleicht kann man das nicht wissen, Paul Haydn. Ich jedenfalls kenne von ihrem Schicksal nur wenig!"

„Soll das heißen, man interessiert sich nicht für mich?"

„Doch Paul Haydn, ich interessiere mich für sie. Sie sind weit und breit hier der älteste Mensch, jedenfalls was das biologische Alter anbelangt."

„Will man eigentlich mal was tun, um meinen Alterungsprozess aufzuhalten. Sie, Michaela, sehen aus wie dreißig, sind sicherlich viel älter. Seitdem ich sie kenne, hat sich ihr Aussehen nicht verändert."

„Ich lasse jetzt einen Antagonisten spritzen mit ein bisschen Pep. In wenigen Sekunden fühlen sie sich wieder wach."

Die Maschine kommt wieder auf mich zu, nimmt meinen rechten Arm, sucht eine Vene und spritzt mir den Antagonisten. Ich bin dann wach.

„Michaela, du bist mir eine Antwort schuldig geblieben. Warum lässt man mich weiter altern?"

„Bist du denn sicher, dass du noch weiter alterst. Du weißt doch in der Regel nicht, was mit dir geschieht"

„Das ist mir zu viel Sophismus. Ich kann ja nicht sagen, ob ich altere. Wir könnten uns in zwei Jahren treffen und meine Falten anschauen. Aber du kannst

feststellen, ob ich altere. Du kannst es an meinem Blut sehen. Du weißt, ob ich altere."
„Nicht böse sein Paul Haydn. Ich habe dir deine Beschwerden genommen. Nun gehe. Ich habe keine Zeit mehr für dich."
Sie könnte so bezaubernd sein, diese Michaela. Ich verdränge das Thema meines Alterns oft. Man macht hier offensichtlich keine Anstalten, mich zu behandeln. Ist es, dass ich nicht hierhin gehöre, dass man meine Gegenwart akzeptiert, aber was meine Existenz und meine Geheimnisse anbelangen, sich nicht einmischen will. Ich erinnere mich. Es gab eine Science Fiction-Serie, da durfte man sich in die Belange einer anderen Spezies nicht einmischen, aber ich bin doch genauso ein Mensch wie Michaela. Oder nicht? Vielleicht haben sich die Verhältnisse umgekehrt: Vielleicht sind heute die Menschen unsterblich und die Vampire sterblich. Ich bin sicher, ich bin ein Mensch und kein Vampir. Sie sagte, ich komme aus einer anderen Zeit. Ich werde diese Spur verfolgen.

Ich fühle mich tatsächlich sehr erfrischt, nicht ganz normal. Trotzdem werde ich in Zukunft nicht auf solche Mittel zurückgreifen; ich bin da eigen. Die Frage des Alterns stellt sich hier und dann. Ich bin mir sicher, dass hinter der Tür auch nichts unternommen wird, mein biologisches Altern zu stoppen, obwohl ich es ja nicht wissen kann. Der Gedanke bringt mich in Rage. Ich schlage eine Einladung zum Essen aus, habe keine Lust ein

Simulatron aufzusuchen, keine Lust auf Sex und das Blut junger Weiber. Ich sollte derjenige sein, der unsterblich ist und der seine Jugend behält, da ich ein halber Vampir bin. Vielleicht sollte ich echtes Blut versuchen, aber ich fürchte, es ist eine alte Mär, dass Vampire nicht altern und soweit ich weiß, sah Graf Dracula eher älter aus. Was wird in zwanzig, dreißig Jahren sein? Soll ich hier als gebrechlicher Greis unter den ewig Jungen herumlaufen? Sicher, im Simulatron kann ich dem Avatar einen jungen Körper geben, eine Illusion, die nur wenige Stunden dauert. Gilt hier wirklich eine „oberste Direktive" der Nichteinmischung? Bin ich wirklich ein Zeitreisender und kommt es zu einem Paradoxon, wenn man meine Zellen so umgekrempelt hätte, dass sie nicht mehr altern. Immerhin wurde ich vorhin geringfügig behandelt und damals die Erkältung, das Fieber, dass sie mir in wenigen Stunden nahmen. Was wird sein, wenn ich eine sehr ernsthafte Krankheit wie Krebs bekomme, einen Schlaganfall oder einen Herzinfarkt, während ich mich gerade auf einen Frauenhals konzentriere? Ich habe mich nie näher mit den gesellschaftlichen Grundlagen dieser Ansiedlung befasst, sondern mich dem dekadenten Treiben hingegeben, wie das anscheinend alle tun. Es gibt so etwas wie eine Weltregierung, die sich unter anderem um die Grundlagen der Ressourcenverteilung kümmert. Es ist aber bestimmt eine recht „anarchische" Regierung, vielleicht eine Spielregierung. Ich weiß nichts Genaues. Hier in der obersten Zeit gibt es eine Art Bürgermeister, der sich um allgemeine Belange kümmert. Möglicherweise ist es nur sein Spiel, das er spielt. Von allgemeinen Wahlen habe ich nichts gehört, die Entscheidungsprozesse müssen irgendwie anders stattfinden. Ich muss zugeben: Ich bin ein zutiefst unpolitischer Mensch. Da werde ich hier nicht der Einzige sein. Ich habe ein ungefähres Wissen von der Geschichte der Menschheit. Früher gab es wohl erheblich mehr Konflikte. Das macht politisches Denken interessanter. Ich kann mir zwar nicht vorstellen, dass dieses Schlaraffenland völlig frei von Konflikten ist, kann mir nicht vorstellen, dass das Universum in seiner Gesamtheit ein Schlaraffenland ist. Vielleicht arbeitet hier im Hintergrund eine gigantische Maschine, die alles Mögliche einsetzt, um die bestehenden Verhältnisse zu sichern, einschließlich einer Sicherheitskopie der bestehenden Verhältnisse. Ich weiß so wenig. Vielleicht kann man per Knopfdruck den ganzen Planeten in eine andere Dimension katapultieren, möglicherweise eine Maßnahme, wenn das System von aggressiven Außerirdischen heimgesucht wird oder von gefährlichen Zeitpiraten. Wenn, dann bin ich ein harmloser Zeitreisender, obwohl ich ja den Virus der Zerstörung in mir tragen könnte, ohne es zu wissen. Es muss Konflikte auf dieser Welt geben, keine Frage. Ich trage einen Konflikt aus. Ich möchte die gleichen Rechte haben wie alle Bürger der Obersten Zeith, wie alle Bürger von Genf. Man wird mir sagen, dass ich kein Bürger der Obersten Zeith bin, weil ich achtzig Prozent oder mehr meiner Zeit

woanders verbringe. Man beweise es mir, dass ich mich außerhalb der Obersten Zeith befinde, bin ich doch vielleicht nur in einer Kammer hinter einer grünen Tür. Mit Sicherheit gibt es einige, ob Mensch oder Außerirdischer, die alles über mich wissen.
„Tut mir leid, Paul Haydn, sie sind ein ausgelagertes Experiment von Cern II. Bürgerrechte können sie daher nicht bekommen."
Hat man mir noch nicht gesagt, aber denkbar ist bekannterweise alles. Vielleicht bin ich ja nicht der Einzige hier, der nicht die vollen Bürgerrechte hat. Es ist ein Kommen und Gehen am Weltraumbahnhof. Vielleicht gibt es Besucher, die ebenfalls altern, hier in der Obersten Zeith ein Asyl suchen, um diesen grauenhaften Prozess zu stoppen.
„Mein lieber Paul Haydn, sie sind nicht nur ein Zeitexperiment, zudem haben sie eine Persönlichkeitsstörung, da sie zum einen nicht wissen, was sie in achtzig Prozent ihrer Zeit machen, zum anderen nutzen sie den Rest ihrer Zeit, um im „Hier und Jetzt" zu leben. Wenn sie uns in drei Tagen wieder aufsuchen, mögen sie ganz andere Interessen verfolgen."
Es stimmt: ich lebe im „Hier und Jetzt", habe eigentlich keine Geschichte in der Obersten Zeith. Sicher, ich kann mich an Erlebnisse und auch Gedanken erinnern, die ich bei den letzten Besuchen gehabt habe, aber ich kenne keine Kontinuität, außer dass ich meinen Hobbys treu geblieben bin. Bin ich nicht ein Bürger, wie man ihn sich wünscht, beschränke ich mich doch auf Brot und Spiele? So

ein Bürger war schon zu Augustuszeiten bei den Mächtigen beliebt. Es entwickelt sich für mich nichts. Da sind keine Freundschaften, die wachsen. Mein Gedächtnis verliert sich über die vielen verflossenen Tage, aber ich kann mich ja zum Beispiel an die Erkältung erinnern, was ein paar Jahre zurückliegt. Es können vielleicht hundert Oberste Zeith-Tage sein. Ich kann mich auch an das erste Mal erinnern, ein ganz sonderbarer Tag in meinem Leben. Da war ich auf einmal in der Obersten Zeith, hier war alles für mich neu und ich begriff gar nichts. Aber umso schlimmer: Obwohl ich wusste und bemerkte, dass ich ein Mensch war, der eine gewisse Bildung hatte, konnte ich mich an nichts aus meinem früheren Leben erinnern. Bin ich damals geschaffen worden? Ein wirklich komischer Tag. Ich musste die Oberste Zeith ja wieder verlassen, ein instinktiver Drang wieder die grüne Tür zu benutzen stellte sich schnell ein, aber am zweiten Tag hier, wusste ich, dass ein neues Leben für mich angefangen hatte, mit Erinnerung an den Vortag.

Eines allerdings wusste ich an diesem ersten Tag: Meinen Namen und ich hatte eine ungefähre Ahnung von meinem Alter. Vom ersten Tag an in der Obersten Zeith war ich ein Objekt der Belustigung. Man lachte, wenn ich auftauchte, erklärte mir gar nichts, obwohl ich davon überzeugt bin, dass Einige hier in der Obersten Zeith mein Geheimnis kennen. Schon der Name der Siedlung lässt ja vermuten, dass hier etwas mit Zeitreisen im Gange ist. Was wird in Cern II betrieben? Der Weltraumbahnhof mag Anlaufpunkt für Weltraumreisende sein, möglicherweise aber auch Portal für Zeitreisende oder allgemein für Raumzeitreisende. Mich wundert, dass man so wenig erfährt, oder sind bestimmte Dinge nicht für meine Ohren bestimmt? Nach den gängigen Theorien – ich verstehe, wie gesagt so gut wie gar nichts von der modernen Physik, die in Cern II betrieben wird – sind Zeitreisen möglich. Dekadente Witze über das Multiversum, die ich nicht immer verstehe, sind in aller Munde. Womöglich forscht man in Cern noch weiter, versucht eine Verbindung zu den Multiversen. Mir wird schwindlig bei dem Gedanken, aber bin ich selbst nicht ein Wanderer zwischen Multiversen, von denen ich aber nichts weiß? Ist es ein Naturgesetz, dass niemand etwas von anderen Paralleluniversen wissen kann? Die Ärztin weiß mehr über mich, als sie zugeben wollte. Es wäre eine einfache Erklärung: ich habe eine Persönlichkeitsstörung, bin eine multiple Person, bei der die eine Person von der anderen nichts weiß. Vielleicht treibt sich ein anderer Paul Haydn auch in der Obersten Zeith herum, ich gehe durch die grüne Tür, werde ein anderer und komme aus der Tür wieder raus, mit einer anderen Persönlichkeit und einer anderen Geschichte. Ich finde allerdings in der Obersten Zeith keine Spuren von einer zweiten Existenz von Paul Haydn, finde mein Appartment immer so vor, wie ich es verlassen habe. Jedenfalls finde ich nichts Ungewöhnliches vor und in den Gesprächen mit den Leuten verwickele ich mich nicht in Widersprüche so nach dem Motto: „Gestern hast du noch gesagt ..." und ich weiß von nichts. Es wäre sehr seltsam, wäre ich nur eine multiple Person. Ich wäre in dieser modernen Welt wohl ein sehr einmaliger Mensch. An sich bin ich davon überzeugt, dass man diese Art von Gedächtnisstörung heilen kann. Es wäre eine sehr seltene Krankheit, dass ich auf einmal oder schon für immer kein Gedächtnis gehabt hätte, dieses aber dann zeitweise wieder funktioniert und zurückgeht bis zu einem Tag X, an dem ich schon über fünfzig war und das der Gedächtnisverlust durch das Passieren einer grünen Tür wieder ausgelöst würde. Nun, es muss schon immer sehr seltene, seltsame Krankheitsphänomene gegeben haben, aber in einem Zeitalter der Zeitreisen und intergalaktischer Reisen sollte man diese Störung doch auch in den Griff kriegen. Ich kann mir nicht vorstellen, ein derartiges Versuchskaninchen zu sein, kann mir nicht vorstellen, dass sich irgendein Wissenschaftler der Obersten Zeith für so eine Störung interessiert und das über Jahre. Ich bin möglicherweise ein Versuchskaninchen, aber dann von einem ganz anderen Kaliber. Der Erklärungsversuch mit der multiplen Person ist unbefriedigend.

In Gedanken hatte ich die kleine Gestalt zuerst nicht bemerkt,

„Spielst du mit mir?", fragt der kleine Außerirdische.

Er hat Ähnlichkeiten mit einem Yorkshireterrier, besitzt neben seinen vier kurzen Beinen aber noch zwei Ärmchen mit einer Art Hände und Finger. Da heißt es immer, dass der Mensch den aufrechten Gang erlernen musste, um zu Intelligenz und Werkzeuggebrauch zu kommen. Es hätte vielleicht auch gereicht, wenn zwei weitere Gliedmaßen entstanden wären. Ich frage mich bei den pelzigen Außerirdischen immer, ob es ihnen zur Sommerzeit in der Obersten Zeith nicht zu warm ist. Nicht nur an einem Tag überschreiten die Temperaturen im Sommer die dreißig Grad Marke. Das Gesicht des kleinen Außerirdischen befindet sich hinter einer Maske, die ihm wohl ermöglicht, mit mir zu sprechen.
„Was willst du denn spielen?"
„Ich will Schach lernen."
Kaum einer spielt hier noch das antiquierte Spiel, dessen Regeln ich kenne. Ich erinnere mich nicht, wann und wo ich das Spiel gelernt habe. Es gibt Spezies, gegen die da hat man als normaler Mensch keine Chance, solche Spiele zu gewinnen. Sie lernen das Spiel, für das ein Mensch seine halbe Kindheit oder halbe Jugend braucht, in wenigen Stunden und schlagen alle menschlichen Amateure, die sich ihnen entgegenstellen.
„Wie heißt du und wo kommst du her?"
„Ich heiße Passermonde und komme vom System Beteigeuze, aber Beteigeuze ist nicht mehr."
„Hin und wieder gucke ich mir den Sternenhimmel hier am Genfer See an. Mir ist nicht aufgefallen, dass

im Sternbild Orion ein Stern ausgefallen wäre."
„Es gibt oder gab eine Supernova. Es werden noch viele Jahre vergehen, bis man sie am Erdenhimmel sehen wird, aber dann wird eure Nacht taghell."
Ich glaube Passermonde übertreibt etwas. Von Beteigeuze kann keine Gefahr für die Erde ausgehen, aber die Supernova wird auch hier ein ziemliches Spektakel. Die Ärmchen von Passermonde sind etwa zwanzig Zentimeter lang, da müssen wir schon besondere Vorkehrungen treffen und ein kleines Brett wählen, damit wir vernünftig spielen können. Meine Laune hat sich gebessert und steigert sich weiter, als Passermonde auf meine Frage, ob er altert, diese mit Ja beantwortet. Er habe eine Lebenserwartung von zweihundertfünfzig Erdenjahren und sei inzwischen etwas über sechzig.
„Dann sind wir ja praktisch gleich alt. Du weißt, dass viele Menschen und auch Außerirdische nicht mehr altern. Du und ich haben auch ein Recht darauf, dass unser biologischer Alterungsprozess gestoppt wird."
Ich jubiliere innerlich, dass ich auf einen Gleichgestellten gestoßen bin, obgleich ihn das Thema nicht so zu interessieren scheint, vielleicht, weil er so viele Jahre vor sich hat. Erstmal egal! Ich beschließe, Passermonde in mein Appartment mitzunehmen und mit ihm Schach zu spielen. Ich hoffe, er erweist sich nicht so als Schachwunderkind. Ich brauche in dieser Welt einen Verbündeten. Warum nicht so jemanden wie Passermonde? Er gibt sich kein bisschen arrogant. Jedenfalls lacht er mich nicht aus, scheint von meinem Geheimnis nichts zu

wissen. Ich werde ihm davon erzählen.

Wir spielen Schach auf dem Boden, so ist es für Passermonde am bequemsten. Zufälligerweise habe ich in meinem Appartment ein magnetisches Reiseschachbrett, auf dem ich bisher nie gespielt habe. Ich wähle sonst immer das größere Brett, wenn es zu einem der seltenen Spiele kommt. Passermonde zeigt sich gelehrig, aber ich fürchte, dass für ihn wenige Stunden Praxis nicht ausreichen werden, um das Spiel großmeisterlich zu beherrschen. Ich frage mich, warum der Kleine das Spiel überhaupt erlernen will. Sicherlich hat er in den elektronischen Bibliotheken gestöbert, hat sich Informationen über die menschliche Kultur angeeignet, hat aber vielleicht auch gezielt nach Strategiespielen der Menschheit gesucht, warum auch immer, denn ein Supertalent auf diesem Gebiet scheint er nicht zu sein. Ich habe ihm die Aufgabe gestellt, mich, der ich nur noch einen König habe, mit seinem König und einem Turm mattzusetzen. Er macht zuerst ein paar ungeschickte Züge, hat aber bald den Kniff raus und ich bin bald matt. Ich weiß nicht, ob ich ebenso schnell als blutiger Anfänger die Problemstellung gelöst hätte. Passermonde ist sicherlich mehr als das Haustier einer überlegenen Spezies, obgleich er so aussieht, als ob er in eine Hundehütte gehört. Er ähnelt tatsächlich einem Yorkshire Terrier, die Proportionen und das Fell stimmen, er ist aber um einiges größer als diese Hunderasse. Wenn er auf seinen vier Beinen steht, hat er eine Länge von 60cm oder mehr. Ich frage mich, ob er die grüne Tür öffnen könnte. Er würde sicher Mittel und Wege finden. Ich brauche hier in der Obersten Zeith einen Freund. Passermonde ist nicht unsterblich und er gehört hier offensichtlich nicht zu den Privilegierten, was für ihn vielleicht einen Anreiz darstellt, ein bisschen gegen das hiesige Establishment zu handeln, was ihn andererseits aber auch dazuführen kann, sich gar nichts zu trauen. Ob er ein geeigneter Freund ist, muss sich erst erweisen. Wenn er zu mir spricht, höre ich zuerst eine Art Krächzen und Bellen. Seine Maske, die er wohl auch zum Atmen braucht, übersetzt dies dann in eine Art menschliche Kinderstimme. Ich zeige ihm ein paar gängige Eröffnungsvarianten. Es ist ganz offensichtlich, dass er Springer mag. Ich habe wirklich große Lust Passermonde von meinem Schicksal zu erzählen, zumal ich einen immer größeren Drang verspüre, die Oberste Zeith durch die grüne Tür zu verlassen. „Kleiner Passermonde, bevor wir ein Spiel spielen, möchte ich dir etwas von mir erzählen. Es gibt ein Geheimnis um meine Person, dass andere der Obersten Zeith vielleicht kennen, mir selbst aber verschlossen ist. Achtzig Prozent meiner Zeit verbringe ich jenseits dieser grünen Tür, die du dort siehst. Sie führt in eine Kammer, die mich alles vergessen lässt. Ich bin immer nur wenige Stunden hier in der Obersten Zeith. Danach entsteht ein großer Zwang, durch diese Tür zu gehen. Ich bin dann meist für mehrere Tage verschwunden, um dann

aus dieser Tür wieder aufzutauchen, ohne jegliche Erinnerung, was passiert ist. Ich kann mich nur an das erinnern, was außerhalb der grünen Tür stattfindet. Niemand hier in der Obersten Zeith will mir die nötige Unterstützung geben, damit dieses Rätsel meiner Existenz gelöst wird, stattdessen lacht man über mich. Alle anderen scheinen die Lösung des Rätsels zu kennen und schweigen grinsend."
Passermonde bellt erstaunt, sagt, dass er von meinem Schicksal noch nicht gehört habe und erstmal keine Erklärung für das Phänomen habe.
„Das ist ein sehr interessantes Ding", sagt er.
„Wenn du willst, kann ich dir ja bei der Lösung des Problems helfen. Ich gehe einfach mit dir durch die Tür."
„Zu nett, Passermonde, aber vielleicht ist das für dich gefährlich. Hin und wieder munkelt man über mich. Möglicherweise ist eine Art Zeitreise im Spiel. All dies könnte für dich gefährlich sein. Es hat mich noch niemand durch die grüne Tür begleitet. Das wird seine Gründe haben. Vielleicht wird es dir danach genauso wie mir ergehen und du bleibst Tage hinter dieser Tür, ohne zu wissen, was du machst oder was du erlebt hast. Vielleicht wird deine Existenz aufgrund eines Paradoxons auch völlig vernichtet."
„Es kann aber für mich auch ganz harmlos sein", antwortet er mir auf meine Warnungen.
Ich erzähle ihm, dass ich auch jetzt wieder einen starken Drang verspüre, durch die Tür zu gehen.
„Komm lass uns ein Spiel machen", sage ich.

„Dies alles ist jedenfalls sehr interessant. Ich werde darüber nachdenken."

Ich ziehe den e-Bauer und er greift diesen mit einem Springer an. Es kommt zu einer Art „Aljechin-Verteidigung". Ich weise auf die Züge hin, die theoretisch nicht einwandfrei sind. Natürlich wünsche ich mir, dass er mit mir durch die grüne Tür geht. Vielleicht hat das Ganze nur wenig Einfluss auf ihn. Jedenfalls habe ich ihn gewarnt. Passermonde gibt sich die Mühe, Figuren von mir zu gewinnen, bis schließlich seine Stellung von meinem Angriff eingenommen wird.

„Ich muss jetzt gehen", sage ich zu ihm, nachdem ich ihn Matt gesetzt habe.

## 9 (present)

Wir haben Freitag, den 19. Oktober. Das Wetter ist ungemütlich draußen und ich verzichte auf meinen Morgenspaziergang. Gegen acht bin ich durch die grüne Tür gekommen, habe erstmal ein kräftiges Frühstück genommen, mit Wurstspezialitäten aus der Umgebung und einem zwölf Monate gereiften Cheddar. Höhepunkt des Frühstücks war allerdings ein perfekt gekochtes Ei, mit schon festem Eiweiß, aber noch flüssigem Eigelb. Die Erinnerungen an den Vorabend kamen unwillkürlich. Ich konnte mich aber nicht erinnern, bewusst durch die grüne Tür gegangen zu sein. Setzte meine Amnesie schon früher ein? Ja kein Wunder, wenn ich in solchen

Mengen Beruhigungsmittel schmiss, wie ich es getan habe. Ich muss tatsächlich eingeschlafen sein und bin dann wohl als Schlafwandler durchs Haus zur Tür. Selbst im Schlaf kenne ich meine Bestimmung. Ich wage es nicht, mich größer von den Türen zu entfernen, insofern sind in den letzten Jahren Reisen in meinem Leben nicht mehr vorgekommen. Ich will mir nicht ausmalen, was passiert, wenn ich nach London fahre und mir dort ein Hotel nehme. Vielleicht würde ich das Hotelzimmer nicht mehr lebend verlassen und ich bin sicher, dass die Kreaturen, die mich verfolgen, auch einen Weg zu diesem Hotelzimmer finden. Ich will es lieber nicht ausprobieren, zu groß ist die Macht um das Geheimnis der Türen. Nach dem herzhaften Frühstück sitze ich an meinem PC und warte auf ein Lebenszeichen meines Dealers. Na ja, eigentlich bin ich ja der Dealer, dann gegen zwanzig vor zehn kommt die erste verschlüsselte Mail. Es ist definitiv. Mein Abnehmer verlangt eine persönliche Übergabe. Ich hasse persönliche Übergaben. Sie sind mit größtem Risiko verbunden. Er fragt, wie viele Reisen ich liefern kann. Zehntausend, dreißigtausend Euro, antworte ich. Das ist fast geschenkt. Auf der Straße gehen die Reisen für mindestens fünfzehn Euro das Stück. Ich sollte fünf Euro verlangen. Ich habe einen erstklassigen Ruf in der Szene. Mr. Unbekannt mit wirklich großartigen Reisen, bei denen man die wilden Sechziger noch förmlich spüren kann. Zugegeben, der Stoff, aus dem die Reisen sind, stammt aus der Mitte der Siebziger, aber der Geist

der Hippies ist nicht weit. Wir haben im Labor Dark Side of the Moon gehört, als der erste Stoff auskristallisierte. Man hat von mir gehört. Mr. Unbekannt liefert erstklassigen Stoff. Mein Dealer gibt mir sein Ok und versucht mich nicht auf zwanzigtausend herunterzuhandeln.
"Wann und wo?", maile ich verschlüsselt zurück.
„Nächste Woche, Freitag, den 26. 10 in Bath in der Byron Road. In einem Cafe namens Atlantis."
Ich lehne es ab, mich in dem Cafe zu treffen, bestehe darauf, dass die Übergabe vor dem Cafe stattfindet, ein Austausch von Taschen, wobei ich verlange, einen kurzen Blick in die Tragetasche mit den Geldbündeln werfen zu können.
„Nick, wie erkenne ich sie?" maile ich noch.
„Ich trage einen Hut mit Feder, Byron Road, Mittags um zwölf Uhr. Ich erwarte Pünktlichkeit."
„Ich auch", maile ich zurück.
„See you"
Das wars. Nun heißt es, an die Arbeit zu gehen. Die zehntausend Reisen existieren noch gar nicht, nur der Stoff. Ein Erfahrungswert besagt: ich schaffe etwa alle zwei Sekunden eine Reise, 10000 Reisen sind gut sieben Stunden Arbeit mit einigen Pausen dazwischen, bis ich die Tropfen nicht mehr sehen kann. Ein kleines Päckchen wäre so einfach gewesen, stattdessen dieser Aufwand mit der persönlichen Übergabe. Vertrauen gehört eh zum Geschäft. Mein Abnehmer kann sich kein schnelles Urteil über die Qualität der Reisen bilden, da mag die Beurteilung von Koks oder Heroin einfacher sein. Mein alter

Rockstar bürgt für mich. Ich bin Mr. Unbekannt, habe noch nie krumme Geschäfte gemacht und immer erstklassige Ware geliefert. Ich weiß gar nicht, mit welchen Labs ich konkurriere. Vielleicht stammt der Stoff neuerdings aus Nordkorea. Die Geheimdienste spielen bestimmt eine größere Rolle. Heutzutage hat man als Chemiestudent keine Chance mehr in größerer Menge an die Ausgangsstoffe für die Synthese zu kommen, es sei denn eine Mafia oder ein Geheimdienst kontrolliert den Zugang. Was wir damals gemacht haben, wird man so auch nicht wiederholen können. Ich hoffe, ich stehe mit meiner Arbeit niemand im Weg. Spätherbst 2018 wird wieder eine Zeit sein, in dem erstklassige Reisen auf den Markt kommen, Reisen, an die man sich erinnern wird, im Guten und im Schlechten.


Samstag, 20. 10. 2018. Ich bin heute Morgen durch die blaue Tür zurückgekommen, zurück in eine stressige Realität. Das Wetter zeigt sich etwas freundlicher als beim gestrigen Tag. Ich machte einen ausgedehnten Spaziergang im Moor nach einem typischen englischen Frühstück mit Würstchen, Eiern und Speck und Orangenmarmelade. Heute erwarte ich den Inspektor zu unserer gepflegten Partie Schach. Ich habe mit der Präparation der Reisen noch nicht begonnen. Ich brauche nichts überstürzen. Aber schon gestern habe ich meinen E-Mail-Server, der irgendwo auf der Welt steht, wo Gesetze nicht so viel gelten, vom Netz genommen. Er stand mit einem Anonymus, der anonymen Internetkontakt verspricht, in Kontakt. Accounts und DNS-Einträge wurden gelöscht, aber sicher kann ich mir nicht sein, dass all diese Vorkehrungen mich schützen. Der Mailaustausch war natürlich verschlüsselt, aber was, wenn ich mich mit den Drogenfahndern unterhalten habe. Ich würde nächste Woche in eine Falle fahren. Glücklicherweise ist das Treffen nicht in Liverpool oder London. In Bath kann ich in einer guten Stunde sein. Ich werde mir in Plymouth eine Maschine ausleihen, eine kleinere Suzuki oder Ähnliches, wie ich es schon ein paar Mal gemacht habe. Heute werde ich keine weiteren Vorbereitungen treffen und versuchen mit Howard einen entspannten Abend zelebrieren. Der Gute, er ahnt wahrscheinlich gar nichts. Ob er mich tatsächlich verhaften würde, wenn er wüsste, wen er vor sich hat? Ich habe Elfreda angewiesen, eine kroatische Fleischplatte zu servieren, mit viel Schwein und etwas Rind. Selbstverständlich mit Speck und Leber. Unsere Küche hat die Vorrichtungen für solche Speisen und Elfreda ist ein Multitalent, das nicht nur perfekt Filetsteaks und Lammrücken zaubern kann, sondern auch deftiges aus der internationalen Gastronomie. Hauptsache Fleisch! Ich habe am Nachmittag versucht, mich mit dem Schreiben eines Essays abzulenken. Ich glaube nicht, dass er mir gelungen ist. Politik und Geschichte sind nicht unbedingt mein Feld, aber ich wollte schon immer meinen Senf zum Nahostkonflikt abgeben. Ich werde später

entscheiden, ob ich ihn einer kleinen Öffentlichkeit zugänglich mache, Howard ist wie immer pünktlich. Ich begrüße ihn herzlich mit einem kleinen Gläschen Port. Zu viel ist für unser Spiel nicht gut. Beim Gospiel ist manchmal etwas mehr Alkohol dabei, weil man es angeblich mit beiden Hirnhälften spielen soll, auch mit der rechten Seite, dort wo man die Intuition vermutet, und etwas Alkohol hat der Intuition noch nie geschadet.
Wir losen die Farbe aus, die Uhr ist gestellt. Jeder hat eine Stunde Bedenkzeit bei beliebig vielen Zügen. Ich habe mich bisher geweigert, die modernen elektronischen Uhren zu benutzen, obwohl ich eine besitze. Mit diesen kann man auch die Zeitsysteme für Go einstellen, aber mit dem Pater spiele ich ohne Uhr. Der für mich wesentliche Unterschied zwischen einer alten mechanischen Uhr und einer modernen elektronischen ist der, dass die mechanische Uhr tickt. Sie ist laut vernehmbar. Man hört, wie die Spielzeit vergeht. Wenn man Jahre mit solchen Uhren gespielt hat, kann man sich daran gewöhnen und das Ticken sogar vermissen. Es gibt selbstverständlich keine moderne Uhren, die ein Ticken simulieren, obgleich es ja Autos gibt, deren Motorensound per Lautsprecher aufgepeppt wird. Ich habe weiß und ziehe wie oft den e-Bauern. Howard erzählt von einer Serie von Einbrüchen in der Umgebung. Sie erfolgten in der Regel in der Abwesenheit der Hausbesitzer. Ich bin praktisch nie abwesend oder auch ganz oft, je nach dem wie man mein Verschwinden durch die Türen interpretieren will.

Mir wird schon bei dem Gedanken mulmig, die
Bande – und Howard geht davon aus, dass es sich um
eine Bande handelt – könnte sich Autumn Wood als
Objekt aussuchen. Man weiß vielleicht, dass ich hier
allein lebe. Unschöner Gedanke: ich bin in einer der
beiden Kammern oder weit weg im Wunderland und
die Bande macht sich über mein Haus her. Nicht
auszudenken, sie würden den Stoff im Keller finden.
Ich habe versucht, ihn gut zu tarnen und eigentlich
könnte nur ein Kenner, ein Experte vermuten, um
was es sich handelt, wenn der Stoff gefunden wird.
Wehe dem, der unvorsichtig mit ihm umgeht. Wir
spielen eine Sizilianische Partie, bei der ich eine
Exotenvariante bevorzuge. Das stammt noch aus
einer Zeit, in der ich für mich alle möglichen
Vorstoßvarianten zusammenführen wollte. Ein
erfahrener Spieler mit Schwarz lässt sich aber nicht
darauf ein, aus einer Sizilianischen Partie eine
Französische mit Vorstoß zu machen.

Wir haben diese Eröffnung natürlich schon öfters
gespielt. Aus der Eröffnung resultiert für mich ein
isolierter Bauer, der aber auch ganz schön
unangenehm für Schwarz werden kann. Es ist die
Alapin-Variante im Sizilianisch. Ich versuche hart zu
kämpfen, mich zu konzentrieren. Wir sprechen kaum
bei unseren Partien, Unterhaltungen können später
folgen. Wir sind in etwa gleich starke Gegner, aber
Howard hat zurzeit die größere Spielpraxis. Ich
denke immer: die armen Verbrecher, die Howard als
Gegner haben. Wenn Howard mit soviel Sorgfalt,

Konzentration und auch Intelligenz seine Fälle angeht, hat der gewöhnliche Kriminelle es schwer. Ich bin kein gewöhnlicher Krimineller. Womöglich fahndet man nach mir, nach dem großen Unbekannten, der die Szene unregelmäßig und selten mit einem besonderen Stoff beliefert. Man kann mich überall vermuten, mein Alter ist unbekannt. Vielleicht hat die Polizei von diesem Unbekannten gehört, vielleicht selbst Howard, aber wieso sollten sie vermuten, dass er in Autumn Wood lebt? Sie haben keine Ahnung, woher der Stoff stammt, können nicht vermuten, dass der Stoff schon über vierzig Jahre alt ist. Sie überwachen die Quellen, die zur Herstellung des Stoffes dienen könnte, aber diese Spuren müssen ins Leere führen. Sie wissen mit einiger Sicherheit, dass der Stoff aus Großbritannien stammt, weil er hier auftaucht, weil kleinere oder größere Mengen hier beschlagnahmt werden. Ich benutze gewöhnliche Löschblätter mit den klassischen Motiven, habe immer vermieden, spezielle Löschblattreihen zu verwenden, die auf ein und denselben Ursprung schließen lassen könnte. Ich habe immer versucht, vorsichtig zu sein, aber in Zeiten der NSA-Überwachung kann man nie sicher sein. Von wegen Anti-Terror-Kampf. Da wird das volle Programm gefahren, bis hin zur Industriespionage.
Howard denkt darüber nach, wie er mich knacken kann, seine Stellung wird offensiver und ich igele mich etwas ein. Soll er doch den ersten größeren Fehler machen. Verliert er Tempi, werde ich ihn

zurückdrängen. Mir ist egal, dass Howard Polizist ist. In meinen inaktiven Monaten verdränge ich sogar, dass ich ein gesuchter Krimineller bin und verschwende keinen Gedanken daran, Howard oder irgendwer könnte mich überführen wollen. Zwanzig, dreißig Monate der Inaktivität gegenüber einem Monat der Aktivität. Jetzt halte ich alles für möglich, sogar dass mir Howard nach dem Spiel, aber besser nach dem Essen, die Handschellen anlegt. Der Druck von Howard wird größer.
Eine kleine Unachtsamkeit oder eine kleine Ungenauigkeit und ich bin erledigt. Ich habe noch 13 Minuten, während Howard über zwanzig Minuten hat. Ich sollte nicht soviel über Howard und meinen Deal, sondern über Howards Partie nachdenken. Schließlich gelingt mir doch eine Art Befreiungsschlag. Ich kann ihn zum Abtauschen zwingen und nach dem Abtausch ist aus seinem Angriff die Luft raus. Wir finden uns in einer langweiligen Endspielsituation wieder, die völlig ausgeglichen erscheint. Ich habe meinen isolierten Mittelfeldbauern längst abgegeben, gegen einen anderen. Materiell und positionell stehen wir völlig ausgeglichen dar. Es macht kaum Spaß, so etwas zu Ende zu spielen, deshalb biete ich ihm Remis an, worauf er eingeht.
„Schade", sagt er. „Ich hatte gedacht, dass ich dich kriegen könnte."
„Schließlich ging ich dir doch durch die Lappen, aber es kam nicht zum Polizistenmord", scherze ich. Jetzt kann der feucht-fröhliche Teil des Abends

beginnen. Noch ein Gläschen Port, bis das Essen kommt, dann wird ein trockener Roter aufgetischt. Ich habe für heute Abend den LZ ausgewählt, ein ausgezeichneter junger Rioja. Ich bin gespannt mit wie vielen Gläsern intus der Inspektor heute in seinen Morris steigt. Ich gebe Elfreda Bescheid, dass sie mit dem Grillen des Fleischs beginnen kann.
„Was gibt es denn heute?", fragt Howard.
„Lass dich überraschen!"
Howard ist geschiedener Junggeselle und hat kein Talent zum Kochen, behauptet er jedenfalls. Manchmal revanchiert er sich, lädt mich in eins der Lokale von Okehampton ein, zum Beispiel ins Golden Ox, das vorzügliche Steaks macht. Howard ist ein armer Polizeibeamter und ich ein reicher Krimineller, da ist es schon ok, dass er permanent mein Gast ist.
„Habt ihr Spuren von der Diebesbande?"
„Es könnte sich um eine Bande von Iren handeln."
„Iren?"
„Hast du Angst, dass sie bei dir einsteigen. Kann man bei dir was holen?"
„Nicht wirklich, sieh dich doch um. Es sei denn, jemand wäre scharf auf meine schweren Ledermöbel. Ich habe keine originale Kunst an meinen Wänden, sondern nur Nachdrucke. Computer, Fernsehen und Stereoanlage sind reines Mittelmaß. Ich habe hier keine Diamanten versteckt."
„Ich dachte!"
Elfreda bringt für jeden einen Krautsalat und verkündet, dass sie das Fleisch in fünf Minuten

serviert. Elfreda öffnet den LZ und ich verliere ein paar Worte zu dem Wein.
„Ich wünschte, unsere Jugendlichen würden bei so etwas bleiben." - „Ein normaler Jugendlicher kann sich meine Weine wohl nicht leisten."
„Du weißt, was ich meine. Letztens hatten wir in Exeter wieder einen aufgegriffen, der die Taschen voller Ecstasy und Speed hatte, zudem ein paar LSD-Trips. Der Typ war völlig durchgeknallt. Wir mussten ihn in die Psychiatrie einweisen lassen. Der Typ hat einen Schaden fürs Leben. Vielleicht bleibt er für immer psychotisch."
„Bedauerlich", sage ich.
Glücklicherweise kommt Elfreda mit der kroatischen Fleischplatte. Dazu gibt es Djuvec Reis, Pommes Frites und Aiwar.
„Das ist eine Überraschung", ruft der Inspektor aus. Ich bin an Leber, Speck und Cevapcicis interessiert. Es gibt aber auch Stücke vom Schweinefilet, kleine Pumpsteaks, für jeden genug. „Ich war da mal, damals, als es noch Jugoslawien war, bei Split, hat mir gut gefallen."
Ich sage, dass meine Familie aus dem Balkan stammt. Von Siebenbürgen bis zur kroatischen Adria ist es aber ein gutes Stück.
„Diese Arschlöcher, die dieses Zeug herstellen und verkaufen. Sie machen unsere Jugendlichen krank, geisteskrank. Selbst Cannabis induziert Psychosen."
„Aber doch nicht bei jedem. Die Fälle, die du meinst, sind doch solche, die eh krank geworden wären. Durch die Drogen ist die Krankheit schneller

rausgekommen."

„Ach was, mein lieber Paul, verlass dich auf meine Erfahrung: Das Zeug macht krank."

Das Cevapcici bleibt mir glücklicherweise nicht im Hals stecken. Es gelingt mir nicht, Howard von dem Thema abzukriegen.

„Ich werde euch kriegen", sagt er ziemlich abgefüllt und steigt in seinen Morris.

Ich werde auch heute nicht die Gnade haben, von den Geistern und Dämonen des Dartmoors verschont zu bleiben. Howard und Elfreda sind fort und meine Angst gesellt sich zu mir wie ein treuer Partner. Der Abend wird wieder an einer der Türen enden. Ich höre Wolfsgeheul. Ich stelle mir vor, wie sie mit leuchtend gelben Augen ihren Weg nach Autumn Wood suchen. Ist da ein Geräusch an der Tür, ein Kratzen, eine Kreatur, die herein möchte?"

Der Spuk hat noch nicht ganz begonnen. Ich werde ihm entgehen.


Essay über den Nahostkonflikt

Seitdem ich lebe, und das sind 64 Jahre, und länger gibt es den Nahostkonflikt, diese tragische Verstrickung der Juden und den Arabern, der Kampf um die Existenzrechte des Staates Israel und die Forderung nach einem unabhängigen Staat Palästina. Es ist eine Geschichte von Vertriebenen, Vertriebene auf beiden Seiten. Es ist eine Frage von historischen Realitäten. Nach dem Zweiten Weltkrieg gab es

Millionen Vertriebene auf deutscher und polnischer Seite, neue Grenzen wurden gezogen, zurecht oder zu unrecht, die Frage stellt sich heute nicht mehr. Die Grenzen des heutigen Polens, welches im Westen Staatsgebiet gewann und im Osten an die UDSSR verlor und die von Deutschland werden heute von fast jedermann akzeptiert.

Das ist eine Absage an die ewig gestrigen, die behaupten, der Staat Israel sei ein künstliches Konstrukt, ein Geschwür in einer im wesentlichen von Arabern besiedelten Gegend. Ich habe nie verstanden, warum sich ein Land wie Iran lange diese Position zu eigen gemacht hat, es hat dem Land sicher keine Vorteile gebracht. Der Iran ist nicht unmittelbarer Nachbar von Israel, es dürfte an sich gar keine Konflikte zwischen den Ländern geben. Es können nur vorgeschobene ideologisch-religiöse Gründe sein und möglicherweise der Wunsch, in der Region politisch eine Rolle zu spielen. Es ist die Position der ewig Gestrigen, sich mit historischen Realitäten nicht abfinden zu können.

Es ist auch historischer Fakt, dass es nie einen palästinischen Staat gegeben hat, über Jahrhunderte lag das jetzige Staatsgebiet von Israel im Osmanischen Reich, was niemand in der heutigen Türkei auf die Idee bringen könnte, diese Gebiete zurückzufordern, obgleich mal gerade hundert Jahre vergangen sind, als die Abtrennung geschah.

Es gab nie den palästinischen Staat, aber fast die gesamte Welt meint, dass den Palästinensern ein Staat zusteht. Es gibt das Selbstbestimmungsrecht

der Völker. Die Strukturen für einen palästinensischen Staat sind schon geschaffen, die Palästinenser haben einen Status bei den Vereinten Nationen.
Mit den USA an ihrer Seite ist Israel sicherlich mit Abstand der stärkere Konfliktteilnehmer. Die Israelis sind den Palästinensern in fast allen Belangen überlegen, vielleicht nur nicht moralisch. Die Anschläge, die von sehr radikalen Elementen der palästinensischen Seite immer wieder gemacht werden, sind kein Grund, einem ganzen Volk eine Kollektivschuld zuzuweisen. Es gab immer wieder vom Ausland initiierte Friedensverhandlungen, die dann von Anschlägen Radikaler torpediert wurden: für Israel ein Argument zurückzuschlagen und Friedensgespräche abzubrechen. Die Palästinenser haben nur halbstaatliche Strukturen, schon die Organisationen Hamas und PLO, Staaten im Staat, sprechen für sich. Die Bewaffnung und die Strukturen der Palästinenser sind dezentral, Israel gibt ihnen keine Chance, sich staatlich zu organisieren.
Es ist an Israel, Frieden zu schließen und Gebiete abzutreten, stattdessen werden weiterhin jüdische Siedlungen im Westjordanland gebaut. Es ist absurd, dafür historisch-religiöse Gründe zu benennen, es spielt und darf keine Rolle mehr spielen, was vor mehr als zweitausend Jahren war. Dann könnten die Christen gleich auch wieder behaupten, Bethlehem, Nazareth und Jerusalem wären heilige Stätte ihrer Religion und einen neuen Kreuzzug anfangen.

Von einem Staat Palästina geht keine Gefahr mehr für die Existenz Israels aus, im Zweifel könnte es die Grenzen dichtmachen. Seit mehr als vierzig Jahren hat es keinen größeren Nahostkrieg mit Israel mehr gegeben und das hatte seine Gründe. Ich meine damit einen Krieg, in dem mehrere Staaten direkt involviert waren. Stattdessen gab es Stellvertreterkriege. Ein palästinensischer Staat, bestehend aus dem Westjordanland und dem Gaza-Streifen würde daran nichts ändern, sondern eher die Region befrieden.

Mit der Schaffung eines palästinensischen Staates sollte Israel der Nato beitreten, um seine Existenz bräuchte es nur noch in einem Weltkrieg zu fürchten. Als Natomitglied ginge für Israel keine wirkliche Gefahr mehr von Iran aus, das eh seit einigen Jahren seine Rhetorik entschärft hat.
Ein schwieriges Problem stellt Jerusalem da, mit seinen historischen Heiligtümern. Ich habe einen radikalen Vorschlag zu machen.
Jerusalem müsste zur internationalen Zone werden, unter direkter Verwaltung der Vereinten Nationen. Die gesamte Stadt sollte zum Weltkulturerbe erklärt werden. Am besten sollte der Hauptsitz der UN von New York nach Jerusalem verlegt werden. Ich weiß, das wird nie geschehen. Es wäre ein Traum. Für die Sicherheit der Stadt sorgen Blauhelme, eine zu schaffende internationale Polizei, die mit den israelischen und palästinensischen Behörden zusammenarbeiten. Lasst mich träumen.

Es wird immer Terror geben. Terror kann ein Mittel der Schwächeren gegen den Stärkeren sein, ein Mittel, um auf einen Missstand aufmerksam zu machen. Selbst die ersten Israelis haben dies Mittel angewandt. Es ist fraglich, ob es ohne die IRA so schnell eine Republik Irland gegeben hätte.
Manchmal nützt der Terror nicht so viel wie die Beispiele Tschetschenien oder Baskenland zeigen. Terror ist an sich harmlos, wenn dahinter nur eine radikale verschwindend kleine Minderheit steckt.
In Israel sterben mit Sicherheit mehr Leute als Opfer von kriminellen Morden als durch terroristische Taten. Ich schätze, dass es eine Größenordnung mehr ist. Trotzdem sieht niemand durch kriminelle Morde die Existenz Israels gefährdet. Terroristische Anschläge, die es immer wieder geben wird, werden leicht von denen instrumentalisiert, für die die Gesellschaft schon immer zu liberal war. Terror ist für Israel ein Argument, ein ganzes Volk zu unterdrücken und sein Selbstbestimmungsrecht zu ignorieren. Es gibt die in Israel, die wollen nicht geben, sondern so weitermachen, wie sie es in den letzten siebzig Jahren gemacht haben. Sie sind dazu bereit und begreifen es als ihr Schicksal, mit diesen Arabern immer in Spannung und Unfrieden zu leben. Es ist ja immer gut gegangen und die Verluste Israels hielten sich in Grenzen.
Siebzig Jahre Praxis der Überlegenheit ohne Gnade. Es heißt der Klügere gibt nach. In diesem Fall sollte es heißen: der Stärkere gibt nach. Israel sollte auf die Welt hören und nach siebzig Jahren einen neuen Weg

gehen. Ich bin leider nicht optimistisch. Seitdem ich lebe und länger gibt es sinnlose, blutige Konflikte in dieser Welt. Ich wurde mein ganzes Leben der Sinnlosigkeit ausgesetzt. Sollte man da nicht an dieser Spezies zweifeln?

## 10 (past)

Ich erinnere mich gerne an meine Jahre in Genf, besonders an den Herbst 1755. Jener Herbst wird vermutlich in den Geschichtsbüchern viel späterer Generationen eine Rolle spielen. In jenem Herbst haben viele Denker der Aufklärung ihren Glauben an Gott verloren. Ich komme darauf später zurück. Mir scheint, dass ich seit Tagen nicht hier gewesen bin. Ich bin vorhin durch die Türe gekommen, fühle mich leicht alkoholisiert, wie so oft. Mich drängt es heute Abend nicht in die Stadt, meine Lust auf Frauenblut und Geschlechtsverkehr sind eher gering. Ich wunder mich öfters über den kleinen Schwips, den ich durch die Türe mitbringe. Wenn jenseits der Türe eine Gruft ist, in der ich lange schlafe, so würde ich dort doch unmöglich Wein zu mir nehmen. Ich habe ein paar Worte zu meinem Diener gesagt. Ich habe ihm gesagt, dass ich nicht nach Fulda reite. Er hat sich gefreut, mich wiederzusehen. Was er sich wohl über mein Schicksal denkt? Mit Sicherheit weiß er, dass diese eine Türe ein Geheimnis birgt. Trotz allem ist er mir treu geblieben. Ich denke, etwas Laudanum zu nehmen. Nicht zu viel, denn wie ich schon seit Längerem weiß, hat diese Mixtur manchen in eine arge Abhängigkeit getrieben, sodass sie wohl einen Seelenwandel mitmachten und sie nicht mehr sie selber waren. Bedenke ich mein Schicksal, müsste ich mich mit Laudanum und Wein zuschütten, sodass ich am nächsten Morgen vergessen würde, die Türe zu benutzen. Die Mixtur entspannt und verleitet zum Träumen. Ich kann in Erinnerungen schwelgen, mich an Zeiten erinnern, in denen ich noch ein Mensch war. Ich denke an den armen Le Sage. Später, ich war längst nicht mehr in Genf, hatte er einen Unfall, der ihm fast das Augenlicht gekostet hat. Er bekommt wohl bei seiner Korrespondenz Unterstützung. Dies ist wohl der Grund, dass ich nicht all zu oft Briefe von ihm bekomme. Seine Schlaflosigkeit hat sich nicht gebessert. Diese war wohl mit ein Grund, warum wir es damals mit dem Laudanum und dem Hanf übertrieben haben. Er erhoffte sich wohl von diesen Stoffen Abhilfe für seine Schlafstörungen, aber es half nur bedingt.

Ich war damals in einer seltsamen Mission unterwegs. Ich war am Jenseitigen, Okkulten, Geheimen und Verborgenen interessiert. Die Mixtur benutzte ich, um einen Schlüssel für eine verborgene Realität zu bekommen. Jedenfalls wurden mir unbekannte Seiten meines Ichs gezeigt. Selbstverständlich benutzte ich die berauschenden Mittel auch zum Amüsement und zur Entspannung. Hanf führte mich manchmal zu abenteuerlichen Gesprächen und mysteriösen Verfolgungsideen, worüber ich später nur lachen konnte. Jetzt bin ich ein Element dieser verborgenen Realität, ich bin ein

Vampyr und hätte früher nie gedacht, wie profan eine solche Existenz ist. Ich könnte Le Sage schreiben, wie es seit Jahren um meine Existenz steht. Er hätte sicher Verständnis für meine Situation – er versteht so viel und würde mir auch glauben. Vielleicht wüsste er Rat. Er hat eine umfassende medizinische Bildung. Vielleicht könnte er Quellen auftun, die beschreiben, wie ein Vampyr wieder zum Menschen werden kann. Ich habe nie ernsthaft danach geforscht. Das Leben und die Welt stellen ein Rätsel dar, für Menschen, aber auch für Vampyre, Geister und Dämonen. Vermutlich ist die Welt sogar für Gott, wenn es ihn gibt, ein Rätsel. Seine Schöpfung ist über ihn hinausgewachsen. Vampyre kommen in der Schöpfungsgeschichte nicht vor, aber vielleicht sind wir nur ein merkwürdiges Menschengeschlecht und die Dämonen auch. Le Sage ist der Jüngere. Er ist heute 52, wir sind zwölf Jahre auseinander. In jenem Jahr in Genf war er 31 , ein ausgebildeter, gestandener Mann, der allerdings kein Glück bei Frauen hatte. Er ist von kleiner Statur, hat eine mittelgroße leicht gebogene Nase und verdient und verdiente sein Geld als Privatdozent für Mathematik. Ich kam in den Genuss, Stunden bei ihm zu nehmen. Dieser sollte zu meiner Universalbildung beitragen. Vom mathematischen Studium erhoffte ich auch einen Einstieg in die Zahlenmystik, vielleicht ein Schlüssel für eine verborgene Welt. Die Pythagoräer versuchten die Welt mit Zahlen zu begreifen. Alles ist Zahl, also auch das Unbekannte, Mysteriöse, Okkulte. Ich bin weit davon entfernt, solche Studien fortzusetzen. Sie führen zu nichts. Le Sage versuchte schon damals, mir dies klarzumachen. Er ist sich immer bewusst gewesen, dass wir in einer geheimnisvollen Welt leben, von der wir fast nichts verstehen, aber nicht in einem esoterischen, sondern in einem naturphilosophischen Sinn. Die Esoterik, die Zelebration des Geheimnisvollen ist nur eine unbewusste Überhöhung des Unbekannten. Es ist die Vereinfachung des Unbekannten, sagte er immer. Und ganz dumm sei es, wenn diese Esoteriker für ihr okkultes Märchengespinst einfache, geheime Antworten wüssten. Wie stände er da, wenn ich ihm schreibe, dass aus mir ein Vampyr wurde und dass eine merkwürdige Tür mein Leben bestimmt. Er konnte mich damals nicht so leicht überzeugen. Er mochte Opium und Hanf rauchen, um später einen erholsamen Schlaf zu finden, ich tat es auch, um Geheimnisvolles aufzutun, um mich und ihn zu überzeugen, dass es das Dunkle gibt, das geheimnisvolle Unbekannte, das über die naturphilosophischen Geheimnisse, was die Welt im Innersten zusammenhält, hinausging. Wie ein Sokrates wusste er, dass wir so wenig wussten, und er gab sich die Mühe, ein bisschen Licht in die geistige Dunkelheit dieser Welt zu bringen. Er wollte nicht nur Naturgesetze aufstellen, sondern auch erklären.

Le Sage glaubte schon damals nicht an Gott. Die Ereignisse in jenem Herbst bestärkten seine Ansicht. Er wollte die Dinge erklären. Sein größter Wurf ist die Erklärung der Gravitation.

Eine der größten wissenschaftlichen Leistungen war die Entdeckung des Gravitationsgesetzes durch Newton, das die Planeten zu ellipsenförmigen Bahnen um die Sonne zwingt, und die Monde der Planeten zu eben solche Bahnen um diese. Dieses einfache Gesetz, das zu solch schönen geometrischen Bahnen führt, überzeugte Newton um so mehr von der Tat eines Schöpfergottes, der sich durch Sinn für Geometrie, Harmonie und Ästhetik ausdrückt. Das Abstandsgesetz der Gravitation war gottgegeben und brauchte nicht weiter hinterfragt werden. Le Sage hat es hinterfragt.
Er fand einen Mechanismus, der das Naturgesetz erklärt. Ein unsichtbarer Teilchenstrom durchquert das All, von allen Richtungen kommend. Die Körper der Himmelskörper, im Prinzip jede Masse bilden eine Mauer, die die Teilchen teilweise aufhalten. Zwischen zwei Himmelskörpern bildet sich ein Schatten, ein Unterdruck dieser Teilchen, der um so größer ausfällt, umso größer die beteiligten Körper sind, und um so näher die beteiligten Körper sind. Le Sage konnte zeigen, dass bei kugelförmigen Körpern wie Planeten und der Sonne das Abstandsgesetz von Newton folgt. Er konnte damit sogar qualitativ erklären, dass im Erdinnern Hitze entsteht und dass die Sonne heiß ist. Über die Art der Stöße, die die Teilchen auf die Himmelskörper und Massen im Allgemeinen kann noch nicht viel gesagt werden. Ich will nicht zu sehr ins Detail gehen. Die Stöße sind

nicht spürbar, aber dies ist auch nicht der Druck der Atmosphäre. Wenn Druck und Gegendruck sich ausgleichen, ist nichts vernehmbar. Wir haben damals in Genf viel über seine Theorie diskutiert. Er gab zu, dass er nicht der Erste war, der eine solche Theorie entwickelt hätte. Fatio, ein Zeitgenosse Newtons, habe sie zuerst formuliert, er habe sie aber unabhängig von Fatio entwickelt, da diese auch in Vergessenheit geraten sei und er werde alles tun, um diese Theorie zu verbreiten, sodass spätere Generationen sie ausbessern und verfeinern können. Sollte ich, der Vampyr, meine Memoiren schreiben, die einen beträchtlichen Teil der wissenschaftlichen Welt, aber auch das gemeine Volk interessieren dürften, so werde ich dem Werk von George Louis Le Sage darin einen größeren Raum bieten. Er hat bisher Großartiges vollbracht und ich bin überzeugt davon, dass dies alles nicht das Letzte ist, was man von diesem Mann hören wird. Le Sage hat einen scharfen Verstand, obgleich er in manchen intellektuellen Übungen schlechter als durchschnittlich ist. Ein Kinderspiel, was mit Karten ausgeführt wird, zeigte dies deutlich. Man hebt verdeckte Spielkarten auf, jeweils zwei und verdeckt sie wieder. Das Spielziel ist, passende Pärchen zu finden, zum Beispiel zwei rote Damen. Der arme Le Sage. Ich habe im Spiel gegen ihn zwei bis dreimal so viele Paare gefunden. Le Sage hat ein ausgesprochen schlechtes Gedächtnis. Im Schach zeigt er sich aber schon als passabler Spieler, da dort neben dem Gedächtnis das Denkvermögen eine Rolle

spielt. In diesem Spiel war er mir ein ebenbürtiger Gegner. Er schrieb seine Ideen auf Karten auf, um sie so besser zusammenführen zu können. Ich fürchte, dass seine jetzige Augenschwäche eine weitere große Beschränkung darstellt und seine Methode mit den Karten nicht mehr sonderlich hilfreich ist. Was hätte dieser Mann alles leisten können, hätte er einen gewöhnlichen Schlaf und das übliche Gedächtnis eines Hochbegabten gehabt.
Von mir wird die Welt in hundert Jahren nicht mehr sprechen, es sei denn, ich stelle mich und trete an die Wissenschaft mit einer gewissen Chance als Absonderlichkeit in die Weltgeschichte einzugehen, aber ich fürchte, und das berechtigt, um mein Leben. Memoiren, posthum zu veröffentlichen, wäre vielleicht eine Möglichkeit, aber solange sich nichts beweisen lässt, würde ich als Betrüger oder Hochstapler gelten, obgleich meine jetzige Existenz mich nicht über die Menschen erhebt. Ich war an sich immer ein Nichtsnutz, der vom Geld seines bürgerlichen Vaters gelebt hat, wie ein schmarotzender Adeliger, der von dem lebt, was seine Vorfahren zusammengerafft haben. Ich bin immer vielseitig interessiert gewesen und habe vieles studiert, ohne den ernsthaften Versuch durch das Erlernte mein Brot zu verdienen und mir einen Namen zu machen. Obgleich hatte ich eine gewisse Bekanntheit, weil es mir immer gelang, in intellektuellen Kreisen zu verkehren, und ich habe die vielen Gesprächsrunden, an denen ich teilhaben durfte, sogar mit der einen oder anderen Idee

bereichert. Magisch hat es mich in Genf zu Voltaire hingezogen, der in der Nähe der Stadt ein Haus erworben hatte und öfters Gesellschaften gab, für berühmte Durchreisende oder auch für die intellektuelle Szene der Republik Genf, wozu selbstverständlich Le Sage gehörte und in gewisser Form auch ich, denn nichts tat ich lieber, wenn ich jetzt mal gewisse körperliche Vergnügungen und den von mir damals so geschätzten Rausch außen vor lasse, als zu debattieren. Am liebsten war mir eine Kombination von allem und ich versuchte Le Sage miteinzubeziehen, der sich bei Hanf und anderem immer zuerst eine größte Nüchternheit beweisen wollte, die er aber nicht bei hinreichender Dosis aufrecht erhalten konnte. Dennoch hat er immer versucht, logisch zu sein.

Mich zog es damals zu einem Schlag Frauen hin, die man gemeinhin als Hexen bezeichnet. Eine attraktive Hexe mit einer gewissen Intellektualität war das, dem ich mich und Le Sage aussetzen wollte. Die Hexe durfte ruhig käuflich sein, was einen Teil meines typischen Plans erleichterte. Hexen verfügen über ein geheimes Wissen über Pflanzen, deren Wirkung teilweise die des Hanfs übertrifft. Hexen waren für mich ein Weg, in das unbekannte Reich der verborgenen Realität und der verschlossenen Geheimnisse vorzudringen.

In jenen Tagen im Herbst trafen wir auf Hexe Margarethe, die all das versprach, was ich mir so sehr wünschte. Die Hexe war ein Dorn im Auge der Mächtigen der Stadtrepublik, deren Moral von einem strengen Calvinismus geprägt war. Nach meinen Erkundigungen war sie auch eine Hure und der eine oder andere der Stadtoberen wird sie auch aufgesucht haben. Vielleicht war die Käuflichkeit ihres Körpers auch Grund dafür, dass sie nicht aus der Stadt verbannt wurde, oder ihr hier gar ein Scheiterhaufen bereitet wurde. Ich weiß nicht, wann die letzte Hexe in Genf verbrannt wurde. Der eine oder andere Gönner mit Einfluss in der Republik wird seinen Einfluss geltend gemacht haben, um der eigenen Leidenschaft weiter nachgehen zu können. Le Sage war zunächst gar nicht begeistert, und ich brauchte einiges an Überredungstalent, um ihn für dieses Abenteuer zu gewinnen, außerdem war er wie immer knapp bei Kasse.

Vielleicht wollte sie auch nicht in Armut leben, ihrer körperlichen Reize bewusst, mit denen sie mehr Geld erwerben konnte als mit den Diensten als Hebamme, Wahrsagerin und einer quasi geächteten Heilerin. Hexen waren auch immer ein Dorn im Auge der medizinischen Kaste. Als ausgebildeter Mediziner hatte auch Le sage seine Vorurteile gegen Hexen, aber er hatte nun schon zu oft vom süßen Cannabis und Laudanum genossen, um die Idee einer magischen Wirkung pflanzlicher Extrakte nicht völlig abwegig zu finden. Der Gedanke an gemeinsamer Liebe war ihm dann auch peinlich. Die Calvinisten glauben, dass Gott die Zukunft kennt und

das unser Schicksal vorbestimmt ist. Uns war es also vorherbestimmt auf Margarethe zu treffen, obgleich dies nicht ein Indiz war, dass wir in die himmlische Glückseligkeit einziehen und vor Gott erlöst werden. Le Sage glaubte zwar nicht, wie er mir gestand, an einen allmächtigen Gott, aber war im Sinne einer calvinistischen Moral erzogen worden, die er verinnerlicht hatte, während ich schon in Städten wie Budapest und Wien zu einer lockeren Moralauffassung gefunden hatte. Mein naives Christentum habe ich in meiner Kindheit und den frühen Tagen meiner Adoleszenz gelebt. Die Welt lehrte mich eines Besseren.
Ich hatte genügend Goldstücke, um für alle Dienste von Margarete zu bezahlen.
„Le Sage, nach einer Begegnung mit der Hexe wirst du viele Ideen bekommen und wir brauchen deine Ideen."
Le Sage guckte mich ungläubig an. „Die Hexe ist noch jung, hat ungewöhnliche körperliche Vorzüge, hat sehr große Brüste und du stehst doch auf große Brüste Le Sage, zu irgendeiner Stunde hast du es mir gesagt, und sie ist von einer satanischen Schönheit."
„Eben!"
„Aber du glaubst doch gar nicht an den Satan."
Le Sage fand nicht die richtigen Argumente, um die Position seiner Verlegenheit überzeugend zur Geltung zu bringen. Ich hatte die Hexe schon aufgesucht; ein teuflisch attraktives Weib mit unergründlichen Augen, die viel gesehen haben mussten und trotz aller Geheimnisse Intelligenz

verrieten. Ich sprach bei ihr vor, sprach von außergewöhnlichen Wünschen. Wir wollten nicht unsere Zukunft kennenlernen, denn die Zukunft sei ungewiss aber vielleicht dennoch feststehend. Die kluge Frau widersprach nicht und wollte mir nicht ihre Wahrsagerei aufschwätzen.
„Wenn ich wahrsage, gebe ich den einfachen Menschen Halt, eine Orientierungslinie."
„Liebe Margarethe, Le Sage und ich sind keine einfachen Menschen. Le Sage ist vielleicht der bedeutendste Wissenschaftler seiner Zeit. Er ist ein brillanter Mathematiker und Physiker und versteht viel von den Zusammenhängen der äußeren physikalischen Welt." - „Und du?"
„Ich verstehe, dass du eine geile Sau bist, die uns zu ungeahnten erotischen Höhepunkten führen kann, die mit ihren Mitteln uns und sich selber zu einer anderen Bewusstseinsebene führen wird, mit der wir über die verschiedenen Facetten der verborgenen Wirklichkeit reden können, während wir deine nackten Brüste und deinen nackten Schoß betrachten können."
„Du machst Komplimente Paul Haydn!"
„Wir sind mit der Wirkung des Opiums und dieses besonderen Hanfs vertraut, der einem erlaubt, im Wachsein zu träumen. Aber sicher kennst du Mittel, die weitere Wahrnehmungsebenen hinzufügen."
Sie lächelte und nannte ihren Preis, während ich in Vorfreude auf ihre großen Brüste starrte.
Heute muss ich beißen, um zur letzten sexuellen Erfüllung zu kommen, oder anders gesagt ist das

Liebesspiel mit den Huren nur ein Vorspiel, um meinen Blutdurst der besonderen Art zu stillen. Es müssen schon sexuell willige Frauen von jungem Alter sein, die ich beiße und von denen ich Blut sauge. Damals kannte ich diese Lust und Gier nach Frauenblut nicht. Ich war damals für jede Liebelei mit einer attraktiven Dame zu haben. Hexe Margarethe war ein besonderer Fall, weil stark bewusstseinsverändernde Mittel bei unserem Zusammenkommen eine Rolle spielen würden. Ich musste es nur noch mit Le Sage klarmachen, ihn überreden, über seinen calvinistischen Schatten zu springen. Margarethe und ich machten eine Zeit aus. Als ich Le Sage davon erzählte, war ihm angst und bange. Ich schwärmte ihm von ihren Brüsten vor und ich sah, wie er an meinen Lippen hang.
„Wenn du Hanf zu dir nimmst, Le Sage, sind die Brüste doppelt so groß."
„Ich glaube, meine Manneskraft wird versagen, insbesondere auch deshalb, weil du anwesend bist."
Ich lachte und erzählte von meiner Jugend in Bistritz.
„Wir haben als Jungen gemeinsam gewichst, manchmal aus Neugierde auch gegenseitig. Als wir dann älter waren, haben wir die eine oder andere Magd gemeinsam genommen."
„Ihr habt eure Bediensteten vergewaltigt?"
„Nein, wir haben niemanden vergewaltigt, sondern die Dorfschönheiten mit Geschenken gelockt. Einmal waren sogar mehrere Mädchen anwesend."
Ich konnte mir nicht verkneifen, von einer Orgie in Wien zu erzählen, die ein wohlhabender Adeliger

organisiert hatte.

„Die Männer und Frauen trugen alle Masken, sodass alles im Prinzip im Geheimen stattfand."

„Eine Maske könnte mir vielleicht auch helfen."

„Na, bitte!"

„Ich würde gegenüber der Hure anonym bleiben und auch dir gegenüber könnte ich Hemmungen überwinden. Du könntest mir nicht offen ins Gesicht und in die Augen sehen."

Ich hatte Le Sage nicht gesagt, dass ich ihn namentlich angekündigt hatte als den großen Wissenschaftler, der auf der Suche nach neuen Erfahrungen war. Ich verschwieg es dann auch und beschrieb nochmals die körperlichen Vorzüge der Hexe, bis er einschlug.

Ich lies Margarethe eine Botschaft zukommen, dass wir gerne unser Treffen in Masken abhalten würden, bestätigte nochmals die vereinbarte Zeit und den vereinbarten Ort, ihren Salon, in der sie üblicherweise ihre Vielzahl von Geschäften nachging, wenn sie nicht bei einer Geburt oder einem bettlägerigen Kranken auswärts arbeiten musste.

„Lieber Le Sage, übermorgen wirst du mit mir eine neue Spiritualität kennenlernen, die uns womöglich für immer die Augen öffnen wird."

„Wenn es den sein muss, Haydn. Ich opfere mich für die Wissenschaft."

Ich war überzeugt, dass ihn meine Schilderung von Margarethes Brüsten lockte.

„Das Weib ist keine dreißig."

So sicher war ich mir da allerdings gar nicht. Ich

besorgte zwei Masken, eine, mit der man etwas freundlicher aussah und die für mich bestimmt war und eine Dämonenmaske, mit der Le Sage der Hure Respekt einflössen konnte.
Dann war es soweit: Etwa gegen acht Uhr abends machten wir uns auf den Weg durch die dunklen Gassen von Genf, bis wir uns vor dem Haus befanden, wo sich Margarethes Salon befand. Wir baten um Einlass und die Dame öffnete, ihr schönes Gesicht nur mit einer Augenmaske bedeckt.
„Ich grüße sie Paul, wenn ich nun auch nicht weiß, welcher von beiden sie sind."
Das war gelogen, denn ich bin einen Kopf größer als Le Sage. Ich stellte diesen als meinen Freund Pierre vor. Die Hure spielte das Spiel mit.
„Ich habe gehört, sie interessieren sich für Naturphänomene und die Logik der Zahlenwelt. Von Zahlen verstehe ich nicht so viel und würde gerne mehr davon hören."
Sie führte uns zu einer Couch, während sie in einem schweren Ledersessel Platz nahm. Zwischen Couch und Sessel stand ein kleiner Tisch mit einer Teekanne, die durch ein kleines Teelicht warmgehalten wurde und drei Tassen.
„Ich habe für unseren Abend ein wundersames Gebräu zusammengemischt, das uns beflügeln sollte. Unsere Zungen werden gelöst und unsere Sinnesfreude wird gesteigert."
Ich fragte nach der Rezeptur des Tees.
„Zum einem ist es einfacher schwarzer Tee, wie man ihn kennt, mit Laudanum und Cannabis verfeinert,

etwas Bilsenkraut und dem Gift der Kröte. Keine
Angst! Es besteht keine Gefahr für Leib und Seele.
Zusätzlich sind Pflanzenextrakte von mir gewählt,
die aber mein Geheimnis bleiben sollen."
Le Sage wollte protestieren.
„Ich habe auch das Studium der medizinischen Kunst
absolviert. Für die Wissenschaft ist es von großer
Bedeutung, dass alles Wissen zusammengetragen
wird, um es zum Nutzen aller Menschen
einzusetzen."
„Würde ich als Hexe nicht von Kirchen und dem
Gesetz verfolgt, hätte ich da mein Einsehen. Aber die
Dinge sind so, wie sie sind und deshalb hüte ich
meine Geheimnisse."
Sie goss sich und uns von diesem geheimnisvollen
Gebräu ein und leerte als Erste, um uns auch die
Angst zu nehmen, die kleine Tasse in einem Zug und
wir waren aufgefordert, ihrem Beispiel zu folgen. Bei
der Wahl der Masken hatte ich darauf geachtet, dass
die Münder freiblieben, denn es war ja von
vornherein klar, dass wir irgendetwas inhalieren,
trinken oder essen mussten. Wie widerlich das
Gebräu schmeckte, aber Le Sage sagte nichts. Sie
goss uns von dem geheimnisvollen Tee nach und bot
uns zusätzlich Plätzchen an, von denen sie auch eins
nahm. Sie startete die zweite Runde Tee.
„Wenn man vom Geschmack dieses Gebräus auf
dessen Wirkung schließen müsste, kann uns nur
Furchtbares in den nächsten Stunden widerfahren."
Die Hexe lachte ob meiner Bemerkung.
„Es ist ein Trick der beseelten Natur, dass das

Bedeutsame sich durch Unscheinbarkeit,
Hässlichkeit, einem faden oder widerlichen
Geschmack tarnt, denn die Menschen lernen schnell,
was wohlschmeckend ist. Etwas Wohlschmeckendes
bleibt nicht lange ein Geheimnis."
Le Sage konnte dieser Argumentation etwas
abgewinnen, versuchte aber seine Haltung
auszudrücken, dass man der Natur keine Absicht
unterstellen dürfe. Die Hexe zeigte sich amüsiert.
„Augen sind zum Sehen da, und nur weil sie sind,
wie sie sind, kann man sehen."
Ich dachte, dass ein Schwanz unter anderem zum
ficken da war, und konnte mir sehr wohl vorstellen,
dass eine beseelte Natur sich in Absichten
ausdrückte. Das Plätzchen schmeckte übrigens
merkwürdig, aber nicht unbedingt widerlich.

Wenn es auch keine beseelte Natur gab, begann ich
zu spüren, wie ihre Stoffe meine Psyche verformten.
Der Salon bekam ein Leuchten, Abstände
veränderten sich und die Zeit schien einen anderen
Ablauf zu bekommen. Zudem setzte bei mir eine
unglaubliche Geilheit ein. Mein Glied wurde sehr
fest. Ich sah, wie die Hexe lächelte. Während ich Le
Sage foppen wollte und ihn fragte, wie er sich denn
erkläre, dass der Fluss der Zeit nun ein anderer sei,
erhob sich die Dame, zog ihren Rock, ihren
Unterrock, ihre Bluse und ihr Unterhemd aus und
präsentierte sich uns in ihrer überwältigenden
Nacktheit, setzte sich zwischen uns und sagte.
„Nun, meine Herren. Jetzt können wir anregende

Gespräche führen."


Die Hexe löste ihr schwarzes Haar, das nun weit mehr als auf Schulterhöhe hinunterfiel.
„Pierre, ich finde das gar nicht so einfach mit einem Teilchenstrom zu erklären", foppte ich ihn.
Le Sage sagte nichts und war vermutlich damit beschäftigt, die Raumdeformationen und zeitlichen Verzerrungen zu erklären, die ihm zumindest subjektiv widerfuhren.
„Die Winkelsumme eines Dreiecks in einer euklidischen Ebene ist hundertachtzig Grad. Befinde ich mich auf einer Ebene auf der Erdoberfläche, so weicht diese Winkelsumme von der euklidischen Geometrie ab, und zwar um so mehr, um so größer das Dreieck ist. Vielleicht trifft das ja auch für räumliche Dreiecke zu."
Das war typisch Le Sage.
„Pierre gehen wir davon aus, das in diesem Raum, zu dieser Zeit völlig andere Gesetzmäßigkeiten gelten?"
„Es scheint so, lieber Paul, es scheint so, aber alles könnte nur Illusion sein."
„Kann das ganze Leben nicht eine Illusion sein?", hakte ich nach.
„Mir scheint, dass das normale Leben eine euklidische Illusion ist."
Margarethe bat Le Sage bzw. Pierre zu erklären, wer Euklid sei. „Euklid ist ein griechischer Begründer der Mathematik, insbesondere der Geometrie, ähnlich wie der große Pythagoras, der gesagt hatte, alles sei

Zahl. In einem rechtwinkligen Dreieck stehen die Seiten zueinander in einem geheimnisvollen Verhältnis."

Die Hexe war nun weit entfernt, ihren Zauber mit Zahlen beschreiben zu können und zu wollen. Ich meinerseits fand, dass für die Beschreibung ihrer körperlichen Vorzüge Mathematik nicht reichte. Sie begann ihr Geschlecht zu streicheln und ich sehnte mich danach, ihr diese Übung abzunehmen.
„Die Mathematik findet einen Begriff fürs Unendliche; es gibt Konvergenzen und Divergenzen. Beispielsweise kann der Mathematiker eine Summe mit unendlich vielen Gliedern, wobei die Glieder auf bestimmte Weise immer kleiner werden, berechnen, obwohl er alle Glieder nicht kennt und ja auch nicht die Zeit hat, unendlich viele Glieder zusammenzuzählen."
„Für wahr, Pierre, das ist erstaunlich, obgleich ich in diesem Raum nur zwei Glieder vermute, von denen ich hoffe, dass sie nicht kleiner werden, sondern größer und in ihrer Summe werden sie mich beglücken und ihren Trägern höchste Lust verschaffen. „Konvergieren, divergieren, erigieren. Auch hier spielt der Winkel eine nicht unerhebliche Rolle", versuchte ich zu witzeln. „Obgleich der Mathematiker viel tiefer in die Geheimnisse seiner Wissenschaft eintaucht, scheint dem Laien, wenn er vordergründig Ergebnisse der Wissenschaft betrachtet, das Ganze um so geheimnisvoller. Ich muss zugeben, meine Dame, dass nun dies, was in

diesem Salon stattfindet, für mich als Laie in diesen Praktiken, ebenso äußerst geheimnisvoll ist und dieses sich besonders aufdrängt, weil es die Empfindungen und die Sinne betrifft. Meine Dame, um es auf den Punkt zu bringen, sie und dieser Salon sind verwirrend geheimnisvoll. Dem Forscher sind die Geheimnisse um Natur und Mathematik gedanklich bewusst. Ich sage gedanklich, weil er sie nicht empfindet."

„Die Geheimnisse von Madame Margarethe sind unmittelbarer, lieber Pierre."

„Lieber Pierre, Hexen fliegen gerne."

„Das ist gegen das Gesetz der Gravitation."

Ich erklärte der Dame, dass Le Sage eine Theorie erdacht hätte, warum Massen sich anziehen, warum ihr Haar falle, wenn sie es löse"

„Ich frage mich, ob Pierres Glied groß genug ist, um ihn als eine Art Besenstiel zu benutzen, damit wir davon fliegen können?"

Ich hatte davon gehört, dass Hexen durch ihre Präparate scheinbare Flüge unternahmen. War es das, was sie gemeinsam mit uns an diesem Abend vorhatte? Die nackte Hexe erhob sich, besorgte drei Gläser und eine Flasche Wein und setzte sich zwischen uns. Welch eine Wonne! Ich begann sofort an der zu mir benachbarten Brust zu lecken und meine beiden Hände zwischen ihren Schenkeln zu schieben.

Obgleich alles wie in einem verrückten Traum aussah, handelte ich zielstrebig. Wenn ich irgendwann meine Memoiren schreiben sollte, so darf ich dann die Dinge im Detail nicht beschreiben, weil dies die Moral der Zeit nicht erlaubt, obgleich ich zu hören bekommen habe, dass nun in Frankreich einiges freizügiges zu lesen gibt, wenn es auch verboten ist. Ein gewisser de Sade hat Aufsehen erregt. Ich werde mich beim Bericht über mein Leben mich an die sittlichen Gepflogenheiten meiner Zeit halten, denn es ist ungeheuerlich genug zu gestehen, ein Vampyr zu sein und ich werde im einzelnen darauf verzichten zu beschreiben, welches delikates Vergnügen es war, an den nackten Brüsten meiner Opfer zu lecken und sie vor dem Biss zu ficken. Das, was ich bei Madame Margarethe erlebte, habe ich, was Intensität, Geilheit, verspürte Lust und eingelöste Lust anbelangt, nie wieder erlebt.

Das stimmt nicht ganz, da wir die Madame noch zweimal aufgesucht haben, mit ähnlich intensiven Erlebnissen. Ich wäre ihr verfallen, aber sie war dann plötzlich verschwunden. Später, nachdem ich Genf verlassen hatte, muss sie wieder nach Genf zurückgekehrt sein. So berichtet jedenfalls Le Sage, und er hat mir auch gestanden, dass er sie noch mehrfach aufgesucht hat. Eins hat mich gewundert: Die Hexe hat ihm nicht wirklich bei seinen Schlafproblemen helfen können. Ich habe noch jenen Abend vor Augen, als ich ihr magisches Hinterteil bewundernd anguckte, während sie behutsam Le Sage fickte. Sämtliche Tore aller verschlossenen Paradiese mussten für ihn geöffnet sein, die den Sinnen eine Intensität und Lust zuführten, die fast unerträglich und bewusstseinsraubend war. Ich werde in meinen Memoiren diesen wunderbaren Arsch, der vor mir glühte und mich unermesslich anzog, nicht beschreiben dürfen. Ich flog mit Louis und Margarete um die Welt, war im Land von Honig und Milch, um immer wieder zwischen ihren Schenkeln neue Lust zu finden. Ich habe nicht gezählt, wie oft wir es an jenen Abenden taten. Die wahre Lust ist auch nicht abzählbar.

Viel theoretisiert haben wir an diesem Abend nicht, Eindrücke und Lust waren zu überwältigend, aber wir haben natürlich im Nachhinein darüber diskutiert. Ich hatte gehofft, dass Le Sage seine Scheu vor Frauen etwas ablegt. Er ist aber zeit seines Lebens Junggeselle geblieben und ich glaube, dass er jetzt im fortgeschrittenen Alter dabei bleiben wird.
„Das Gehirn führt einem zu einer merkwürdigen Sicht der Dinge, sind Substanzen im Spiel, die einem eingeflößt wurden. Eine äußerst schockierende, aber auch wunderbare Begebenheit, mein lieber Haydn. Ich zweifle aber, ob das alles objektivierbar ist."


„Das Normale erweist sich nur als normal, weil wir es tausendfach erleben. Wir haben uns schon an die traumhafte Trägheit des Laudanums, an die Zweideutigkeiten des Hanfes gewöhnt. Es bedurfte Stärkeres, um uns aus der Reserve zu locken. Auch das Weib hat dafür gesorgt, dass wir uns nicht mehr kannten. Mit Sicherheit sind wir nicht mit Madame Margarethe geflogen, wenn es auch vorübergehend den Anschein hatte. Wir haben die ganze Zeit auf dem Sofa gesessen und mit Sicherheit haben wir sie gefickt, mit größter, übersteigerter Lust, wie ich immer nur sagen kann und wie du mir bestätigen wirst."

„Ich habe noch nie so eine Frau begehrt, die gleichsam die dämonenhafte Macht des Bösen und die engelhafte des Guten verkörperte."

„Mein lieber Le Sage, du verfällst wieder in christlich-religiöse Begriffe, obgleich ich dachte, du hättest die Religion abgelegt."

„Dummerweise muss ich zugeben, dass diese ungewöhnliche Situation Denken dieser Art fördert, auch den Rückfall in einen irrationalen Glauben, sodass eine Tendenz in mir mich wieder zu einem geläuterten Gläubigen machen will, mit der Furcht im Hinterkopf, einen Pakt mit dem Teufel, verkörpert durch eine Teufelin eingegangen zu sein."

„Wahre Lust kommt vom Teufel, nicht wahr Le Sage."

„Ich erlebte den Raum und die Zeit merkwürdig verändert, sodass es mir um so wichtiger erscheint, die Messung dieser Dimensionen zu objektivieren. Es ist ein weiter Weg zu beschreiben, von der Messung einer Tischfläche bis zur objektiven Beschreibung dieses Abends."

„Aber, was wäre, wenn alles nur Traum ist, wenn es gar keine Objektivität gibt und dieser Abend ein besonderer Traum im Traum."

„Haydn, willst du mich arbeitslos machen? Mein Lebenswerk beruht darauf, dass es eine eindeutige, objektivierbare Wirklichkeit gibt, die ich mit dem Zahlenwerk der Mathematik beschreiben kann, die den logischen Gesetzen von Ursache und Wirkung folgt. Ich muss leider sagen, dass der Abend, so gewaltig er in seiner Auswirkung auf mich war, so scheint es wenigstens jetzt, auf den Fortschritt meiner Arbeit keinen Einfluss hat. Im Gegenteil: er lenkt mich von meiner Arbeit ab. Ich werde nicht mit Verrücktheiten zu weiteren Wahrheiten über die Natur kommen."

„Le Sage, es bleibt bestimmt eine unbewusste Quelle der Inspiration. Und was du im Innersten deines Selbst empfunden hast, ist wahre Natur."

„Ich bin weit davon entfernt, die subjektiven Erlebnisse des Abends in Formeln zu fassen. Wenn die Psyche objektive Arbeiten über die Natur vollbringen will, darf sie nicht durch sich selbst abgelenkt werden."

„Nur die Toten sind perfekte Wissenschaftler."

So stritten wir über den Nutzen dieses denkwürdigen Abends, waren uns aber darüber einig, dass es ein aufregendes Abenteuer gewesen war und nach einigen Wochen war Le Sage überhaupt nicht abgeneigt, Madame Margarethe gemeinsam mit mir nochmals aufzusuchen.

„Vielleicht findet sich ja doch das eine oder andere, was in meine Arbeit einfließen könnte", meinte er

scheinheilig.
„Denke nur an die Verzerrung des Raumes. Vielleicht sind wir irgendwann gezwungen, deinen „objektiven" Raum mit ganz anderen Geometrien zu beschreiben als der üblichen Euklidischen."
Ich faselte da was, worüber ich gar keine Ahnung hatte, und er guckte mich entgeistert an. Ich war schon seit Langem mehr als sein Schüler und nach der Zusammenkunft mit der Hexe waren wir feste Freunde. Was wir bei Margarethe gefunden hatte, war das wahre Leben, die wahre Natur und ich rätselte, wie dies mit der nüchternen Zahlenwelt von Le Sage Theorien zusammenpasste. Vielleicht beschrieb er gar nicht die Natur, sondern nur ihren Rahmen, in dem dann stattfindet, was sich nicht sagen lässt, keine Beschreibung zulässt oder benötigt.

Anfang November in Genf, ein kalter Tag. Le Sage und ich waren zu einem Essen und einer Diskussionsrunde geladen. In der Rue Evry hatte der Graf Fornaise sein Haus, in dem wir Gäste waren. Neben uns waren fünf weitere Gäste geladen, unter anderem der unsterbliche Voltaire, der vielleicht mehr von dem zu erwartendem Essen angezogen wurde als von der Diskussionsrunde.
Voltaire und sein Begleiter Mirabel ließen auf sich warten. Die Honoratioren Petit und Le Blanc, die in Genf Naturphilosophie und Naturwissenschaften lehrten, waren anwesend, sowie Abt Michelin, der

auf der Durchreise von Paris nach Rom war. Es wurde Wein aufgetischt, mit dem Essen wollte man aber noch warten, bis der große Voltaire zu den Gästen zählte. Im Vorfeld war natürlich bekannt, dass das Thema des Abends der Kosmos und seine Bewohner war.
Es wurde soviel spekuliert, über alles und jedes, weil die Menschheit im Grunde nichts verstand und ich wage zu behaupten, dass dies auch noch für viele Jahrhunderte gelten wird und die Wissenschaft bleibt ratlos und bietet nur Scheinerklärungen. Warum sollte man nicht über Menschen spekulieren, die auf fernen Gestirnen leben. Graf Fornaise war ein Freidenker, der in früheren Jahren mit Sicherheit Probleme mit der Inquisition bekommen hätte. Der calvinistische Rat der Stadt duldete ihn wegen seines Geldes, welches auch in die Kassen der Republik floss.
Fornaise begrüßte uns: „Wir wollen mit dem Essen noch auf den großen Voltaire warten. Ich hoffe, er verspätet sich heute nicht übergebührlich. Ich gebe ihm noch eine halbe Stunde. Dann wird das Essen serviert. Ich hätte am liebsten heute Abend noch zwei Gäste gehabt, aber es gibt genügend Gründe, dass dieses nur ein Wunschtraum von mir ist. Der große Fontenelle, der, wie wir wissen, in Paris lebt und nun fast hundert ist. Schon dieses Alter erlaubt es ihm natürlich nicht, so eine weite Reise wie die von Paris nach Genf zu machen. Ich habe aber gehört, dass er bei bester Gesundheit ist. Fontenelle hat als einer der Ersten die Möglichkeit von Menschen auf den

Himmelsgestirnen in seinen Schriften besprochen. Vor nicht langer Zeit wäre man aufgrund solch einer Hypothese auf den Scheiterhaufen geraten, wie es dem Philosophen Giordano Bruno geschehen ist. Bruno hat die Hypothese vertreten, dass der Kosmos unendlich ausgedehnt ist, mit unendlich vielen Gestirnen und ebenso nicht zählbaren Menschen, die dort leben. Mein lieber Abt, würden sie heute Bruno noch verbrennen lassen?"

„Die Zeiten haben sich geändert, mein lieber Fornaise. Ich weiß nicht, ob ich darüber glücklich sein soll. Jedenfalls lehnen ich und die Heilige Kirche diese Ketzereien ab."

„Ich bedanke mich trotzdem, lieber Abt Michelin, dass sie sich heute an dieser ketzerischen Diskussion beteiligen wollen. Einen weiteren Gast hätte ich heute hier gerne gesehen, der natürlich nicht anwesend sein kann, weil er im fernen Königsberg weilt und der kürzlich eine Schrift herausgegeben hat, in der in einem Kapitel über die Menschen auf fernen Gestirnen geschrieben wird. Auch der große Kant hat sich eindeutig auf die Seite derer geschlagen, die ein Leben von vernunftbegabten Wesen jenseits der Erde auf den Gestirnen für wahrscheinlich halten."

Ein Raunen ging um den Esstisch.

„Das ist nun tatsächlich eine Sensation", bemerkte Le Blanc.

„Haben sie seine Schrift", fragte Petit und Fornaise antwortete stolz, dass er eine Kopie von Kants Werk sein Eigen nennen durfte. Der Gastgeber war im Vorteil, da niemand sonst in dieser Runde Gelegenheit gehabt hatte, in dem neuen Buch von Kant zu lesen.

„Jesus ist auf die Welt gekommen und hat sich kreuzigen lassen, um die Menschen zu erlösen. Von Menschen auf anderen Gestirnen ist nicht die Rede."
„Wie lange hat es gedauert, bis die Wilden von Amerika die Botschaft der Erlösung gehört haben? Die Vögel können fliegen, manche fliegen Kilometer hoch. Vielleicht bauen wir einmal Flugapparaturen, den Vögeln gleich und erreichen die anderen Gestirne."
Petit war, was seine Spekulationen über Flugmaschinen anbelangte, bekannt.
Ich hatte Hunger und keine Ahnung, wann das Essen aufgetischt würde. Natürlich war ich auch gespannt auf Voltaire und um mich von meinen leiblichen Bedürfnissen etwas abzulenken, wandte ich ein, dass auf jedem Gestirn eine Erlösungsgeschichte stattgefunden hatte.
„Jesus ist unendlich oft ans Kreuz geschlagen worden."
Diese Ausführung stieß bei allen Teilnehmern der Runde auf Widerspruch.
„Was für ein Unsinn!"
Selbst Le Sage distanzierte sich von mir und äußerte, es sei eine unzulässige Annahme anzunehmen, auf den Gestirnen lebten auch Menschen, sondern man müsste eher von vernunftbegabten Wesen ausgehen,

die ganz verschieden seien von Menschen, anders aussehen und mit einer völlig anderen Kultur. Da wäre es dumm, anzunehmen, überall wäre ein Jesus erschienen, der die Wesen dort auf die gleiche Weise erlöst hätte wie hier vor circa 1700 Jahren.
Wie konnte mich Le Sage so direkt angreifen? Wusste er nicht, dass ich Hunger hatte? Der Gastgeber hatte durchblicken lassen, das es Gänsekeule mit Knödeln und Rotkraut geben würde. Schnell konnte ich mich an den Gedanken gewöhnen, dass heute auf allen Gestirnen irgendwo Gänsekeule mit Knödeln gegessen wurde, mir war aber wichtig, dass hier und jetzt vor Ort die Gänse aufgetischt wurden.

„Mein lieber Fornaise, wollen wir weiter auf Meister Voltaire warten oder sollten wir uns nicht stärken? Der Meister wird auch ohne uns in den Genuss ihres Essens kommen können."

Das war natürlich eine Unhöflichkeit, die ich mir als Geringster in dieser Runde nicht hätte erlauben dürfen, aber offensichtlich hatte Graf Fornaise Mitleid mit mir und veranlasste, dass aufgetischt wurde. Abt Michelin betonte nochmals, dass es im Grunde Ketzerei sei, Hypothesen über außerirdische Menschen zu verbreiten, da in der Schöpfungsgeschichte nirgends davon die Rede sei und es heiße, dass die Menschen sich die Erde untertan machen solle und nicht den Weltraum. Der Abt hatte allerdings in der Runde keine Fürsprecher,

weil alle anderen der Idee von den vernunftbegabten Wesen im Weltraum etwas abgewinnen konnten.
Le Blanc wandte ein, dass man vielleicht die Schöpfungsgeschichte nicht wörtlich nehmen sollte, sondern, dass sie an Menschen der damaligen Zeit gerichtet sei, die auch eine völlig andere Vorstellung von den Gestirnen gehabt hätten. Ich meinerseits blieb still und fiel über die Gänsekeule und diese merkwürdigen Kartoffelknödel her, letztere eine Neuheit. Ich hatte dergleichen noch nicht gegessen.
„Die Parallaxenbestimmung hat gezeigt, dass die Fixsterne sehr weit von uns entfernt liegen müssen. Manch einer meint, es gibt hellere und weniger heller, aber ich behaupte, dass die weniger hellen einfach weiter von uns liegen und ein Blick im Teleskop lehrt uns, dass es von ihnen noch viel mehr gibt, als wir mit bloßem Auge wahrnehmen können. Ich wage zu behaupten, dass umso besser die Instrumente werden, umso mehr wird man von diesen Gestirnen sehen. Ich schließe mich der Überlegung von Giordano Bruno an, dass der Weltraum unendlich ist. Dies macht aber nur Sinn, wenn all diese Sonnensysteme, denn nichts anderes werden die Fixsterne sein, mit vernunftbegabten Wesen bevölkert sind."

Der Abt guckte Le Blanc böse an, besänftigte sich aber auch mit Knödel und Gänsekeule, und es schien dann, als wolle er seine ganze Aufmerksamkeit seinem Essen widmen.
„Kant hat eine merkwürdige Hypothese von sich

gegeben, dass die Kulturen der vernunftbegabten Wesen um so überlegener und aufgeklärter sind, umso weiter entfernt sie von der Sonne leben. Die Menschen auf dem Jupiter sind uns also geistig überlegen."

Eine verrückte Idee, die Kant da hatte. Vielleicht hatte ihn inspiriert, dass man in den letzten Jahrhunderten in den heißen Regionen der Erde nur Wilde vorgefunden hatte.
„Eine ungewöhnliche Hypothese", formulierte Le Sage.
„Ich bezweifle, dass es auf dem Jupiter überhaupt Menschen geben kann, denn nach einer einfachen Überlegung ist es auf dem Jupiter viel zu kalt, als das dort Menschen leben können. Viel kälter als die Winter von Königsberg und kälter als die Arktis. Um so weiter ein Planet um die Sonne kreist, um so schwächer ist die Sonnenkraft, die er erhält. Ich würde sogar behaupten, dass dies ähnlich ist zum Gravitationsgesetz, bei dem die Stärke mit dem Abstand zum Quadrat abnimmt. Wie bei der Gravitation wird die Wärmewirkung der Sonne durch einen Teilchenstrom ausgelöst, der sich in den Weiten des Weltalls ausdünnt. Wie wir aber wissen, gibt es noch einen weiter entfernten Planeten: Saturn und dies zeigt, dass wir die Sinnfrage so nicht stellen dürfen. Saturn existiert, obwohl auf ihm keine vernunftbegabten Wesen leben können, weil es dort viel zu kalt ist. Es kann kein flüssiges Wasser geben. So komme ich zu dem Schluss, dass die reine

Existenz von Millionen von Gestirnen kein Beweis dafür ist, dass es dort auch vernunftbegabte Wesen gibt."
Der Abt schaute auf und sagte mit vollem Mund, dass es dem Menschen nicht zustehe, den Sinn der Schöpfung zu hinterfragen.

„Die Wege des Herrn sind unerklärlich."
Im Übrigen sei es noch nicht widerlegt, dass die Sterne einfach feste Lichter an der Himmelssphäre wären, alle in einem festen Abstand zu uns.
Le Sage führte fort: „Wir stellen uns vor, dass die anderen Fixsterne auch Sonnensysteme bilden mit Planeten, die sie umkreisen. Aber vielleicht gibt es auch solche, die nur Planeten wie Jupiter und Saturn haben, die also zu kalt für vernunftbegabte Wesen sind."
„Oder zu heiß", warf ich spontan in die Runde ein.
„Aber worin bestünde der Sinn eines solchen Sonnensystems?", endete Le Sage.
„Die große Zahl der Gestirne macht es aber wahrscheinlich, dass es immer auch solche gibt, die die richtigen Bedingungen für Menschen haben", konterte Le Blanc.
Aber dann erscheine der Kosmos ihm zufällig und gar nicht nach einem Schöpferplan gestaltet, meinte Le Sage. Der Abt räusperte sich und Petit formulierte, dass ein Schöpfergeist in der Natur überall erkennbar sein. „Ein Auge zum Sehen kann nicht zufällig entstanden sein.
„Genau", rief der Abt, aber die Runde wurde durch

das Erscheinen des wichtigsten Gastes unterbrochen. Man brachte eilig Gänsekeulen für Voltaire und Mirabel.
„Meine Herren", begann Voltaire. „Ich habe Nachricht erhalten, dass Lissabon vollständig durch ein Erdbeben zerstört wurde."

Ich habe zu Anfang meiner Erzählung über die Genfer Tage dieses Ereignis, welches das Denken zahlreicher einflussreicher Köpfe beeinflusst hat, angedeutet. Aus einer feuchtfröhlichen Runde, die die Existenz außerirdischer Menschen diskutierte, wurde eine Runde, die sich mit den entsetzlichen Vorgängen in Lissabon befasste. Voltaire und sein Begleiter Mirabel ließen sich aber nicht nehmen, sich das Essen schmecken zu lassen.
„Welch eigentümliche Klöße, aber sie schmecken mit Gans und Rotkraut vorzüglich", rief Voltaire aus. Fornaise zeigte sich zufrieden und erklärte nochmals, dass die Knödel aus der Kartoffel gewonnen seien, einer eigenartigen Knollenfrucht aus der Neuen Welt, die hier und da in der Küche Einzug genommen hatte, aber beim gemeinen Volk noch nicht verbreitet war. Das vorzügliche Essen war aber nur eine kleine Ablenkung von der Diskussion über die Geschehnisse in Lissabon. „Meine Herren", begann Graf Fornaise.
„Es ist wohl selbstverständlich, das wir das Thema des Abends ändern. Sicherlich wäre es interessant geworden, den Ausführungen Voltaires und seines Begleiters Mirabel zu den außerirdischen Wesen zu

folgen, aber es gibt nun Wichtigeres."
Abt Michelin zeigte sich ganz verzweifelt. Er ahnte wohl auch, dass der Vorfall weitere Gründe bot, sich von der wahren Lehre über Gott abzuwenden.
„Wenn es doch die Mohren oder Türken getroffen hätte. Oder wenigstens die Protestanten."
Als Honoratioren der Stadt Genf mussten Petit und Le Blanc protestieren.
„Hat in ihren Augen der protestantische Mensch weniger Wert als der katholische?"
Abt Michelin versuchte sich zu entschuldigen.
„Jedenfalls hat es die Christenwelt getroffen und nicht die Muselmanen."
„Wäre Konstantinopel zerstört worden, hätten auch unschuldige Menschen leiden müssen. Hat der Heide vor Gott weniger Wert als der Christenmensch?"
„Natürlich!", entgegnete Abt Michelin, den es nun wirklich wurmte, dass es eine katholische Metropole getroffen hatte.

Vielleicht zürnte Gott darüber, dass sich die Christen gespalten hatten. Als wäre der große Krieg vor mehr als hundert Jahren nicht Strafe genug für die Menschen gewesen. Offenbar hatte sich Gott damals auf keine Seite geschlagen. Mirabel führte aus, dass man noch nicht alle Details der Katastrophe kenne, aber es heiße, die komplette Stadt sei zerstört worden und man rechne mit Zehntausenden von Toten.
„Dies alles bestätigt meine Hypothese, dass es sich bei Gott um einen reinen Schöpfergott handelt. Es muss eine Schöpfung geben, einen wie immer noch

gearteten Plan, der die Natur gestaltet, aber es erscheint offensichtlich, dass dieser Schöpfergott sich nicht in die Belange der Menschen und in den Ablauf der Natur einmischt. Der Ablauf in der Natur wird von den Naturgesetzen kontrolliert."

Bevor Abt Michelin protestieren konnte, warf Le Sage ein: „Mein lieber Voltaire. Ist es nicht denkbar, dass der Zufall eine größere Rolle spielt, als sie denken."
„Es gibt in der Natur offensichtlich Dinge, in denen eine Absicht hinterlegt ist. Eine Nase ist zwar nicht daher zur Nase geworden, damit man Brillen tragen kann, aber als Riechorgan und Organ zur Luftaufnahme, erfüllt sie gewiss eine Absicht."
Le Sage deutete an, dass es eine Entwicklung zu einer Nase geben könnte. In der Tierwelt seien sie auch alle unterschiedlich. Dann wies er darauf hin, dass in der Hundezucht eine Vielzahl verschiedener Kreaturen geschaffen wurde, mit ganz unterschiedlichen Eigenschaften, die sich auch vererben würden. Und welcher Hund gerade Mode ist, entscheidet der Mensch."
Mir war nicht ganz klar, was Le Sage damit sagen wollte, etwa, dass die Verhältnisse der Natur entscheiden, welche Nasentypen auftreten. Es kam nicht zu einer Vertiefung der Diskussion, da Graf Fornaise eingriff.
„Meine Herren, wir sollten uns nicht über Hundezucht unterhalten, sondern über das Erdbeben von Lissabon und seine Folgen."

Abt Michelin bekam kurz Gelegenheit, klarzustellen, dass Gott immer die Geschichte der Menschen beeinflusst habe und beeinflussen könne.
„Das ganze alte Testament ist voll von Geschichten, in denen Gott sich in die Geschicke der Menschheit einmischt. Hat er nicht das Meer geteilt oder die Sintflut über die Welt gebracht? Mir ist aber nicht klar, welche Schuld die Lissabonner, die Portugiesen oder die katholische Christenwelt auf sich geladen haben. Letztendlich sind die Wege des Herrn unergründlich."
Le Sage ergriff die Chance, der Runde zu zeigen, dass er nicht nur etwas von Hundezucht, sondern auch von Erdbeben verstand. „Erdbeben sind ein natürliches Phänomen, die einer Mechanik gehorchen, die wir vorerst nicht verstehen können, da diese Mechanik im Untergrund stattfindet, in den wir keinen Einblick haben. Zwei Dinge sind festzustellen. Es gibt Gebiete, in denen Erdbeben häufiger stattfinden und Erbeben haben unterschiedliche Stärke. In Gebieten, in denen Erdbeben sehr selten sind, sind sie zumeist schwach. Dem Ganzen liegt eine unbekannte Mechanik in einem uns unbekannten Untergrund zugrunde. So wie sich das Relief einer Landschaft unterscheiden kann, kann sich der Untergrund unterscheiden. Der Untergrund in Italien muss ein anderer sein als in Deutschland, gibt es doch in Italien Vulkane, die flüssige und glühende Erde spucken. Nach meiner Kenntnis wäre es allerdings wahrscheinlicher gewesen, dass von der Lage bedingt Konstantinopel

statt Lissabon zerstört worden wäre."
Fornaise dankte Le Sage wegen seiner Ausführung und machte seinen Affront gegen ihn wieder gut. „Gott hat sich nie auf die Seite der einen oder anderen gestellt. Manchmal gewannen die Muselmanen die Schlacht, manchmal die Christen. Das tragische Ereignis von Lissabon lehrt uns, dass wir einer grausamen, willkürlichen Natur unterworfen sind, aber die Natur kann nicht gut oder böse sein, sie ist so, wie sie ist."

Mehrheitlich wurde in der Runde die Position von Voltaire angenommen. Voltaire blieb mir eine Antwort schuldig, als ich ihn nach dem Sinn von Erdbeben fragte. Für mich sind die damaligen Tage in Genf unvergessen. In den einsamen Nächten an der Wasserkuppe komme ich mit meinen Erinnerungen immer wieder darauf zurück. Vampyrismus setzt zwar einen zumindest seltsamen Kontakt mit Menschen voraus, aber letztendlich macht er einsam.

## 11 (present)

Ich habe mich dafür entschieden, nochmals Lady Theresa einzuladen. Sie nagt in ihren Dessous an einem T-Bone-Steak, das viel zu groß für sie ist. Elfreda ist längst gegangen, mit den immer gleichen Bedenken auf dem Gesicht. Mit Sicherheit hat sie bemerkt, dass mit mir etwas nicht stimmt, da sich in den letzten Wochen die Besuche käuflicher Frauen häuften. Sie hat solche Phasen von mir schon erlebt und wird wohl hoffen, dass Laster und Verschwendung sich bald wieder im normalen Rahmen bewegen. Die nächsten Tage bieten mir Stress ohne Ende; ich muss die Präparation durchführen und dann folgt der Deal. Der heutige Abend ist wie ein Ritual, das sich immer wiederholt. Begrüßung der Nutte, die blauen Pillen, das Essen mit viel rotem Fleisch, wobei die Dame mir in Dessous gegenüberzusitzen hat. Wieder hat Theresa rote Dessous gewählt, um ihre Kunden aufzureizen, diesmal ein tiefes dunkles Rot. Ich sehne mich danach, an ihren weißen Brüsten zu saugen, an ihren festen Nippeln, die mir keine weiße Milch spenden werden, aber unbändige Lust. Meine Lust macht mich zeitweise zu einem kleinen Kind, dessen Kopf zwischen Titten sein Heil, seine Geborgenheit sucht, bis mein Mund den Nippel einer Titte erwischt, um an ihm die Lebensenergien herauszusaugen, die es so dringend braucht. Mein Ständer wird zuverlässig sein. Ich spüre es jetzt schon. Wenig interessieren mich die Biografien der Frauen, die mich besuchen. Heute aber habe ich ein Bedürfnis mit der Frau gegenüber länger zu reden und nur meine Geilheit könnte mich daran hindern, es zu versuchen. Wer ist Lady Theresa? Welche Geheimnisse trägt sie mit sich rum? Wie war ihre Jugend? Ich werde ihr sicherlich nicht erzählen, dass ich in meinem Leben Tausende von Trips verdealt habe, genauso wenig, dass ich der Mann bin, der immer wieder durch eine geheimnisvolle Tür geht und sein Gedächtnis

verliert.
Für sie bin ich ein einsamer, langweiliger alter Mann mit Geld. Ich würde gerne bei der Dame mit meinen Geheimnissen angeben, damit sie das rechte Bewusstsein hat, mit wem sie fickt. Sie nagt immer noch an dem überdimensionalen Knochen mit einer Gier nach den letzten Resten Fleisch, so als ob alles viel zu wenig gewesen wäre. Vielleicht ist sie auch nur gründlich.
„Lady Theresa, haben Sie Träume für ihr Leben?"
Sie sagt, dass sie Träume als Kind gehabt habe, jetzt reiche ihre Fantasie nicht mehr dafür. Sie wünscht sich aber auch ein luxuriöses Leben für ein Alter, in dem sie ihrem Job nicht mehr nachgehen kann. Als ob Geld glücklich machen könnte. Es bietet bestenfalls Sättigung.
„Meine Liebe, ich habe zwar Träume, aber es sind Alpträume, Horrorvisionen und ihr Besuch ist nur eine kurze Unterbrechung, ein Aufschub, bis die Horrorträume mich wieder beherrschen."
Sie lächelt und kann sich vermutlich nicht vorstellen, dass ein Mann mit Geld nur noch von Alpträumen gequält wird.
"Sie übertreiben sicherlich, mein lieber Paul Haydn. Von welcher Art sind denn ihre Alpträume? Sitzt ihnen das Finanzamt im Nacken?"
Ich lächele zurück. Soll sie mich für einen Verrückten halten.
„Geister der Nacht, Werwölfe und unbeschreibliche Monster, die ihr zu Hause hier im Dartmoor haben, bedrohen mich. Es ist ein immer wiederkehrender

Alptraum. Ich würde sie gerne in den Hals beißen, Lady Theresa."
„Wahrscheinlich sind sie selber ein Monster, ein Vampir, der sich vor seinesgleichen fürchtet."
Sie mag es wohl zu scherzen und für ganz verrückt scheint sie mich nicht zu halten. Sie ist übrigens mit dem Essen fertig und nippt an ihrem Portwein. Das Viagra hat den Alkohol, den ich getrunken habe, im Griff.
„Kommen sie Theresa, ich will sie ficken und beißen."
Sie erhebt sich vom Stuhl, bewegt sich in die Mitte des Raumes und löst ihren roten BH. Welch Prachtbrüste! Sie knetet sie mit ihren Händen, um mich zu reizen. Dann kehrt sie mir ihren Rücken zu, um ihren String über ihre Beine zu streifen und mir ihren Hintern zu zeigen. Für ein Edelcallgirl hat sie die richtige Vorzeigefigur.
Was heißt edel? Die Damen müssen gut aussehen und sich kultiviert benehmen. Gut riechen sollten sie auch. Dass Theresa gut riecht, bemerke ich, als ich sie sacht in den Hals beiße.
Sie hat mich erkannt. Ich bin ein Monster, das sich vor seinesgleichen fürchtet. Nach dem verpassten Knutschfleck – ich hoffe, sie verlangt dafür keinen Aufpreis -,ziehe ich mich aus, um den Akt mit ihr zu begehen. Sie sieht meinen großen erigierten Penis.
„Ich habe einen Mordsrespekt vor deiner Potenz."
Sie erinnert sich wohl daran, dass ich sie beim letzten Mal innerhalb kurzer Zeit gleich zweimal genommen habe. Vielleicht denkt sie sich auch ihren Teil. Sie

lässt es sich nehmen, etwas länger an meinem
Schwanz zu saugen. Ein äußerst anregendes Gefühl.
Die Erregung steigt. Geübt streift sie mir ein
Kondom der Marke London über.
„Wie willst du es denn diesmal, Paul Haydn?"
„Reite mich, damit ich deine Brüste betrachten und
mit ihnen spielen kann."
Beim Akt sauge ich mich fast an ihnen fest. Soll sie
denken, ich wäre ein kleines Kind. Sie fickt mich in
eine kleine Ekstase.
Auch mit 64, nach tausendfachen Wiederholungen,
besteht darin ein Gewinn. Sie bewegt ihr Becken
dann schneller und sagt:
„Komm lieber Paul, komm!"
Was dieses Timing angeht, ist sie perfekt. Nach einer
Pause, die ich ihr und mir gönne, verlange ich von
ihr, ihren Arsch versohlen zu dürfen. Das mache ich
gründlich.
Später sag ich zu ihr: „Und nun überlasse mich
meinen Dämonen und bösen Kobolden."


Essay: Sex und Liebe
Liebe und Sex, ich muss zugeben, dass dies für mich
ein schwieriges Thema ist. Ein persönliches Erlebnis,
gestern Abend, hat mich spontan dazu bewegt,
darüber zu schreiben. Ein schwieriges Thema, da ich
seit Jahrzehnten als Single lebe. Aber genug des
Persönlichen. Die Kulturgeschichte, die Plots in
Romanen, Filmen, Opern und Liedern sind überflutet

von Liebesgeschichten. Sie sind nahezu das Thema Nr.1. Ein relativ junges Phänomen ist das massenhafte Aufkommen von Sexgeschichten; seit knapp 50 Jahren blüht ein Geschäft mit Sexfilmen, Sexfotos und pornografischer Literatur. Wir sind freier geworden und wir erlauben uns Dinge, an die man vor zweihundert Jahren vielleicht gedacht hat, aber nicht wagen konnte, sie umzusetzen. Im Grunde sind wir heute nicht unmoralischer als früher, die Hurenhäuser gab es schon immer. Aus biologischer Sicht dienen Liebe und Sex der Fortpflanzung und der Arterhaltung. Da der Mensch nur ein besonderes Tier auf diesem Planeten ist, ein recht cleverer Affe, der es gelernt hat, in großen Kollektiven zusammenzuwirken, bestimmen ihn, was Sexualität anbelangt, ähnliche Mechanismen, wie sie auch bei anderen hoch entwickelten Säugern wirken.
Der Mensch hat aber im Kollektiv eine einzigartige Kultur geschaffen, die auch die Gepflogenheiten der Paarung beinhaltet. Es ist nicht gut allein zu sein: Menschliche Paare binden sich, um dem Alleinsein zu entkommen, um Sex zu haben, vielleicht um Kinder zu haben, aus Zuneigung. Wenn man den richtigen Partner gewählt hat, ist das ein Glückslos für das weitere, vielleicht für das ganze Leben. Die gesellschaftlichen Institutionen, vor allem die kirchlichen, setzen voraus, dass sexuelle Lebensgemeinschaften für ein ganzes Leben bestimmt sind, aber dies entspricht nicht unserem Bedürfnis nach Freiheit. Ganz anders als vielleicht bei den Schwänen ist der Mensch nur teilweise oder

phasenweise monogam. Schwäne probieren nichts aus und es mag sein, dass manch junger Mann in die Ehe geht, nachdem er schon Sex mit zehn oder mehr jungen Frauen hatte. Kein Anzeichen für Monogamie. Mag sein, dass die Monogamie bei dem einem oder anderen mehr ausgeprägt ist. Möglicherweise bei denen, die es immer schon als schwierig empfunden haben, einen Partner zu finden. Monogamie kann auch eine Art Klammer sein, oder die Voraussetzung für einen Vertrag, der garantieren soll, dass man nie mehr allein ist. Dieser Vertrag beruht natürlich oft auf Illusionen, Wünschen und bedenkenswerten Träumen, die der Kulturpool einem einsuggeriert. Freiheit: Die sogenannte „romantische" Liebe ist Resultat wachsender Freiheiten, die den Bürgern zur Verfügung standen. In vielen Gesellschaften ist es auch noch im 21. Jahrhundert gang und gäbe, dass man verheiratet wird. Die Verwandten suchen einem den Partner fürs Leben, jedenfalls auch eine Methode, zu einem Partner zu gelangen. Das Ideal der romantischen Liebe rebelliert gegen solche Traditionen. Nur die beiden Betroffenen können wissen und entscheiden, ob sie zueinanderpassen, um es etwas antiquiert auszudrücken: Füreinander bestimmt sind. Ohne Freiheit hat es die romantische Liebe schwer, man denke an Romeo und Julia. Die romantische Liebe bietet also Stoff für jede Menge Dramen. Heutzutage sind jede Menge Freiheiten dazugekommen, die Seitensprünge, Partneraustausch, Swingerclubs und Scheidungen erlauben. Die Idee der romantischen

Liebe hatte nämlich einen Geburtsfehler: Im Prinzip taugt sie nur für Prinzen und Prinzessinnen. In unserer postindustriellen Zeit, aber auch früher, ist die romantische Liebe nur ein Märchen, dass man sich vorspielt, eine Rolle, die besonders gut gelingt, wenn man zeitweise selber daran glaubt. Im Übrigen stammt die romantische Liebe nicht aus dem Ideenschatz von Mutter Theresa, sondern ist recht darwinistisch geprägt. Zum einem gilt: ohne Sex keine Liebe. Dinge wie Schönheit, gesellschaftliche Rolle, Status, sogar Geld spielen eine Rolle. Um so mehr ich davon habe, um so höher ist mein ranking, romantisch geliebt zu werden. Man kann einerseits sagen, dass wenn eine Fünfundzwanzigjährige einen fünfundsiebzigjährigen Millionär ehelicht, dann kann sie ihn in irgendeiner Weise „romantisch" lieben, auch wenn dies letztendlich von dem Versprechen von Luxus ausgelöst wird, andererseits kann man sagen, es handelt sich um eine gesellschaftlich akzeptierte Form von Prostitution. Partnerschaftssuche funktioniert kulturdarwinistisch. Eine schöne Frau muss schon ziemlich einen an der Waffel haben, um keinen Partner zu bekommen. In unserem Zeitalter, wo sich zumindest auf unserem Kontinent die romantische Liebe durchgesetzt hat, hat jeder einen Marktwert, was an sich ein Widerspruch ist, denn Marktwert und romantisch sind wie Feuer und Wasser. Der Marktwert stimmt und ich spiele eine Zeit lang im romantischen Märchen mit. Wie gesagt ist Sex alles andere als „sozial", er entspricht einem Modell, in dem es immer die gibt, die zu kurz kommen. Letztendlich haben nur die Platzhirsche zu sagen. Es werden Partnerschaften gewählt und viele haben auch für lange Bestand, aber ich wage zu bezweifeln, ob die romantische Liebe bei denen eine größere Rolle spielt. Man hat sich eingerichtet und ich stelle auch nicht in Abrede, dass es hier und da größere Zuneigung gibt, aber vor allem große Abhängigkeit. Sollte nun jemand, der dies alles durchschaut hat und sozusagen über den Dingen steht und der nebenbei über die finanziellen Mittel verfügt, den Sex, den er benötigt, nicht kaufen? Kaufen macht frei. Er kann sich den Sexpartner aussuchen, der passend für ihn ist und ich schreibe hier als Mann: ich kann mir ein Bild von einer Vielzahl von käuflichen Geliebten machen. Letztendlich bleibe ich mit diesem Modell natürlich allein, andererseits sage ich mir, ich kann mich viel besser mit einem Mann austauschen (außer sexuell), warum sollte ich da mit einer Frau zusammenleben, aber vielleicht bietet die Frau mit ihren X-Chromosomen etwas, von dem ich bewusst nichts weiß und was der gelegentliche Besuch von Prostituierten nicht wettmachen kann.

Vielleicht war der Essay doch zu privat.

(present)

Dienstag, der 23. 10. Ich sitze mit Pater Copleston zusammen und spiele mit ihm eine Partie, nicht zu ernst, nicht zu verbissen, wir plaudern auch miteinander. Draußen weht beständig ein warmer Südwind, der Temperaturen um die zwanzig Grad mit sich bringt. Am Morgen habe ich einen Spaziergang im Moor gemacht und hatte mich dann entschlossen, spontan und ohne jede Vorbereitung einen Essay über Liebe und Sex zu schreiben. Ich vermute, dass meine Begegnung mit Lady Theresa der Auslöser war. Im Nachhinein finde ich, dass ich etwas ungerecht Liebe beurteilt habe, da mir bewusst ist, dass es so etwas wie wahre Liebe, die über Jahrzehnte währt, geben muss und dass dies an sich einen hohen Wert darstellt. Die darwinistischen „Mechanismen", die dazu führen, stehen da erstmal außen vor und können ihren Wert nicht schmälern. Ich lasse den Essay aber so stehen, wie ich ihn geschrieben habe, überlege aber noch, ob ich ihn ins Netz stelle.

„Du wirkst etwas in Gedanken , sagt der Pater zu mir.
„Meines Wissens erfordert das Spiel, dass man hin und wieder nachdenkt."
„Ich habe aber den Eindruck, dass du über etwas anderes nachdenkst."
Das tue ich. Dies ist die entscheidende Woche für meinen Deal. Morgen präpariere ich, am Freitag soll die Übergabe stattfinden. Ich überlege, ob ich Lady Theresa für Freitag einladen soll, um den Abschluss gebührlich zu feiern.
„Ich habe einen Essay über Liebe und Sex geschrieben. Wie du dir denken kannst, teile ich eher eine darwinistische Sicht der Dinge"

„Paul Haydn, du bist mir schon seit Langem ein Rätsel. Schwul bist du ja vermutlich nicht."
„Nein, ich bin nicht schwul, eher schüchtern", antworte ich und lege einen Stein, der beim näheren Betrachten gar nichts bringt.

„Wäre deine Haushälterin nicht die richtige Frau für dich?"
Mir gelingt es, einen Lacher zu unterdrücken.
„Elfreda ist siebzig."
„Na und, sie ist sehr rüstig und die fünf, sechs Jahre Altersunterschied machen nicht viel. Frauen leben länger."
Der Pater spielt einen Stein und ich habe eine Ahnung, dass ich die Partie verlieren werde. Der Pater hat es nötig. Er hat ja selbst keine Partnerin und lässt sich von einer Haushälterin bekochen, aber ich vergesse ja immer, dass diese Pfaffen mit Gott verheiratet sind.
Elfreda und der Pater sind im selben Alter und manchmal male ich mir aus, dass sie sich in Okehampton zufällig treffen und Elfreda über meine Weibergeschichten plaudert, vielleicht aus Sorge, vielleicht, weil sie gerne tratscht. So hundertprozentig kenne ich Elfreda nun auch wieder nicht.
„Paul, du bist noch im besten Alter. Dein Einsiedlertum macht wenig Sinn."
„Willst du mir eine WG vorschlagen?"
Ich überlege, ob ich die Achte von Bruckner etwas aufdrehen soll.

„Man munkelt über dich Paul."
Aha, man munkelt über mich, obwohl mich keiner kennt. Ich bin der mysteriöse Unbekannte, der in Autumn Wood lebt. Ich lasse mich im Ort selten blicken und die Einkäufe erledigt Elfreda.
„Ja mein lieber Pater. Ich bin ein Mann mit dunklen Geheimnissen."

Das war ein Satz zu viel, zudem lege ich einen Stein, der wiederum nichts bringt, außer einem Stirnrunzeln des Paters. Ein sinnloser Stein ist wie eine verschenkte Vorgabe, kann mich zehn Punkte kosten. Ich werde Howard für Samstag absagen. Ich habe keinen Nerv, unmittelbar nach dem Deal den Inspektor im Haus zu haben. Ich habe rücksichtsvolle Freunde. Sie fragen mich nicht viel, und ich habe nicht viel von meiner Vergangenheit erzählt, von einer Erbschaft, einem naturwissenschaftlichen Studium und natürlich, dass ich aus Deutschland stamme. Sie wissen, dass ich gerne Essays schreibe, aber ein größeres Interesse, sie zu lesen, habe ich bei ihnen noch nicht festgestellt. Wir begnügen uns meist mit dem Hier und Jetzt, mit dem Spiel, dem Essen, der Musik und dem guten Wein, den ich auftische. Seit unserem Ausflug ins Dartmoor steht mir Pater Copleston näher. Das geht wohl nicht so sehr von mir aus, denn nach den unzähligen Reisen, die ich in meinem Leben gemacht habe, war der Ausflug ins Dartmoor für mich nichts Außergewöhnliches, wenn auch für mich diese Art von Reisen seltener

geworden ist. Hingegen war es für den Pater eine Sensation, vielleicht aber nicht ganz so, als wäre er Gott und seinen Heiligen persönlich begegnet, aber es hat seinen Sinn für die Schöpfung geschärft. Vielleicht ist es sogar weniger beeindruckend, wenn man nüchtern Gott in seiner Pracht begegnet, als wenn man bei einem stärkeren Pilztrip ein inniges Einssein mit der Welt verspürt. Deshalb zeigt sich Gott meist bei solchen events und hinterlässt dadurch größten Eindruck. Der Pater hat also ein Bedürfnis, mich näher kennenzulernen und macht so komische Vorschläge wie Elfreda zur Frau zu nehmen. Er will mich provozieren, aus der Reserve locken, will mit mir über meine Laster sprechen, über Lady Theresa. Ich bin wirklich nicht bei der Sache und lege wieder einen dummen Stein. Die Folge ist, dass der Pater mir eine nun nicht lebende Gruppe von über zwanzig Steinen wird abnehmen können.
„Du hast wohl heute einen schlechten Tag", kommentiert Copleston.

Ich gebe die Partie auf. Bis das Essen kommt, vertreiben wir uns die Zeit mit kurzweiligen Spielen auf kleineren Brettern. Für eine kurze Zeit gelingt es mir, dem Pater zu zeigen, wer Herr auf den Brettern ist. Alles in allem bin ich aber irgendwie auffällig, auch trinke ich schneller als sonst und ich bin froh, dass nicht der Inspektor mir gegenübersitzt. Irgendetwas stimmt nicht mit mir. Dabei ist es nur die Routine eines Deals, den ich schon oft über die Bühne gezogen habe. Ich war an den Tagen vorher immer nervös. Elfreda kündigt das Essen an und ich öffne eine weitere Flasche Toro. Die erste habe ich fast ganz alleine getrunken. Lammkoteletts, Kartoffelgratin und mediterranes Gemüse ist die Wahl der Speise. Der Pater macht sich genüsslich über das Essen her und ich habe manchmal den Eindruck, dass seine Haushälterin nicht so gut kocht. Vorzüglich das Essen! Traditionell sitzen wir dann noch bei Wein und Bruckner für ein paar Stunden zusammen. Ich kann nur hoffen, dass der Pater nicht zum investigativen Inspektor mutiert. Ich trinke viel, aber trotzdem wird die Angst wieder kommen, sodass ich Zuflucht zu einer der beiden Türen suchen muss.

Mittwoch, der 24.10, ein besonderer Tag. Ich habe Elfreda ohne weitere Gründe freigegeben, die Alarmanlage ist scharf und wird mich auch warnen, wenn die Haustür von Autumn Wood per Hausschlüssel geöffnet wird. Es ist der Tag der Produktion. Ich bin hypernervös, was schlecht für den Job ist. Ich habe mich in den Kellerbereich zurückgezogen, die tiefgekühlten Lösungen des Tartrats tauen auf. Aus meinen Verstecken habe ich den Tropfer hervorgekramt, den man auf feine Dosierung einstellen kann. Die Tropfen sollten nicht größer sein als 10ml. Prunkstück meiner Ausrüstung ist eine kleine Maschine, in der ich das Löschblatt einspannen kann und die per Knopfdruck mit einem kleinen Elektromotor das Löschblatt eine definierte Strecke vorzieht. Ich stelle die Maschine meist auf 5ml ein, der Tropfer wird über das eine Ende der

Maschine angebracht, der Abstand zwischen den Walzen beträgt 60cm, sodass ich das Papier etwa auf 50cm betropfen kann, das sind 100 Knopfdrücke, dann wird das Papier zurückgespannt und die Position des Tropfers um einen halben Zentimeter verschoben. Alle zwei Sekunden löst sich ein Tropfen, nach dem ich Zeit habe, den Knopf zu betätigen. Auf einen Löschblattbogen bekomme ich 5000 Reisen, der Tropfen enthält 250 Mikrogramm Tartrat. Im Abschluss müssen die Bögen geschnitten werden. Dazu benutze ich eine kleine Schneidemaschine, rein mechanisch, wie sie früher auch in kleinen Druckereien üblich waren. Mein Equipment ist alt, sehr alt. Ich weiß nicht mehr, unter welchen Umständen Meinhard und ich es uns damals zugelegt haben, nachdem die Mengen klar waren, die wir produziert hatten. Ich wüsste heute nicht, woher ich so eine Maschine mit den Walzen herbekommen könnte, aber ich habe auch nicht danach gegoogelt. Ich kann mich nicht mehr erinnern, wie wir sie damals beschafft haben. Vielleicht war es auch Meinhard, der einfach vor etwa vierzig Jahren mit dem Teil ankam. Er hat mir bei seiner Flucht, wie anders sollte ich es bezeichnen, das Equipment überlassen. Es ist irgendeine Art Flucht gewesen, wenn auch vielleicht die Flucht in einen Traum, da er schon in frühen Tagen von Südamerika geträumt hat. Die kleine Ausrüstung wäre ihm hinderlich gewesen, aber man kann sie gut verstauen und so leicht fällt sie in dem größeren Kellerareal von Autumn Wood nicht auf, und wenn, ein paar Erklärungen hätte ich parat.

Ich habe mir vorgenommen, zwei Bögen zu betropfen und zu schneiden, macht zehntausend Tropfen und ca. 6 Stunden reine Tropfzeit. Das Ganze braucht die Zeit eines vollen Arbeitstages und ist ausgesprochen entnervend.

Ich muss ein alter Narr sein. Ich könnte kaum erklären, warum ich mir den monotonen Stress antue. Geduldig warte ich, dass der Tropfen fällt, und betätige den Knopf, zehntausend mal. Es ist eine Art innerer Zwang, der mich zu diesem Geschäft treibt. Es wäre viel einfacher, die gekühlten Ampullen zu verkaufen, ohne jede Mühe, aber die Präparation der Reisen ist wie ein Ritual: Ich habe es schon immer gemacht, zumindest in den letzten vierzig Jahren. Ich erlaube mir den Luxus, bei der Arbeit leise Musik zu hören. Ob Bruckner meine Tätigkeit gutgeheißen hätte? Ich habe verspätet mit der Arbeit begonnen. Nach allen Vorbereitungen fiel der erste Tropfen gegen zwölf. Vorsichtig hatte ich die Flüssigkeit in den Tropfer eingegeben. Aus Vorsicht vor Überraschungen trage ich Haushaltshandschuhe. Ich muss dieses Ding durchziehen, am Freitag kommt es dann zur Übergabe. Morgen besorge ich mir in aus Plymouth eine kleine Maschine, eine Kawasaki oder Yamaha. Wenn Elfreda das Motorrad sieht, wird sie denken, dass ich damit einen Ausflug gemacht habe. Freitag ist die Drangwäsche vorüber. Ich werde ein paar Euros reicher sein, aber einen nicht unerheblichen Teil des Geldes habe ich vorher in Nutten investiert, na ja, es waren nur ein paar Tausend Euro. Frauen wie Lady Theresa sind teuer,

aber ich werde mir den Luxus nicht nehmen lassen, sie Freitagabend zum Dinner zu bestellen. Und dann wird Ruhe sein, auch an dieser Front und Elfreda braucht sich keine Sorgen mehr um mich machen.
 Vielleicht ist es das letzte Mal, dass ich so einen Deal durchziehe. Ich werde langsam alt und in drei, vier Jahren bin ich fast siebzig und müsste andere Probleme haben, als kleine Trips herzustellen und zu verkaufen. Monoton drücke ich den Knopf. Eine Bahn dauert etwas mehr als drei Minuten, dann muss das Papier in seine Anfangsstellung und der Tropfer umjustiert werden. Es muss sich wirklich um eine Art Idealismus handeln, die mich antreibt. Idealismus oder innerer Zwang, oder beides, aber ich fürchte, diese Begründung wird nicht reichen, um meine mangelnde Schuldfähigkeit vor Gericht nachzuweisen, dabei wäre ich ein geeigneter Kandidat für die Psychiatrie und es würde sich zeigen, ob auch dort die dunklen Kreaturen der Nacht mich heimsuchen.
Nach dem ersten Bogen, etwa zwanzig vor vier, mache ich eine Pause, die nicht zu lange dauern darf, sonst wird meine Arbeit in die Zeit hineinreichen, in denen für mich ganz andere Türen der Angst geöffnet werden. Ich gehe rauf in die Küche und nehme einen kleinen Imbiss, den Elfreda für mich vorbereitet hat. Und natürlich rufe ich die Agentur an. Ich habe Glück: ich kann Lady Theresa buchen. Normalerweise verlange ich nicht nach einer bestimmten Dame, sondern lasse mir Vorschläge machen.

Um vier geht die monotone Arbeit weiter. Ich höre nicht mehr Musik, die hundertvierzig Jahre alt ist, sondern nur vierzig. Es gehört zur Tradition, dass ich bei der Präparation auch Tangerine Dream höre. Mit solch einer Musik hatte das alles angefangen, bis das Interesse für die Substanz immer größer wurde. Es ist selten geworden, dass solch eine Musik über meine Anlage oder den MP3-Player meines Smartphones läuft. In meinem Eifer habe ich vergessen, meine Arbeitshandschuhe anzuziehen, aber ich denke, dass dies auch kein Muss ist. Meiner monotonen Arbeit setze ich die ästhetische Monotonie der Musik von Tangerine Dream gegenüber.

Die Zeit verstreicht, aber draußen müsste es noch hell sein. Während der Arbeit, die ich mehr oder weniger gedankenlos durchführe, schweife ich in Erinnerung oft zurück an die Zeit mit Meinhard. Ich kann mir kaum noch vorstellen, wie er ausgesehen hat. Vielleicht würde er mich auch einen alten Narren nennen, wüsste er um mein Tun. Für Inspektor Howard Jones wäre ich ein gefährlicher, krimineller alter Narr und auch Pater Copleston würde sich nur über mich wundern. Irgendwann ist der zweite Bogen geschafft. Dann muss nur noch geschnitten und portioniert werden. Ich denke, ich habe keinen Fehler gemacht.

Es ist längst dunkel. Ich habe noch eine Kleinigkeit

gegessen. Geschnitten ist und als Abschluss meiner Arbeit portioniere ich; jeweils hundert Reisen kommen in ein Plastiktütchen. Dies ist verhältnismäßig schnell gemacht. Ich schaffe das in einer Stunde, in der meine Anspannung steigt; es ist schon spät. Vielleicht sind die Kräfte der Dunkelheit heute besonders neugierig auf mein Haus, wollen sich an den Papierschnitzeln laben, damit sie um so besser mein Blut aussaugen können, um in ihrem animalischen Rausch mir besser den Kopf und die Gliedmaßen abreißen zu können. Böse Kobolde, ums Haus verteilt, lesen meine Gedanken, um zu berichten an die Herren der Nacht, welche Kreaturen mit Kraft es auch sein mögen. Vielleicht sind die Werwölfe nur die Vorboten derjenigen, die mich geopfert sehen möchten. Ein Rascheln, ein Heulen. Ich sollte die Musik stärker aufdrehen, die Neunte von Bruckner, um die bedrohlichen Geräusche der Nacht zu übertönen. Ich räume die Apparaturen weg, verstecke sie und weiß nicht, ob ich sie jemals wieder benutzen werde. Die hundert Plastiktütchen kommen in eine Tasche, die ich so übermorgen übergeben werde. Meine Nerven verlangen nach einigen Gläsern Rotwein, die ich noch im Wohnzimmer nehmen will, bis die Bedrohung ins Unerträgliche gestiegen ist. Ich glaube nicht, dass diese Zauberwesen dort draußen über den Inhalt der Tasche in meiner Abwesenheit herfallen werden, denn ihr primäres Interesse gilt nur mir.
Mir ist schon irgendwie komisch zumute, aber eine gewisse Disziplin verlangt von mir, nicht sofort das

Weite zu suchen. Ich gehe in mein Wohnzimmer, setzte mich in einen der schweren Ledersessel, öffne eine Flasche Syrah aus dem Süden Spaniens und die Musik Bruckners beginnt dort, wo sie im Keller aufgehört hat, mit dem Anfang des zweiten Satzes der Neunten. Ich fühle mich doch recht merkwürdig, komisch, was meine Angst vor dem, was sich da draußen gegen mich zusammenbraut, überlagert und etwas verdrängt. Es muss diese nervenaufreibende Arbeit gewesen sein, die immer wieder etwas äußerst Besonderes ist, zudem habe ich ein Verlangen nach Wein und das erste Glas trinke ich sehr schnell.
 Sehe Lichtblitze im Wein, trinke ihn schnell aus, gieße nach. Vielleicht kriegen sie mich heute und mein Zustand ist Folge einer unbewussten Vorahnung. Es klopft fest an der Haustür, dreimal, dann scheint sich ein massiges Tier gegen die Tür zu werfen. Das Licht der Wohnzimmerlampen hat eine ungewohnte Intensität. Warum wollen sämtliche Kreaturen des Dartmoors gerade mich?
Etwas fliegt gegen die Fenster und eine kleine Wunderkerze entzündet sich mitten im Raum. Naiv fasziniert schaue ich dem Phänomen zu. Vielleicht schützen mich heute Abend Engel vor dem da draußen. Ich schließe die Augen, sehe ein Feuerwerk. Über dem thront Lady Theresa mit nackten Brüsten in einem himmlischen Glanz. Erfreut, aber auch sehr verwundert öffne ich die Augen. Das Wohnzimmer zeigt sich in veränderter Geometrie, die zähflüssig zu fließen scheint. Ich gucke durch die Hauswand und sehe einen Werwolf mit leuchtend gelben Augen. Ich

höre alle Musiker des Orchesters, kann jedes einzelne Instrument erkennen, welch Glück, aber da steckt ein Ungeheuer seinen Kopf durch die Wand. Es hat Blutsaugerzähne. Farbige Gaswolken wabern durchs Zimmer.

Es hat lange gedauert, bis der Groschen bei mir fällt: Ich bin auf Trip, hier beginnt eine unfreiwillige Reise der besonders heftigen Art. Meine Ängste könnten sich ins Unendliche steigern. Schon drei Kreaturen haben ihre Köpfe durch die Steinwand gesteckt, einer ist ein ungemein großer Wolfskopf. Hunderte von Schlangen schlängeln auf dem Parkett oder sind es Aale?
„Das ist also das, was du den Leuten verkaufst", sage ich zu mir. Kleine Feuer breiten sich im Wohnzimmer aus, aber ich weiß, sie sind nicht wirklich. Aber die nach Blut gierenden Köpfe? Dort draußen geht wirklich etwas gegen mich vor, mit und ohne dem LSD. Ich bin doch sicher. Warum schließe ich nicht die Augen und überlasse mich der majestätischen Musik Bruckners. Ich nehme noch von dem Wein, der eine edlere Farbe nicht haben kann, aber er verwandelt sich in Blut, aber ich bin nicht abgeneigt, auch vom Blut zu kosten. Eine Echse sitzt mir gegenüber und toastet mir zu. Dies ist vielleicht der Tag, an dem ich sterbe. Bei all dem Ungewissen, dass außerhalb meines Selbst stattfindet, ist es ganz schön mutig, die Augen vor der Illusion zu schließen, aber getan, befinde ich mich kurzfristig in einer himmlischen Sphäre, voll

mit engelhafter Musik, deren Töne wie Ewigkeiten kommen. Finde ich nun auch meinen Weg zu Gott? „Paul, es ist nur eine Droge, nur eine Droge, Droge ….", sage ich mir.
Meine Lieblingsdroge, aber sie hat mich jetzt ganz schön im Griff. Ich verlasse das Paradies, weil es zerbröckelt, und öffne die Augen. Das Wohnzimmer hat offensichtlich sein Design von Dali bekommen und fängt an zu zerfließen. Die Kreaturen interessieren mich gar nicht mehr. Ich muss hier weg, obgleich ich nicht weiß, ob meine Flucht überhaupt etwas nützt. Ich muss durch eine dieser Türen. Es scheint nicht einfach, mich zu erheben. Der Boden wankt, Kobolde begleiten mich und phosphoreszierende Fledermäuse fliegen kreuz und quer. Die grüne oder die blaue Tür? Ich kenne eh nicht den Unterschied. Hinter mir beginnt wieder das Haus zu brennen, vor mir ein Wespenschwarm, durch den ich durch muss. Die Droge kann unmöglich aufhören zu wirken, wenn ich eine Tür nehme. Blau oder Grün, ich werde nun alles vergessen, was geschieht.


## 12 (future)

Ich stolpere durch die Tür, befinde mich in einem mysteriösen Raum, der schwach an mein Appartement erinnert, aber der Raum zerfließt. Was ist mit mir los, was ist mit der Welt los? Ich muss

unter irgendwelchen Drogen stehen, die mir jenseits der Tür eingeflößt wurde. Vielleicht habe ich sie auch freiwillig genommen. Ich brauche Hilfe, denn der befremdliche Zustand scheint sich zu verstärken. Ich verlasse mein Appartment, mutierte Wesen lachen mich aus und ein kleiner Hund fragt:
„Was ist los, Paul Haydn?"
Ich bin bestimmt in der Obersten Zeith, wo auch sonst, weil mein Gedächtnis keinen anderen Ort kennt, wo ich mich befinden könnte. Es ist sehr hell, aber die Sonne scheint violett zu sein. Der Fragende muss Passermonde sein.
„Hilfe, Passermonde, ich brauche Hilfe."
Obwohl in Sicherheit habe ich Angst. Die Welt verändert sich mehr und mehr in einen Ozean rhythmischer Strahlen, deren Geometrie mich doch sehr erstaunt. Passermonde wird mir später erzählen, dass mich Sanitätsdrohnen aufnehmen und mich ins medizinische Zentrum der Obersten Zeith verfrachten. Die Welt ist kollabiert und zeigt sich nun in einer wunderlichen Gestalt, wie sie vielleicht einmal war oder wie sie sein wird.
 Kurzfristig erscheinen mir die zwei Drohnen wie die Reiter der Apokalypse einer anderen Welt. Ich kann den visuellen Eindrücken nicht entkommen, auch wenn ich die Augen schließe. Ich bin fest überzeugt, dass ich unter einer Droge stehe, einem Gift, und wenn es nicht zu spät ist, wird man mir in der Obersten Zeith helfen können, das Gift, dass man mir irgendwo im Jenseits dieser Welt eingeflößt hat, zu neutralisieren. Ich glaube fest daran, dass dies nicht

eine neue Welt ist, in der ich gestrandet bin, wie damals, dem ersten Mal in der Obersten Zeith. Ich überlasse mich meinen Helfern und doch oft hat dieses Beängstigende etwas sehr schönes. Mir kann doch nichts geschehen, und wenn dies die letzten Momente meines Lebens sind, so will ich die Symmetrien und den Glanz genießen, die mir diese Augenblicke noch bieten. Alles dauert Ewigkeiten, Tropfen lösen sich und erzeugen in dem Ozean, der sie aufnimmt, glanzvolle Kronen.
„Paul Haydn, was machen sie auch für Sachen in der Vergangenheit?"

Es ist ein Engel, der zu mir spricht. Ich falle in Gelächter, dass ich nicht stoppen will.
„Ich weiß es nicht, ich weiß es nicht", bringe ich hervor.
„Sie müssen mindestens zwei Milligramm LSD intus haben."
„LSD?", frage ich verblüfft in eine Welt hinein, deren festen Strukturen ich nicht erkennen kann.
„Sie sind in Sicherheit, unter Beobachtung. Wollen sie den Rausch beenden?"
Die faszinierenden Visionen zeigen mir das geheime Gesicht der Welt, welches nun weniger bedrohlich erscheint.
„Soll ich …?"
„Ja, machen sie dem Spuk ein Ende."
Etwas geschieht, die Welt zerfällt in ihre normalen Züge. Die Ärztin lächelt mich an, der Antagonist wirkt perfekt, wie fast alles hier in der Obersten

Zeith.

„Was machen sie nur für Sachen Paul?"

„Ich frage mich, was man mit mir macht?"

„Die Welt, die sie regelmäßig aufsuchen, scheint gefährlich zu sein. Sie sollten vielleicht darauf verzichten."

„Ich muss dorthin, was es auch immer ist."

Die Welt hat inzwischen völlig normale Konturen bekommen, aber eine seltsame Euphorie bleibt.

„Geben sie mir das Mittel, das meinen Drang die Tür zu benutzen, mildert oder auflöst."

„Wir müssten sie zu einem Forschungsthema machen."

„Sie wissen doch, wohin ich gehe, sie sprechen es doch aus, die Vergangenheit."

„Ich vermute es, da sie so herrlich antiquiert sind. Jedenfalls habe ich keinen näheren Kenntnisstand. Ich glaube, dass sie irgendwie verschwinden und dass dabei ihr Gedächtnis wie bei einer partikulären Amnesie beeinträchtigt ist."

„Ich bin eigentlich überzeugt, dass man mit mir experimentiert. Die von Cern vielleicht, da sie vermuten, dass Zeitreisen mit im Spiel sind."

„Ich vermute es jedenfalls. Ich bin davon überzeugt, dass sie die Oberste Zeith verlassen."

„Gucken sie doch einfach nach!"

Die Ärztin schaut mich ratlos an.

„Ich weiß von Kreisen, die mehr über sie wissen. Ich überschreite meine Befugnis ..."

„Helfen sie mir. Ich will mein volles Leben."

„Aber ich habe ihnen doch geholfen."

Sie lächelt mysteriös und mir scheint einen
Augenblick, dass sie an irgendeiner Schizophrenie
leidet, die es aber in der Obersten Zeith nicht geben
darf. Ich bin mir sicher, dass sie ein doppeltes Spiel
treibt und dass sie vielleicht mehr weiß, als sie
angeben will.
„Ich kann sie jetzt in die Normalität entlassen."
„Was man so Normalität nennt", antworte ich auf
ihren Versuch mich loszuwerden, aber ich füge mich.
Die gute Stimmung trägt im Übrigen dazu bei, dass
ich mich von dem Schrecken erhole. Ich überlege,
wie ich meine kostbare Zeit hier verbringen will,
denn schon bald wird der Drang über mich kommen,
die Tür zu benutzen, wenn das Befinden in der
Obersten Zeith unangenehm bis unerträglich wird.
Ich trete aus dem Gebäude, in dem sich die
medizinische Versorgung befindet, und werde von
einer strahlenden Sonne begrüßt, die mir sehr
vertraut ist und nicht violett. Das Gebäude liegt
direkt am See, der auf mich beruhigend wirkt und nie
geheimnisvoll. Mein Erlebnis war so aufwühlend,
sodass ich noch nicht daran denke, einen der
Simulatoren aufzusuchen, um zu beißen und zu
vögeln, aber gegen Ende meines Aufenthalts hier
werde ich diese Vergnügungen nutzen, um einen
kleinen Gegenpol zu dem Erlebten zu schaffen. Mir
wird mulmig bei dem Gedanken, was mich beim
nächsten Mal in der anderen Welt erwartet.
Ich gehe an der Seepromenade entlang, man grüßt
mich und lacht. Ich muss hier für einen nicht
geringen Unterhaltungswert sorgen. Hier wissen

vielleicht nicht alle über mich Bescheid, aber bestimmt viele. Ich sollte mich vielleicht auf die vielen Feten hier begeben und mich interessant machen, aber bei solchen Anlässen hatte ich immer das Gefühl, zum Gespött zu verkommen. Die übliche „Oberste Zeith-Paranoia" hat mich erfasst. Ich mutmaße darüber, was man mit mir vorhat und denke mit etwas Furcht über die Gefahren, die offensichtlich jenseits der Tür lauern. Offensichtlich experimentiert man dort mit mir, stiehlt man mir dort mein Gedächtnis und setzt mich in Überdosen unter Drogen und hat mir etwas eingeimpft, dass ich immer wieder zu ihnen zurück will, und keiner in der Obersten Zeith wagt es, dagegen etwas zu unternehmen. Warum?

Ich überlege, was ich in den nächsten Stunden machen soll. Vielleicht sollte ich Passermonde suchen, meine Schachlektionen fortsetzen und eine Freundschaft pflegen, ein seltenes Gut in dieser oberflächlichen, neuen Welt. Die Alternative wäre ein Simulatron aufzusuchen, also das, was ich hier immer mache, denn die beschauliche Seepromenade alleine genügt mir nicht. Ich würde ja versuchen, die Welt zu entdecken, die Welt jenseits der Obersten Zeith, wäre da nicht der Drang, nach mehreren Stunden die Tür zu benutzen. Ich habe mir Genf angesehen. Wie befremdlich diese Metropole wirkte und mir den Eindruck machte, dass ich unmöglich von dieser Welt stammen konnte. Ich sah den Weltraumbahnhof, war fasziniert vom Kommen und

Abgehen der Flugobjekte, von den Scharen der Außerirdischen, die durch die Hallen strömten. Man kann sich diese vielfältigen, bunten Gestalten gar nicht ausdenken. Es war für mich alles so neu und überwältigend, dass mir die Erklärung, ich stamme aus der Vergangenheit, durchaus plausibel erscheint. Sicher wäre es denkbar, dass eine komplette Amnesie nach meinen ersten 50 Lebensjahren eingetreten ist und das ich schon immer hier gelebt habe, aber dagegen spricht, dass ich eine sehr plastische Vorstellung von der Welt des Zwanzigsten Jahrhunderts habe und seltsam: das Achtzehnte scheint mir auch vertraut. Dagegen spricht auch die Tür, die mir zumindest eine partikuläre Amnesie gibt und mich ins Unbekannte führt. Mit der Tür hat alles angefangen. Ich kam durch sie ein erstes Mal und mein Leben in der Obersten Zeith begann. Die Ärztin hat mit ihrer Vermutung, die vielleicht mehr als eine Vermutung ist, recht. Die Welt kann man auch im Simulatron entdecken, das ein Abbild der wahren Erde geben kann. Ich könnte in einem simulierten Melbourne leben und dort eine Arztpraxis eröffnen, verstünde ich etwas von diesem Beruf. Unsere Besucher haben dazu beigetragen, dass Simulationen ferner Welten existieren, die so realistisch sein sollen wie die Simulationen dieser Welt. Ein Besuch raubt mir die Sinne, aber dennoch fand ich es nie reizvoll, mich auf virtuelle Entdeckungsfahrt zu begeben, vielleicht ist ja alles erfunden und erlogen. Die Welt der Obersten Zeith wirkt auf mich an sich schon „strange", reicht völlig, obgleich ich hier ja schon einige Jahre verbracht habe. Die Geschichten, die ich mir im Simulatron aussuche, spielen in einer lang vergangenen Zeit. Komischerweise meide ich das zwanzigste Jahrhundert, obgleich ich mir fast sicher bin, immer mehr, dass ich von dort stamme. Stattdessen zieht es mich in die Welt der Adeligen und ich begehre, so manche feine Dame zu beißen und mit ihr zu verkehren. Ich liebe die Rollenspiele und an sich möchte ich gar nicht wissen, was hinter den Avataren steckt. Das ich den Vampir spielen will, wundert mich etwas. Ich glaube nicht, dass ich in der Vergangenheit ein Vampir bin. Ich habe auch gar keine Vampirzähne, nur in der Simulation. Diese Geschichten sind für mich ein Mittel, meinen sexuellen Trieb zu befriedigen, aber wenn ich im Simulatron komme, komme ich nicht wirklich. Der Orgasmus ist aber gefühlsecht und ich denke, das Ganze beeinflusst meinen realen Hormonspiegel. Können Hormone vergessen? Wenn ich hier geil diese Welt durch die Tür verlasse, betrete ich dann die andere Welt mit dieser Geilheit? Auch würde mich interessieren, ob ich die fremde Welt mit einer Erinnerung an die Oberste Zeith betrete. Vielleicht ist ja die Amnesie nicht beidseitig. Vielleicht bin ich ja ein Spion der Vergangenheit, der daheim über die Zukunft, die Oberste Zeith berichtet, aber immer wieder vergisst, welche Aufträge er für die Oberste Zeith hat. Amüsiert sieht man hier meinem Treiben zu. Ich weiche den Fragen oft aus, habe nie wirklich nach Antworten gesucht, da ich vorab wusste, dass ich keine bekommen würde. So habe ich mich dem oberflächlichen Vergnügen hingegeben, wie es hier scheinbar alle tun. Ich weiß, ich bin hier etwas Besonderes. Ich weiß nicht, ob die Oberste Zeith etwas Besonderes in dieser Welt darstellt. Der Namen dieses Ortes könnte darauf hindeuten, aber Namen sind bekanntlich Schall und Rauch, ein Sprichwort, das mit Sicherheit nicht aus dieser Zeit, aus dieser Welt stammt. Obwohl fast ein ständiger Bewohner dieses Ortes, bin ich nur ein Gast. Aber auch ein Gast hat seine Rechte. Ich verlange Aufklärung und ich verlange Unsterblichkeit. Dann habe ich Zeit, meinem dekadenten Vergnügen im Simulatron nachzugehen. Ich werde die weißen Brüste lecken für Tausende von Jahren. Hin und wieder eine Schwarze wäre auch nicht schlecht, eine Schwarze, die nichts anderes in dieser Traumwelt als eine willige Dienstzofe sein könnte, da ich keine Expeditionen im schwarzen Kontinent unternehmen würde, bei der ich hoffen könnte, auf schwarze Prinzessinnen zu treffen. Es sind dann doch meist die weißen Fräuleins, die ich verführe, die sich für mich ausziehen und deren rosa Geschlecht ich schließlich nehme. Das weibliche Geschlecht hat international die gleiche Farbe, egal ob man es in Mumbai, Peking, Nairobi oder Oslo beschaut. Nur im Simulatron gibt es noch die Moralwächter, die solch Betrachtungen empören würde. Ich unterhalte mich gerne im Simulatron über die verbotenen Früchte. Der Pfaffe will von mir Reue, Buße, verflucht den Weg des Fleisches, aber ich gehe in diesem Spiel meinen Weg, treffe auf meine Fräuleins, selbst meist ein junger, gewandter Edelmann, ein junger Vampir von edlem Geschlecht, den es zum jungen Weibe zieht. Nach allem, nach diesem unfreiwilligen Rausch böte jetzt so ein Fräulein eine Alternative

Der Weg der Menschheit geht in die Dekadenz, so scheint es. Das 22. Jahrhundert hat offenbar die Lösung aller Weltprobleme gebracht, der Überlebenskampf ist erstmal gewonnen, nur die Frage nach dem Sinn scheint auf der Strecke geblieben zu sein. Brot und Spiele für alle und Gesundheit. Seltsamerweise kommt wenig Langeweile auf. So geht es jedes Mal mir, wenn ich das Simulatron betrete und alte, menschliche Instinkte in mir geweckt werden. Hier wird jedem etwas nach seinen Bedürfnissen geboten, mögen sie auch so seltsam sein, wie die meinen, in eine historische Vampirrolle zu schlüpfen und junge Frauenhälse zu beißen. Ich frage mich, ob ich immer auf die selben treffe, die sich letztlich mir anbieten, ihr Geschlecht und ihr Blut. Ein seltsamer Masochismus, der schwerlich in der realen Obersten Zeith bedient wird, muss sie umtreiben. Ich wüsste gerne, was meine Ärztin so spielt. Für mich ist es eine Art Masochismus als Brennpunkt des öffentlichen Gelächters im öffentlichen Leben der Obersten Zeith zu wandeln; so kommt es mir jedenfalls vor. Ich will keine Witzfigur sein und das Gelächter und Getue um mich herum zündelt meine Paranoia. Hier muss es Privilegierte geben, nicht nur Unsterbliche, sondern eine Gesellschaft von

Wissenden, die mein Schicksal irgendwie urkomisch finden müssen. Vielleicht leide ich wirklich unter einer harmlosen Paranoia, vielleicht eine Nebenwirkung des Wandelns zwischen den Welten, weil ich nicht weiß, was mit mir geschieht.
Ich öffne meine Gruft, steige heraus, versuche mich im Spiegel zu entdecken, aber ich sehe mich nicht. Gut! So gehört sich das für einen Vampir. Ich ertaste mein Gebiss, spüre, dass ich scharfe Eckzähne habe. Ich habe Kraft, sehr viel Kraft. Mir ist zum Fliegen. Es muss spät nach Mitternacht sein. Das Schloss liegt oberhalb einer Schlucht, gegen Norden führt der Weg zum Dorf, aus dem einige meiner Bediensteten stammen. Heute muss es kein Burgfräulein sein, dass ich aufsuche, sondern eine Schöne des Dorfes tut es auch. Für Morgen erwarte ich Gäste aus dem fernen England. Hier und morgen wird dann diese Geschichte weitergehen. Ich spiele viele Geschichten zu unterschiedlichen Zeiten, an unterschiedlichen Plätzen. Diese hier ist sehr klassisch und ich versuche zu vergessen, wer ich eigentlich bin und dass der Graf, den ich darstelle, nicht mehr ist als ein Avatar. Es müsste so sein wie mit der Tür, dass ich alles, was hinter mir lag, vergesse, um vollständig dieses Unwesen zu sein, müsste mich aber später, an den Ufern des Sees, an meine Abenteuer erinnern können. So ist es aber nicht, aber ich habe ein gehöriges Talent, mich in die Rolle des Fürsten der Nacht zu versetzen. Ich gebe die Anweisung, mein Pferd zu satteln, gebe Instruktionen für das Abendessen, dass ich meinen Gästen auftischen will.

Ich selbst werde natürlich nichts essen und mich entschuldigen. Mein schwarzer Hengst steht bereit. Erste Schneeflocken haben diesen verfluchten Landstrich erreicht. Ich gebe dem Hengst die Sporen. Seine Augen glühen. Er kann wie ich bestens in der Nacht sehen und selbst bei Neumond hat die Landschaft für mich einen grauen Glanz. Die meisten Lichter des Dorfes sind schon aus, aber im Wirtshaus ist noch Leben. Dies ist mein Ziel.
Ich höre Gelächter, dass sofort verstummt, als ich das Wirtshaus betrete. Man blickt mich untertänigst an. Der Wirt fragt mich, ob er mir einen roten Tokajer anbieten darf. Ich weiß natürlich nicht, welcher von diesen Avatare vollständig simuliert ist, und wer von einem wirklichen Wesen, vielleicht einem Menschen geführt wird. Wie kann man sich mit so geringfügigen Rollen genügen? Ich lehne den Tokajer ab und sage, dass er wissen müsse, dass mich nach anderem dürstet. Der Wirt scheint eine Vorahnung zu haben. Er guckt mich mit ängstlichen Augen an, denn er hat schon mal eine Tochter an mich verloren. Sein altes Weib interessiert mich nicht, soll er sich mit ihm vergnügen, aber seine Jüngste, so unschuldig und rein, wenn der Alte sich nicht selbst an ihr vergangen hat, soll meine Lust stillen.
Der Wirt guckt mich entsetzt an und sagt:
„Sie schläft doch schon, mein Herr"
„Nein, du Narr, sie erwartet mich schon."
 Theresa ist tatsächlich aus dem Schlaf erwacht, ihr Eintritt in das Spiel und womöglich ist sie das

einzige Wesen neben mir, die einen Avatar führt. Der Wirt schaut mich mit entsetzten Augen an, bleibt aber unterwürfig. Er weist mir den Weg zur Treppe.
„Ich kenne den Weg, du Narr!"
Ich steige die Treppe hinauf und in der Kneipe beginnt wieder ein derbes Gelächter. Das Gelächter gilt doch nicht mir? Sie steht auf dem Gang im Nachthemd mit langen blonden, lockigen Haaren, wie ein Engel, doch sehe ich an den Konturen, dass unter dem Nachthemd Brüste locken, die kein Engel hat. Die Tür zu ihrer Kammer ist offen.
„Du hast auf mich gewartet Theresa?"
„Ja, mein Herr. Mir träumte, dass sie kommen würden und dann wachte ich auf."
Ich will nicht wissen, wen das Mädchen von dort unten alles schon empfangen hat. Ich werde vielleicht Gewissheit bekommen. Wir gehen in ihre Kammer. Ich verlange von ihr, dass sie sich vor mir niederkniet, mir die Hosen öffnet und mit ihrem Mund an meinem Geschlecht saugt.
„Ein anständiges Mädchen tut das nicht, mein Herr."
Ich lächele, zeige ihr meine Zähne, vor denen sie zurückweichen will, aber ich halte sie am Arm fest.
„Du wirst für die letzte Zeit ein anständiges Mädchen gewesen sein. Stattdessen wirst du eine Fürstin der Nacht, für den so ein Kniefall eine kleine Übung ist. Nun füge dich."
Sie kniet sich nieder, öffnet meine Hose und fingert mit einigem Geschick am gräflichen Penis, der diesmal besonders groß ausgefallen ist, prall, hart und stark und sie fügt sich ihrem Geschick, beginnt

zu saugen und macht dabei den Eindruck, dass sie dies nicht zum ersten Mal macht.
Welch ausgesprochen wonniges Gefühl überkommt mich, dass mich vergessen lässt, dass dies alles nur ein simuliertes Spiel ist. Soll ich sie bis zu meinem Höhepunkt blasen lassen? Es wäre nicht das Schlechteste. Dennoch verlange ich dann von ihr, dass sie ihr Nachthemd anhebt und sie mir ihr blankes Gesäß entgegenstreckt. Ein kleiner, sehnsüchtiger Schrei von ihr, als mein harter Degen sie nimmt. Ich spüre keinen Widerstand. Sie hat es wohl schon öfters getan.

Theresa wird mich morgen auf meiner Burg aufsuchen. Bevor ich sie verlasse, lecke ich an ihren Brüsten und beiße ihr in den Hals, um von ihrem Blut zu saugen. Sie gehört nun immer zu mir. Gemeinsam werden wir die Welt in der Nacht durchstreifen und uns unsere Opfer suchen. Sie wird in der Burg eine elegante Begleitung für mich sein. Möglicherweise wird sie sich später edle Jünglinge als Opfer suchen, sie verführen, so wie ich es mit meinen Opfern tue, und dann beißen. Einstweilen ist sie in Ohnmacht gefallen oder schläft. Spätestens, wenn sie aufwacht, wird sie sich ihrer neuen Existenz bewusst werden und im Schutz der Dunkelheit meine Burg aufsuchen.
Für mich ist nun das Spiel erst mal beendet, mit einem Gedanken verlasse ich die Simulation, dann befreie ich mich von der Apparatur, die mir solche Art Abenteuer erlaubt, verlasse das Simulatron. Das

war nicht das erste Mal, dass ich diese Geschichte gespielt habe. Sie variiert immer etwas, was auch daher kommt, dass immer andere Individuen die Avatare übernehmen. Ich könnte weiterspielen, dort wo ich die Geschichte verlassen habe oder sofort wechseln zu dem Tag, an dem ich Gäste aus dem Ausland erwarte. Theresa wird dann schon an meiner Seite sein. Ich wüsste zu gern, ob eine wirkliche Frau die Rolle der Theresa gespielt hat, aber es ist ein ungeschriebenes Gesetz, dass man sich darüber nicht verständigt. Die Simulation nimmt einem nicht die reale Geilheit in der Realität, es ist eher wie ein erotischer Traum, der hin und wieder feucht sein kann. Man ist also nach der Simulation genauso geil wie vor der Simulation, im Gegenteil, dass Erlebte verlangt nach mehr im realen Leben. Zum Glück bin ich schon ein älterer Mann, dessen Hormone nicht ganz so verrückt sind, wie die eines jungen. Ich wüsste auch zu gerne, ob ich jenseits der Tür meine Libido befriedigen kann. Manchmal habe ich diese Welt mit einem Gefühl betreten, dass ich ein paar Stunden zuvor noch gevögelt habe. Ich habe hier hin und wieder auf Partys teilgenommen, auf denen gevögelt wurde, auf denen ich gevögelt habe, aber ich bin doch sehr oft dabei Opfer eines Gelächters, deren wahren Grund ich nicht kenne. Ich bin ein Depp dieser Welt, aber möglicherweise bin ich nicht der Einzige.
Ich habe jetzt Lust, den kleinen Passermonde aufzusuchen, möglicherweise auch so ein Depp.
Ich frage laut: „Wo steckt Passermonde?"

Wenn er dies öffentlich gemacht hat oder zumindest für mich, werde ich gleich eine Antwort bekommen. Eine kleine Kehrmaschine kreuzt meinen Weg, grüßt mich freundlich (ohne zu lachen) und sagt: „Paul, Passermonde befindet sich in deinem Appartement und wartet auf dich."
Ich bedanke mich für die Auskunft, würde meinen Hut ziehen, wenn ich einen auf hätte und gehe dann weiter am See entlang in Richtung meines kleinen Domizils. Passermonde hat offensichtlich im System die Information hinterlassen, dass er auf mich wartet. Ich treffe ihn dann in meiner kleinen Wohnung an. Er studiert irgendeine Schachstellung. Er ist erfreut mich zu sehen, heult auf, und ich freue mich auch, diesen kleinen Freund zu treffen. Ich erzähle ihm von meinem Drogenrausch.
„Ich kam durch die Tür und war voller Visionen. Die Welt hatte sich in eine große Halluzination aufgelöst. Aber schemenhaft war in dieser Halluzination die reale Welt zu erkennen. Nun ja, ich habe um Hilfe geschrien."
„War es sehr unangenehm?"
„Eigentlich nicht, aber ich vermute, dass ich in den Zustand unfreiwillig hineingeraten bin. Ich wusste überhaupt nicht, was mit mir los war, hatte natürlich Angst, war mit diesem Zustand in die Welt geworfen, ohne ein Gedächtnis, was zu vor war. So ist die Tür, sie raubt einem völlig das Gedächtnis."
„Dein Rausch wurde also schnell beendet?"
„Ja, ein bisschen bedauere ich es jetzt, aber ich glaube, die Ärztin hat mich gefragt. Die Droge war

anscheinend harmlos."
„Du hast dich um einige Erfahrungen gebracht. Aber wir sollten das Geheimnis der Tür herausfinden."
„Das könnte für dich gefährlich werden Passermonde. Lass uns erstmal eine Partie Schach spielen."
Das machen wir und Passermonde spielt inzwischen eine perfekte Aljechin-Verteidigung. Im Laufe des Spiels beginne ich, über seine Züge zu staunen. Welch Originalität! Er hat mich fest im Griff und mühsam kann ich die Partie mit einem Remis beenden.
„Du hast viel dazu gelernt. Schon bald werde ich in diesem Spiel keine Chance mehr gegen dich haben. Wir sollten lieber Go spielen. Das hat man in der Galaxis hier und dort schon immer gespielt, das sagt wenigstens Lasker. Der fand, dass die Regeln der Art sind, dass auch Außerirdische sie hätten wählen können. Das Spiel hat einen gewichtigen Vorteil gegenüber Schach: der Stärkere kann dem Schwächeren Vorgaben geben."
Passermonde zeigt sich auch an diesem Spiel sehr interessiert, beharrt aber darauf, das Geheimnis der Tür lösen zu wollen.
„Das betrifft in ganz fundamentaler Weise deine Existenz"
„Man sollte uns hier in der Obersten Zeith die Unsterblichkeit gewähren. Dann hätten wir auch Zeit, das Geheimnis der Tür zu lüften."
„Erst die Tür, dann die Unsterblichkeit", beharrt Passermonde. „Und was willst du machen?"

„Ich werde gleich durch die Tür gehen."
„Aber du könntest sterben!"
„Betrete ich hinter der Tür eine Gaskammer?"
Seine Frage macht mich betroffen, aber ich weiß nicht warum.

„Passermonde, ich weiß nicht, was hinter der Tür steckt, aber womöglich ereignet sich eine Zeitreise, die nur für mich zugelassen ist und du verpuffst im Nirvana."
„Wäre doch ein schöner Tod!"
„Passermonde, wir wollen nicht sterben, ich kann auf einen Puff zum Nirvana verzichten."

Passermonde lässt sich von seinem Vorhaben nicht abbringen. Ich versuche ihn zwar mit einem weiteren Schachspiel abzulenken, will ihm die „kosmischen" Regeln von Go erklären, aber er meint, das könne warten. Nein, nicht die Unsterblichkeit, nicht die vollen Bürgerrechte hier in der Obersten Zeith, das Geheimnis der Tür ist ihm wichtig.
„Ich werde aufzeichnen, was geschieht, nachdem wir die Tür passiert haben."
Er ist ein Sturkopf, aber offensichtlich mein Freund.
„Wir gehen jetzt gemeinsam durch die Tür."
„Wenn es denn sein muss."
(present)

Ich komme aus der Kammer, ein komischer Hund an meiner Seite. Er hat eine merkwürdige Apparatur auf seinem Kopf. Ist es eine der Kreaturen der Nacht?

Ansonsten ist es in Autumn Wood still. Habe keine Ahnung, wie spät es ist, aber eine Furcht überkommt mich, die ich nur von den Stunden des Abends und der Nacht kenne.
„Was bist du nur für ein komischer Kerl", sage ich zu dem Yorkshire Terrier mit den Händen.
„Ich bin Passermonde", sagt das Wesen zu meiner Verblüffung.
Der Apparat um seinen Kopf scheint die menschliche Stimme zu erzeugen.
„Ich bin Paul Haydn. Willkommen in Autumn Wood!"
„Freut mich, dich kennenzulernen", sagt der kleine Kerl.
„Und wer bist du, Passermonde?" „Ich weiß es nicht. Mir scheint, ich erblicke die Welt zum ersten Mal. Ich weiß nur, dass wir gemeinsam durch diese Tür gekommen sind."
Ich muss träumen, muss komplett wahnsinnig geworden sein und erinnere mich an meinen unfreiwilligen LSD-Rausch, dem ich durch Flucht durch die Tür entkommen wollte. Diese Chimäre muss Überbleibsel des Rausches sein. Ich gehe ins Wohnzimmer, um mich zeitlich zu orientieren. Von draußen erklingt ein bedrohliches Heulen. Ich brauche gar nicht auf die Uhr gucken, es ist drei Uhr morgens und nur die Ungewöhnlichkeit der Situation verdrängt etwas die Angst. Ich fühle mich gar nicht wie auf Droge, aber der Rausch hätte noch Stunden wirken müssen. Relativ geistesgegenwärtig greife ich zu meinem Handy und mache von der seltsamen

Kreatur ein paar Fotos.

„Als Beweis, dass du existierst und ich nicht träume." - „Natürlich existiere ich, aber ich weiß nichts von mir, von einem früheren Leben. Ich weiß nur Ungefähres von meiner Heimat."

„Die liegt wohl hinter der Tür. Wenn man die Tür passiert, vergisst man alles, was hinter einem liegt. So ist es jedenfalls, wenn ich durch die Tür mein Haus betrete."

„Sehr interessant. Ich werde ein paar Aufnahmen von diesem Haus machen."

„Ich glaube, das nützt nichts. Hörst du das Heulen draußen. Das sind die Kreaturen der Nacht. Sie wollen mich verschlingen, zumindest ängstigen."

Es pocht an den Rollladen.

„Ich habe auch Angst."

„Ich glaube, dieses Haus erträgt man nicht zu bestimmten Uhrzeiten. Hast du das Pochen gehört?"

„Ja!"

„Ich würde vorschlagen, dass wir dorthin zurückkehren, wo wir hergekommen sind."

„Es ist sehr interessant hier, aber auch ich glaube, wir gehen zurück."

Zurück nach oben, zu dem Gang mit den Türen.

„Die blaue Tür führt auch irgendwo hin, jedenfalls auch in die Vergessenheit. Aber wir sollten wieder die grüne Tür nehmen, ansonsten wird wohl das Chaos zu groß. Ich bin froh, dass ich einen Außerirdischen kennengelernt habe und ich hätte dir gerne hier noch einiges gezeigt, aber ich halte es nicht mehr aus."

„Komm wir gehen!"
(future)
Passermode und ich haben die Tür passiert.
„Jedenfalls lebe ich noch. Aber ich kann mich an nichts erinnern. Wirklich erstaunlich" -
„Du wolltest doch automatische Aufzeichnungen machen."
„Sie sind leer"
„Dachte ich, es nützt auch nichts handgeschriebene Briefe mitzunehmen, die Briefe verschwinden oder die Schrift wird zur unsichtbaren Tinte." „Sehr seltsam. Wir wissen gar nichts. Der Uhr zur Folge waren wir fünfzehn Minuten fort, ich kann mich aber an keine einzige Minute erinnern."
„Ich habe es dir gesagt, Passermonde. Vielleicht kennt niemand das Geheimnis, aber das glaube ich nicht. Es wird hier ein paar Leute geben, Wissenschaftler, die Bescheid wissen. Vielleicht ist das alles ein ausgelagertes Experiment von Cern, eine Zeitreise, wie auch meine Ärztin vermutet."
„Möglich ist das, aber vielleicht löst die Kammer hinter der Tür nur eine partikuläre Amnesie aus."
„Aber die Aufzeichnungen...."
„Ja, das ist seltsam. Vielleicht vernichten wir sie selbst. Bei Zeiten wiederholen wir das Experiment."
„In ein paar Stunden wird ein innerer Zwang mich überkommen, die Tür zu benutzen und ich bin sicher, dass ich dann nicht so schnell zurückkehre. Noch nie bin ich nach fünfzehn Minuten zurückgekehrt, es vergehen normalerweise Tage, aber ich habe die Tür auch immer nur dazu benutzt, wenn ein innerer

Zwang mich dazu führte."
„Ich weiß, du experimentierst nicht gerne, aber ich glaube, es ist besser, sich erst einmal Gedanken zu machen und beim übernächsten Mal wäre ich dabei."
Ich frage Passermonde, ob er schon die Simulatoren benutzt hätte. Er erzählt mir, dass er hier das eine oder andere schon ausprobiert hätte, aber dass er grundsätzlich so etwas nicht möge.

„Vielleicht geht es mir ein bisschen genauso wie dir, aber ich kann mit den Simulatoren eine merkwürdige Neigung ausleben, die ich nicht in der Realität ausleben könnte und auch nicht möchte."

Ich erzähle ihm von meinem Vampirismus und den dazu gehörenden sexuellen Abenteuern.
„In der kulturellen Geschichte der Menschheit hat der Vampirismus öfters eine gewisse Rolle gespielt. Unter anderem können die „Untoten", wie man sie auch nennt, nicht sterben."
„Aha, daher dein Hang zur Unsterblichkeit."
„So hab ich das noch nicht gesehen."
Passermonde erklärt mir, dass er keinerlei sexuellen Neigungen kenne, das sei ein Weg, für den er sich irgendwann entschieden habe.
„Im realen Leben habe ich wohl auch damit Probleme. Das Simulatron ist dann ganz problemlos."
Wir vertreiben uns die Zeit mit einem weiteren Schachspiel. Nach einigen Zügen ist das Ende absehbar, ich gebe auf.

„Du lernst doch schneller, als ich zuerst erwartet habe."

Er müsse sich erst länger mit einem Problem befassen, sagt Passermonde. Länger scheint mir übertrieben, ich habe für Schach Jahre gebraucht. Vielleicht ist mein kleiner Freund auch schneller darin, das Rätsel um die Tür zu lösen.

Möglicherweise werde ich in diesen Tagen das Rätsel um meine Existenz lösen. Vielleicht ist Passermonde ein Schlüssel dazu. Irgendwann muss ich mich für eine Seite entscheiden, für dort drüben jenseits der Tür oder für diese Welt, die Oberste Zeith und all dem mehr, was diese Welt bietet. Ich kläre Passermonde darüber auf, dass ich in den nächsten Stunden die Oberste Zeith verlassen müsse. Diesmal will er mich nicht begleiten.
„Ich habe jetzt keinen Einfluss darauf, wann ich zurückkehre. Normalerweise vergehen ein paar Tage, es kann auch innerhalb von 24 Stunden sein."
„Vielleicht hat unser Experiment Einfluss darauf, wann du zurückkehrst. Möglicherweise hat es Spuren hinterlassen."
Ich kann mir nicht vorstellen, wie dies möglich sein sollte. Viel mehr fürchte ich, dass ich dort drüben ebenso kein selbstbestimmtes Leben führen kann. Die Droge, die ich beim letzten Mal intus hatte, spricht für sich. Passermonde hat noch andere Ideen auf Lager.
Er sagt: „Es gibt Asymmetrien. Während du dich hier

in der Regel zwischen acht und zwölf Stunden aufhältst und dann ein Zwang über dich kommt, diese Welt zu verlassen, scheint es nach deinen Angaben völlig unregelmäßig zu sein, wann du zurückkommst. Frühestens nach zwölf Stunden, aber es kann manchmal eine Woche vergehen, bis du zurückkommst. Dort scheinen andere Gesetze zu gelten. Vielleicht führst du von dort aus Reisen zu anderen Plätzen. Mir scheint der Umstand, dass du im höheren Alter hier ein erstes Mal durch die Tür gekommen bist Indiz zu sein, dass deine Heimat jenseits der Tür liegt."

„Aber ich könnte doch eine Amnesie haben und mein Leben, welches ich in der Obersten Zeith geführt habe, vergessen haben."

„Das glaube ich nicht, du hast in der Obersten Zeith ein völlig normales Gedächtnis, einzig allein die Reise durch die Tür vernichtet die Erinnerung, was zuvor in der anderen Welt war. Es löscht sogar elektronische Aufnahmen. Es kann also keine Amnesie im Eigentlichen sein, sondern ist eher ein physikalisches oder, wenn wir so wollen, ein paraphysikalisches Phänomen."

Passermonde gibt sich sehr gelehrt. Dieser Besserwisser!

„Was weißt du schon Passermonde. Vielleicht hast du selbst dort drüben in geistiger Umnachtung oder unter Zwang die Aufzeichnung deaktiviert und gelöscht."

„Hast du dir das Datum deines ersten Erscheinens in der Oberen Zeith nie bestätigen lassen? Hast du nie gefragt, ob du schon immer hier gelebt hast?"

„Nein, habe ich nicht. Vermutlich habe ich auch immer angenommen, dass ich von drüben stamme. Und normalerweise müsste ich dort drüben meine Angelegenheiten geregelt bekommen, was hieße, dass ich vielleicht nicht mehr die Oberste Zeith aufsuchen würde. Ich würde dann meine jetzige Existenz verlieren."

„Vielleicht sind deine Angelegenheiten dort drüben für dich geregelt und du bist dort ein angesehenes Mitglied der Gesellschaft. Vielleicht lacht dich dort niemand aus. Vielleicht ist diese Amnesie nur einseitig und du machst relativ häufig Ausflüge nach der Obersten Zeith, um die Möglichkeiten hier auszunutzen, die Simulatoren, und wenn du zu Hause bist, hast du die volle Erinnerung."

„Schön wär es, aber ich bin mir noch nicht mal sicher, dass ich auf der anderen Seite ein Mensch bin. Dieses Vergessen deutet vielleicht sogar darauf hin, dass ich ein Avatar bin oder gar völlig simuliert. Das würde alles nahtlos erklären. Man schaltet mich ein und das ist äquivalent dazu, dass ich durch diese Tür komme."

„Paul Haydn, ich habe die Tür auch ausprobiert. Bin ich auch eine Simulation? Ich kann mich in sehr vielen Details an meine Heimatwelt erinnern, an meine Flucht. Das ist wahr Paul."

„Irgendwann musst du mir deine ganze Geschichte erzählen Passermonde. Möglicherweise ist sie spannender als meine."

Passermonde beginnt zu singen. Ich vermute, es ist eine Art singen. Ich kann Harmonien entdecken, aber ich weiß nicht, was mein kosmischer Yorkshire Terrier ausdrückt. Ich kann seine Stimmungslage nicht interpretieren. Vielleicht ist er traurig, weil er an seine Heimat erinnert wurde. Ich frage nicht nach und er erklärt sich nicht. Stattdessen sagt er nach einer Weile:

„Ich muss noch alles durchdenken, so schnell bin ich nicht. Es gilt ein interessantes Problem zu lösen."

„Wir haben hier in der Obersten Zeith ganz andere Probleme zu lösen. Wir müssen hier vollwertige Bürger sein. Wir brauchen den Zugang zu allen Informationen. Wirst du eigentlich irgendwann in deine Heimat zurückkehren?"
„Das käme einer Zeitreise gleich und ist sehr unwahrscheinlich", antwortet Passermonde.
„Du kannst später mir mehr erzählen, aber um so wichtiger ist es, dass du ein vollwertiges Mitglied dieser Gesellschaft wirst, nicht nur ein Asylant, ein Reisender, ein Flüchtling, der sich hier aufhalten darf und geduldet wird."
„Ja, das wäre gut, obgleich mir die Unsterblichkeit nicht so wichtig ist."
„Passermonde, hast du keine Angst vor dem Tod?"
„Nein!" - „Das glaube ich nicht!"
Langsam steigen in mir Gefühle auf, die mich

drängen, die Oberste Zeith zu verlassen.
„Wenn ich gehe, kannst du im Appartment bleiben. Ich meine, du kannst es benutzen. Ich hoffe, du bist sauber." - „Selbstverständlich Paul Haydn."
Einen Moment überlege ich, ob wir noch für eine Weile in einen Simulatron gehen, er könnte einen prächtigen Diener abgeben. Na ja, er wird sich für meine Weiber- und Beißgeschichten nicht interessieren. Oder vielleicht doch?
„Passermonde, ich bitte dich. Lass mich die letzten Minuten hier allein."
„Okay", sagt er und ich frage mich, woher sein Übersetzungsprogramm diesen Ausdruck haben kann.

Wieder allein. Der Drang ist noch nicht so groß. Ich denke an die junge Theresa, die ich gefickt und gebissen habe, erinnere mich an ihre wundervollen Titten, die ich mit meinen Fingern massiert habe. Nichts an der Szenerie war real, davon kann ich ausgehen. Ich kann die Simulation nicht von der Wirklichkeit unterscheiden. Wie kann ich mich anmaßen zu denken, dass dies alles Wirklichkeit ist?


Essay: Multiple Persönlichkeiten und andere zweifelhafte Phänomene
    (nicht recherchiert)

Wie ist es um unser Wissen bestellt? In der früheren Königswissenschaft, der Physik stoßen wir auf

Grenzen. Es gibt nicht die große Theorie, mit denen ich alle bekannten Phänomene gleichsam erklären kann. Es kommt zu Widersprüchen! Wie muss es dann um eine spekulative Wissenschaft wie der Psychologie bestellt sein, die in ihren Laborversuchen die Wirklichkeit nur schlecht abbilden kann? Neben den sogenannten Alltagsphänomenen und der klassischen westlichen Wissenschaft tauchen in den Berichten immer wieder Phänomene auf, die eine Erklärung jenseits der konventionellen Wissenschaft benötigen. Beim Menschen kennt man verschiedene Zustände, in der er sich befinden kann. Das Koma (ich will gar nicht auf die unterschiedlichen Ausformungen eingehen), den Schlaf, den Traum, die Trance und meditative Zustände, das Wachsein. Daneben nicht greifbare Geisteskrankheiten, die teilweise noch mit Begriffen klassifiziert werden, die mehr als hundert Jahre alt sind. Was ist mit einem Menschen, der sich und seine Umwelt größten Teils halluziniert? Gibt es das überhaupt?

Mit Aufkommen der Psychoanalyse wurde noch das Krankenbild der Hysterie untersucht und man könnte den Eindruck bekommen, es handele sich im wesentlichen um ein Phänomen, das gut situierte Mittelschichtfrauen betrifft. Seit vielen Jahren hört man so gut wie nichts von diesem Krankheitsbild, und es scheint, dass es eine Mode im späten neunzehnten Jahrhundert war. Auch in unseren Zeiten haben und hatten wir vielleicht diese Moden.

Ich denke zum Beispiel an das Phänomen der
„Multiplen Persönlichkeit."
Es soll Menschen geben, die verschiedene
Persönlichkeiten haben, sie heißen teilweise anders
und jede lebt ein normales Leben, soweit das unter
einer Haut überhaupt geht.

(Anmerkung, die nicht zum Essay gehört: Ich frage
mich, ob ich vielleicht auch so eine multiple
Persönlichkeit bin, bestehend aus mindestens zwei
Personen, die nichts voneinander wissen. Das würde
meine Gedächtnisaussetzer erklären, dass ich nichts
über die Nacht weiß, aber was hat das mit den Türen
zu tun? Die Tür ein Ritual? Und Passermonde?
Bilder von ihm sind auf meinem Handy)

Ich stelle mir es schwierig vor, unauffällig und
widerspruchsfrei ein multiples Leben zu führen.
(Anm.: bei mir geht es offenbar.) Freunden,
Bekannten und Arbeitskollegen müsste der Umstand
auffallen, wenn ich manchmal Paul bin und ein
andermal Peter. Vielleicht ist es aber auch
unauffälliger und man ist nur eine bestimmte andere
Person, wenn man beispielsweise in einem
bestimmten Restaurant alleine etwas Bestimmtes ist
oder wenn man sich mit einer bestimmten Person
trifft. Es ist zu lesen, dass das Phänomen in seiner
extremen Ausprägung sehr selten ist, trotzdem war es
eine Zeit lang in aller Munde.
Gibt es das Phänomen überhaupt? Gibt es
Entführungen durch Außerirdische, eindeutige

Ufosichtungen, Geisterbeschwörungen mit wirklichen Geistern, seltsame Wesen in schottischen Seen, in den Rocky Mountains oder Himalaja? Wirkt Homöopathie oder Akkupunktur? Je nach dem, abhängig davon wen man fragt. Die traditionelle Wissenschaft hat es einfacher, wenn es um Geister, Ufos oder Nessie geht, bei Phänomenen wie der Akkupunktur und der multiplen Persönlichkeiten tut sie sich schwerer, da es nicht ganz offensichtlich ist, dass es Humbug ist. Geister haben in der Wissenschaft keinen Platz, Akkupunkturnadeln schon, andererseits ist es aber erstaunlich, wie wenig verbreitet diese Nadeln nach all den Jahren in der westlichen Welt sind. Neue, erfolgreiche Behandlungsmethoden setzen sich im Allgemeinen recht schnell durch. Man findet zwar in jeder Kleinstadt die eine oder andere Praxis, die mit den Nadeln arbeitet, aber mit reinem Spezialistentum kann man die geringe Verbreitung nicht erklären. Ich kenne in der Umgebung kein Krankenhaus, in der die Methode zum Einsatz kommt. Ich las kürzlich in der Wikipedia über Hypnose. Nichts über die Schauermärchen, was alles unter Hypnose möglich ist, nicht viel Konkretes, aber offensichtlich ist das Phänomen unumstritten. Es werden keine kritischen Stimmen zitiert, dabei erinnere ich mich noch vage an einen Artikel, der vor über zehn Jahren im New Scientist stand, der der Hypnose äußerst skeptisch gegenüberstand. Gibt es das Phänomen der Hypnose und was vermag es?
Es gibt tatsächlich parapsychologische Institute in

der westlichen Welt. Ich weiß nicht, wie sie finanziert werden. Ich gehe mal davon aus, dass die dort Forschungstreibenden in der Mehrzahl an parapsychologische Phänomene glauben. Sie tun sich schwer, nach all den Jahren Bestätigungen für die Phänomene zu finden oder diese Verbreitung ihrer Forschung wird unterdrückt. Es gibt allerdings auch nicht mehr die Vielzahl der Institute wie am Ende des letzten Jahrhunderts. Die katholische Kirche warnt zwar vor Geisterglauben, betreibt aber selbst Exorzismus und hält bestimmte Wunder, geschehen zum Beispiel in Lourdes, für wahr. Und ist der jetzige Dalai Lama nicht eine Reinkarnation? Ich kann auf all diese Fragen keine Antwort geben und wage zu behaupten, dass dies mit einem gesunden Menschenverstand auch nicht möglich ist. Wir leben in einer Welt des Ungewissen. Möge jeder selbst entscheiden, ob er der Astrologie, der Homöopathie oder Akupunktur vertraut. Vielleicht sollte man vieles selbst ausprobieren, man könnte dann für sich selbst kleine Antworten finden, weit davon entfernt, die allgemeine Wahrheit zu kennen. Ich kann mir die verschiedensten Glaubensprofile vorstellen. Jemand, der voll und ganz auf die klassischen Naturwissenschaften steht, aber an einen personifizierten Gott glaubt, oder einen Atheisten, der an Geister glaubt. (Anmerkung, nicht im Essay: so einer wie ich). Wir fischen also im Trüben, aber vielleicht muss ich nur in eine andere multiple Rolle schlüpfen und ich habe dann die Weisheit mit Löffeln gefressen. Vielleicht ist unsere Persönlichkeit, unser

Ich nur eine Illusion, eine nicht ganz wahre Geschichte, die immer und immer wieder erzählt wird und sich schließlich verliert in den Abgründen der Altersdemenz. Ich schreibe dies jetzt alles in der Annahme, ich sei keine multiple Persönlichkeit (Anmerkung: eine glatte Lüge, ich bin mir da gar nicht sicher), aber wenn es so wäre, wie könnte ich es wissen? Ich weiß nichts von Peter, egal, ob er existiert oder nicht. Bei all dieser Unwissenheit, wie unsere Welt wirklich zusammengestrickt ist, habe ich die kleine Gewissheit, dass man mir heute Abend ein hervorragendes Steak serviert. Dazu nehme ich ein Glas vom guten Roten. In vino veritas.

13 (present)

Heute ist der Tag der Übergabe, es ist ein Freitag und es ist trockenes Wetter für Südwestengland angesagt. Ich habe mir in Plymouth eine Maschine besorgt, eine 500er Kawasaki. Die Übergabe wird in Bath stattfinden, vor einem Cafe, dem Atlantis, in der Byron Road. Mein kleiner Rucksack ist gefüllt mit Plastiktütchen, es müssen ziemlich genau hundert sein und diese sind jeweils mit hundert Reisen gefüllt, jede Einzelne geeignet, ein Leben komplett zu verändern, geeignet für visionäre Erfahrungen oder nur albernen Spaß, Spuk der Sinne, Relativität der Wirklichkeit. In meinen Gedanken bin ich bei dem komischen Hund, der sprechen konnte und Ärmchen hatte. Ich habe das nicht geträumt, ich bin ganz sicher, denn ich habe Fotos von ihm auf meinem Handy. Passermonde, ein kleiner Außerirdischer – ich vermute es -, der mit mir durch die grüne Tür kam. Ich habe mir ein Motorradnavy besorgt und mache mich auf den Weg, schließe die Tür von Autumn Wood, setze den blauen Nolan-Helm auf und düse mit der Kawasaki los, rein nach Okehampton – wird mich schon keiner erkennen – und fahre dann in Richtung Exeter. Hin und wieder bin ich Motorrad gefahren, und wenn ich es tat, habe ich es genossen. 127 Meilen, hat das Navy gesagt, sind zurückzulegen, eine Strecke, die ich in weniger als zweieinhalb Stunden zurücklegen kann. An meinem Rücken hängt der kleine Rucksack, bestückt mit Supernovae. Ich kann mir immer noch nicht erklären, wie es zu dem „Unfall" kam. Unter den unfreiwilligen Umständen war die Supernova eher unangenehm, zumindest unerwünscht. Ich muss dann durch die grüne Tür gegangen sein und kam dann einige Stunden später zurück mit Passermonde, aber das Problem, den „Unfall" war ich los. Eigentlich erstaunlich, denn in der Nacht hätte ich noch etwas von der Wirkung der geheimnisvollen Substanz verspüren müssen, stattdessen war ich ziemlich nüchtern und dieser Hund war keinesfalls halluziniert, es sei den, ich lebe nun in einer Megahalluzination und die Bilder von Passermonde auf dem Handy sind ein Teil davon.

Wie mag ich es wohl angestellt haben, diese Bilder zu erzeugen, heutzutage kann man ja alles an Bildern produzieren? Anschließend musste ich dann vergessen, dass ich ein paar Bilder gefakt habe, an

sich unwahrscheinlich, aber auch nicht, da ich ja alles vergesse, was hinter den Türen geschieht. Seltsames geschieht hinter den Türen, durch den komischen Hund bin ich mir jetzt sicher.
Beste Bedingungen für meinen Motorrad-Trip. Ich genieße die englische Landschaft, die kleinen Ortschaften, die ich durchfahre, die alten Häuser und Hecken. Ich darf nicht vergessen: Ich bin auf einer Mission. Ich fahre auf dem Hinweg dann doch die M5, die an Taunton und Bridgwater vorbeiführt, vorbei an Weston-super-Mare, werde Bristol umfahren. Es ist natürlich beschaulicher, die Landstraßen mit ihren Dörfern zu nehmen, aber ich versuche, einen Termin einzuhalten. Bei diesem Deal gibt es keine Probe mit der Zunge oder mit der Nase. Wir können meinen Stoff nicht für einen Joint nutzen – ja Mann, gutes Zeug -, Vertrauen ist angesagt. Mein Abnehmer darf einen kurzen Blick in meinen Rucksack werfen und ich in seine Tasche mit den Geldbündeln. 30000 Euro sind ausgemacht. Wir werden Tasche und Rucksack tauschen. Ich vermute, es bilden sich langsam in meinem Körper Kolonien von Adrenalinmolekülen. Seit Wochen beeinflusst mich dieses Date, ein paar Tausender habe ich für Frauen ausgegeben, wegen dieses heutigen Tages, denn sonst bin ich viel zurückhaltender. Heute Abend bin ich nochmals mit Theresa verabredet, danach wird es wahrscheinlich ziemlich ruhig um mich und es werden wieder Monate vergehen, bis ich mich bei einer Agentur melde, Theresa bestelle oder eine andere. So ist das halt mit mir. Ich habe jede Menge

Meilen zurückgelegt. Jeder Deal ist anders, aber ich habe schon zweimal ein Motorrad benutzt. Ich benutze das erste Mal ein Navy. Das macht die Sache einfacher. Ich verlasse die M5, da ich auch eine Gelegenheit brauche, um mein Nummernschild zu verdecken. Niemand soll zurückverfolgen, wer ich war, woher ich kam, wohin ich fahre. Nach der kurzen Unterbrechung fahre ich weiter. Es ist nicht mehr weit, mein Navy sagt sieben Meilen. Ecke Shakespeare Avenue und Byron Road befindet sich eine Telefonzelle, Überbleibsel einer alten Zeit. Wie verabredet, werde ich zum Atlantis telefonieren. Ich bin sehr nervös und auf Hochspannung, aber ich funktioniere. Dann der Anruf aus der roten Zelle, verlange Nick.
„Hier ist Stone, ich bin in einer Minute vor dem Atlantis."
Stone ist der verabredete Name. Setze mir wieder den Helm auf und starte wieder die Maschine. Ich muss noch circa 500 Meter fahren. Verabredet ist ein Mann, Nick, mit Federhut. Ich sehe ihn schon. Er steht da mit einer kleinen Reisetasche vor dem Cafe. Ich fahre auf ihm zu, bin auf der richtigen Seite und halte vor ihm. Ich sag zu ihm:
„Ich bin Stone. Zeig mal was du hast."
Er öffnet die Tasche und ich sehe Geldbündel.
„Gut!".
Ich entledige mich meines Rucksacks, öffne ihn kurz, sodass er einen Blick auf die Tütchen werfen kann. Er wird mich wohl jetzt nicht erschießen.
Es kommt zum Tausch, ich hab die Tasche und

brause los, einfach drauf los. Ich muss raus aus der
Stadt. Ich sehe einen Park oder einen Wald. Dort
verstaue ich das Geld hinten auf meinem Motorrad.
Möglicherweise ist in einem der Geldbündel ein
Peilsender, aber ich kann sie jetzt unmöglich alle
durchgehen, aber wenn in der Tasche ein Sender war,
so bleibt er jetzt im Wald. Mein Nummernschild ist
jetzt wiedr für jedermann sichtbar.
„Vorbei, Paul Haydn, es ist vorbei", sage ich mir und
versuche zu entspannen.

Gegen vier bin ich wieder zu Hause. Elfreda ist
schon anwesend, stellt keine Fragen und hat auch die
Plastiktüte voller Geld nicht gesehen. Ich weise sie
an, das Essen von gestern zu wiederholen. Ich kann
mir allerdings nicht vorstellen, dass sie das blutige,
kurz gebratene Rinderfilet von gestern Abend noch
übertreffen kann. Ich wünsche mir als Beilage
Fritten, weil ich die Vorlieben meiner Gäste kenne.
aber lein Problem, wir haben eine Fritteuse. Dazu
gibt es eine Madagaskarsauce, schön pfeffrig und
einen kleinen Tomatensalat. Wenn ich mich richtig
erinnere, mag Theresa das Fleisch innen eher rosa.
Sie soll ihre Wünsche erfüllt bekommen. Ich habe
die 30000 mehr oder weniger nachgezählt, habe
keinen Peilsender gefunden, aber ob das Geld in
irgendeiner Weise chemisch präpariert ist, kann ich
natürlich nicht sagen. Ich vermute, der Deal ist
sauber abgelaufen, wie es bisher immer war.
Habe aus einem Geldbündel ein paar Fünfziger
hinausgenommen, um Theresa für ihre exquisiten

Dienste zu entlohnen.

In den letzten Jahren ist mehrfach in einigen Ländern der Europäischen Union die Diskussion aufgekommen, die Freier, die Prostituierte aufsuchen, zu bestrafen. Ich bin mir sicher, dass meine Damen allesamt freiwillig ihren Job ausführen. Sie arbeiten in einer Liga, in der Menschenhandel und moderne Sklaverei keine Rolle spielen. Wieso also sollte ich bestraft werden? Ich nehme mir vor, in späteren Tagen einen Essay über Prostitution zu schreiben, habe die Idee, dass sich eine Ausübende lizenzieren muss. Sie muss nachvollziehbar ihre früheren und jetzige Lebensverhältnisse nachweisen, aus der eine Freiwilligkeit abzuleiten ist. Der Freier, der eine lizenzierte Prostituierte aufsucht, bleibt straffrei. Das ist jetzt nur eine Idee und vielleicht unausgegoren, mal sehen.

Das übrige Geld habe ich an einen sicheren Ort verstaut. Ich bin noch erregt. Es hat nicht viel geholfen, auf dem Rückweg durch die Dörfer und Kleinstädte Südwestenglands zu fahren, die mein Gemüt im Allgemeinen besänftigen können. Vielleicht ist es mit Theresa vorbei. Eigentlich habe ich danach immer recht schnell zu einer inneren Ausgeglichenheit gefunden, aber neben dem Deal sind einige andere Sachen passiert, die mich beunruhigen, zumindest aufregen, auf die ich mir keinen Reim machen kann. Gut, der Unfall passierte, obgleich ich mir nicht erklären kann, wie. An welcher Stelle war ich unvorsichtig?

Das Auftauchen von Passermonde verspricht eine

neue Qualität. Vielleicht werde ich jetzt öfters von Kreaturen, die jenseits der Türen leben, hierhin zurückbegleitet. Passermonde war nett, aber welche Kreatur ist das nächste Mal dabei? Ich warte auf Theresa, lenke mich im Internet etwas ab, lese die neuesten Horrormärchen über Geister und Kobolde, die hier in England ihr Unwesen treiben wollen.
Ein Taxi fährt an, es klingelt. Da steht Theresa im Pelzmantel mir gegenüber. Mit ihren schwarzen Pumps ist sie fast so groß wie ich. Sie begleitet mich ins Wohnzimmer, und trotz meiner Aufforderung legt sie ihren Pelz nicht ab. Ich ahne warum, denke an Elfreda und veranlasse, dass das Essen vorzeitig zubereitet wird. Da sitzt die Dame im Pelz in ihrer vollen Schönheit. Sie trägt ihr blondes Haar ganz kurz und ihr kleines Gesicht wird von rehbraunfarbenen Augen geprägt, ein kleiner Mund, rote Lippen, von denen man wünscht, dass sie sich über die Eichel stülpen und an ihr saugen.
„Ist ihnen nicht warm in ihrem Pelz?"
„Doch, ein wenig, aber ich will ihr Hausmädchen nicht erschrecken."
 Die serviert ihr Essen, sieht Theresa, zieht ihre Rückschlüsse und vermeidet in ihrer siebzigjährigen Weisheit, den Moralapostel zu spielen. Sehr schnell hat sie das Essen gezaubert, es ist noch keine Sechs.
„Passen sie gut auf sich auf Paul Haydn. Wir sehen uns morgen." „Wir sehen uns morgen Elfreda."
Vielleicht ist sie ja in irgendeiner Weise auf die Frauen, die mich besuchen, neidisch, auf diese vielleicht besonders, da sie sich hier schon öfters

gezeigt hat.
Bevor wir mit dem Essen beginnen, legt Theresa ihren Pelz ab. Ich schaue hypnotisiert auf ihre großen Brüste. Sie trägt einen schwarzen BH und ein schwarzes Höschen und die dazu passenden schwarzen Schuhe.
„Du scheinst eine Vorliebe für mich zu haben Paul Haydn."
„Wenn du dich erinnerst, haben wir bei unserer ersten Begegnung ähnliches gegessen."
Das Fleisch ist butterzart und der rote Saft vergrößert meine Geilheit. Ich entschuldige mich, denn ich vergas, von den blauen Pillen zu nehmen.
Zurückgekehrt gieße ich uns mehr vom Roten ein. So wie sie da sitzt, ist sie zum Anbeten. Ich toaste ihr zu,
„Was machen die Geister Paul Haydn?"
„Ich habe persönlich mit einem gesprochen. Er sah aus wie ein Hund, hatte aber kleine Hände und konnte sprechen."
Sie macht ein ungläubiges Gesicht.
„Ich habe ihn sogar fotografiert."
„Ich dachte, Geister lassen sich nicht fotografieren."
„Der schon. Nach dem Essen …."
„Nach dem Essen ficken wir."
„Wie konnte ich das nur vergessen. Ficken ist natürlich wichtiger, als sich Bilder von Geistern anzusehen."
Ich hoffe, sie sieht sich nicht auf den Arm genommen. So wie sie da sitzt, sieht sie aus wie eine Göttin und ich vermag nur, dass sie ein, zwei Stunden bei mir bleibt. Exzellent das Steak. Ich

versuche es, aber so schnell wie möglich zu vernichten. Theresa ist auch begeistert von dem Essen.
„Allein wegen des Essen hätte man Lust, öfters vorbeizukommen." „Theresa, zieh deinen BH aus", befehle ich.
Sie gehorcht, isst weiter, während meine Augen diese prachtvollen Titten fixieren. Sie wird es sich gefallen lassen, dass ich an ihnen sauge. Ich denke kaum noch an den Deal, kaum noch an Passermonde, Dinge, mit denen ich vor ihr angeben könnte.
Theresa wäre eine schöne Gangsterbraut. Ich kann es kaum abwarten, dass sie mit dem Essen fertig wird. Müssen denn Frauen immer so langsam essen? Natürlich! Es sollte ein Vergnügen sein, ihnen dabei zuzusehen. Nach dem Essen gehen wir gemeinsam aufs Sofa. Wir küssen uns und ich knete ihre Brüste, sie sind so weich. Ihre Hand macht sich mit meinem Hosenstall zu schaffen und legt einen neugierigen Penis frei, der es noch gar nicht fassen kann, dass er gleich in eine warme Mundhöhle verschwinden darf. Dann saugt sie. Ich fühle mich sehr, sehr gut, glücklich. Ich muss das Paradies abbrechen, verlange sie zu ficken. Während ich sie fest stoße, wünsche ich mir noch eine lange Konversation mit ihr.


Essay: Das beste politische System
„Demokratie ist die schlechteste aller Regierungsformen, abgesehen von all den anderen Formen, die von Zeit zu Zeit ausprobiert worden

sind." Dieses Zitat von 1947 stammt von Winston Churchill, ausgerechnet von jemandem, der miterleben musste, wie Hitler in einer mehr oder weniger demokratischen Wahl an die Macht gekommen war. In Laufe meines schon längeren Lebens habe ich meine Meinung zu diesem Thema schon öfters geändert. Im Grunde genommen ist das Churchill-Zitat etwas unpräzise, da es verschiedene Formen von Demokratie geben kann, manche so, dass sie kaum den Namen Demokratie verdienen. Böse Zungen behaupten, Demokratie funktioniere gut in einer Sklavenhaltergesellschaft, wie im alten Griechenland, der Geburtsstätte der Demokratie. Auch die USA waren zu Anfang eine Sklavenhaltergesellschaft, deren Folgen und der damit verbundene Rassismus sich heute noch spürbar machen.

Das heutige Russland kann man sicher als Demokratie bezeichnen, aber ist es auch ein Rechtsstaat? Bei den Präsidentschaftswahlen in den USA kann man praktisch nur noch zwischen verschiedenen Millionären auswählen. Ich bin sicher kein Anhänger des Faschismus und der Diktatur. Diese Staatsform tendiert zu brutalem Verhalten gegenüber Teilen der Bevölkerung, entzieht sich jeder Kontrolle und die an der Macht befindliche Clique bedient in erster Linie ihre Interessen und ihre oft abstrusen, menschenfeindlichen Ideen. Ich glaube nicht an die Mär des „guten Diktators". Man betrachte die römische Kaisergeschichte. Es gab einen Marc Aurel, aber auch einen Nero. Letztlich geht es nur um die eigene Macht, die mit allen, auch verabscheuungswürdigen Mitteln durchgesetzt wird. Mit gutem Recht kann ich behaupten, dass die Ära der römischen Kaiser eher eine Ära des Faschismus ist als die einer Monarchie. Monarchie und Aristokratie sind eine Staatsform, die man gesellschaftlich als erledigt bezeichnen sollte. Hier werden auch bestenfalls die Interessen des Adels vertreten. Menschen, gesellschaftliche Gruppen sollten frei ihre Interessen vertreten können und das machen sie am einfachsten mit ihrer Stimme. Ich verstehe Politiker als Interessenvertreter, zugegeben, sie vertreten auch ihre eigenen Interessen, aber sie müssen abgewählt werden können, wenn sie ihrer Aufgabe nicht nachkommen. Um es kurt zu machen. Heute bin ich ein Anhänger der repräsentativen Demokratie, die eine verfassungsmäßige Ordnung hat, die den Rechtsstaat garantiert. Vor zu viel direkter Demokratie, wie sie mir in meiner Jugend vorschwebte, kann ich nur warnen.

Entnervt gebe ich das Schreiben auf. Das ist definitiv nicht mein Thema, zumindest heute nicht. Ich verschiebe das Word-Dokument in den Papierkorb. Nicht jeder Essay gelingt. Ich sollte meinen Anspruch zu allem und jedem etwas sagen zu wollen, zurückschrauben. Ich mache mich lächerlich! Langsam legt sich meine Erregung. Es sind noch drei Stunden bis Pater Copleston eintrifft. Ich hoffe auf eine spannende Partie nach all diesen aufregenden Tagen. Vielleicht sollte ich noch einen Spaziergang machen.

## 14 (past)

Ich werde mich immer mit Wehmut an meine Tage in Genf erinnern, George Louis Le Sage bleibt in meinem Gedächtnis. Die Tage in Genf gehören auch zu den Letzten, in denen ich mich als freier Mensch auf dieser Welt bewegt habe. Bin ich jetzt überhaupt noch ein Mensch? Ich erinnere mich gern an damals. Le Sage und ich haben viel gemeinsam unternommen und er war mein Lehrer in Mathematik und Physik, obgleich er um einiges jünger ist als ich. Und ich muss zugeben, dass ich mich lieber mit ihm herumgetrieben habe, als Mathematik zu praktizieren. Ich knüpfe nicht mehr direkt an die Ereignisse von Lissabon an. Das Erdbeben dort hat nicht nur die Stadt erschüttert, sondern auch ein Beben in der aufgeklärten Geisteswelt von damals ausgelöst. Gott scheint sich um die Belange der Welt nicht zu kümmern. Einige Denker verloren ihren Glauben.

Ich erinnere mich an meine letzten Tage in Genf. Es war etwa ein halbes Jahr vergangen. Wir waren im Juni des Jahres 1756. Später wird man dieses Jahr mit dem Anfang des siebenjährigen Krieges verbinden, der Leid und Wirren über Mitteleuropa gebracht hat. Ich beabsichtigte, in den nächsten Tagen meine Heimat Bistritz aufzusuchen. Ein Brief meiner Eltern hatte mir mitgeteilt, dass mein

Patenonkel Paul gestorben war. Es war natürlich zu spät, der Beerdigung beizuwohnen, da diese schon längst stattgefunden hatte, als der Brief eingetroffen war. Ich teilte Le Sage meine Absicht mit. Ich würde übermorgen abreisen, ein Tag nach Le Sage 32. Geburtstag. Die Reise würde einige Wochen dauern. Ich würde Genf gut drei Monate den Rücken kehren. Ich hatte beschlossen, mich mit einer besonderen Geste von Le Sage zu verabschieden. Morgen war eher eine familiäre Feier in seinem kleinen Haus geplant, die Eltern und Verwandte waren geladen, aber auch nahe Freunde, und ich darf stolz sein, zu ihnen zu zählen.

An diesem Vorabend zu seinem Geburtstag hatte ich mit ihm zwei Stunden Mathematik praktiziert und er wollte schon an mir verzweifeln.

„Du magst für alles und jedes Talent haben, lieber Paul, aber die Kunst der Mathematik gehört nicht zu deiner Domäne. Es fehlt dir sogar an elementaren Rechenkünsten. Wohl bist du im Stande Theorien über die Welt zu begreifen, du hast einen Sinn für Physik, aber all diese Theorien verlieren an Wert, wenn man mit ihnen nicht rechnen kann. Die Mathematik ist die Königin der Wissenschaft."

Ich widersprach ihm nicht und war ihm nicht böse. Ich wusste um meine Talente.

„Ich hatte nie die Absicht, ein Gelehrter in diesem Fach zu werden oder es Euler gleich zu tun. Ich wollte nur einen bescheidenen Anteil deines Wissens mein Eigen nennen."

Ich wusste, dass es Le Sage wurmte, dass er hier in Genf keine Professorenstelle für Mathematik bekommen hatte, sondern nur Privatdozent in dieser Wissenschaft war. Die Schwächen von Le Sage waren bekannt. Er konnte Morgen-Termine nicht zuverlässig einhalten, zumindest konnte er nicht garantieren, dass er zur Arbeit oder zur Vorlesung in der Lage war. Es hatte sich auch rumgesprochen, dass er unstet war und manchmal unter peinlichen Gedächtnislücken litt. Dennoch war ich überzeugt, dass er einer der größten Genies unserer Zeit ist. Die Newtonische Gravitationstheorie ist brillant und wahrscheinlich im wesentlichen richtig, sie sagt aber nichts darüber, was die Kräfte zwischen den Planeten vermittelt. Wie funktioniert diese Kraft? Wie ist ihr Mechanismus? Wie wird der eine Planet den anderen gewahr und verändert aufgrund dessen seine Bahn. Genau das hat Le Sage versucht zu erklären.

„Ich habe zwar nicht alles verstanden, was du mir zu Euler erklärt hast, aber deine Gravitationstheorie schon, und sie ist sehr schön, auch wenn sie einige spekulative Elemente enthält. Was ist das für ein Teilchenstrom, der letztlich von den Massen absorbiert wird und dadurch diesen Unterdruck erzeugt, der zur Gravitation wird?"

„Die Geheimnisse des Äthers sind noch nicht gelüftet. Du fragst, warum du diesen Teilchenstrom nicht spürst?" Spürst du die Luft um dich herum? Nach meiner Überlegung besteht die Luft aus Teilchen, die sich mit erheblicher Geschwindigkeit bewegen. Trotzdem spüren wir nur den Wind. Aber ich sehe, du hast die Grundzüge meiner Gravitationslehre verstanden, aber mit der Mathematik hapert es. Hast du denn verstanden, dass bei meiner Lehre genauso wie bei Newton der Abstand zum Quadrat als Schlüsselgröße resultiert?"

„Ja, Meister, das habe ich."
Der Meister war etwas ironisch gemeint, denn ich würde nicht sagen, dass ich mich gemeinhin ihm intellektuell unterlegen fühlte. An Lebenserfahrung war ich ihm um einiges voraus und meine humanistische Bildung war der seinen ebenbürtig. Natürlich hatte ich nicht sein Genie, aber was die Mathematik anbelangte, war er eher ein Reproduzent. In der Mathematik war er gewiss kein Euler, verstand aber hinreichend genug von seinem „Handwerk", um seinen Lebensunterhalt als Privatdozent bestreiten zu können. Auch ich bezahlte für die Stunden, die er mich unterrichtete. Das tat unserer Freundschaft keinen Abbruch. Wir wandelten an diesem Abend an den Ufern des Sees. Wir unterhielten uns über dieses und jenes. Er bedauerte, dass ich für mindestens zwei Monate Genf verlassen würde.
„George, mir gefällt es hier. Es ist eine passable Umgebung. Ich komme zurück."
Wie ein kleiner Junge griff ich nach einem Stein und schmiss ihn nach einer Ente, die ruhig am Seeufer ihre Kreise zog. Obwohl ich sie fast getroffen habe, ließ sie sich nicht stören.

„Ich bin überzeugt, George, dass Genf eine große

Zukunft hat. Es zieht immer wieder große Geister an."

„Du meinst nicht mich. Ich bin hier geboren."

„Vielleicht gibt es in einigen hundert Jahren hier eine große Forschungsstätte mit Maschinen, die wir uns nicht vorstellen können und sie ist nach deinem Namen benannt."

„Das kann ich mir nicht vorstellen", sagte er knapp. Ich wusste nicht, woher ich diese visionäre Vorstellung bekam, sie war aber Teil meiner Rede, um ihn zu überzeugen, dass ich nach Genf zurückkehren würde.

„Und die Frauen, lieber Georges. Sie haben hier besonders viel Esprit."

„Du warst noch nicht in Paris Paul."

Er hatte Recht, ich kannte nur ein paar Städte des Ostens und war an der kulturellen Peripherie Europas aufgewachsen.

„Apropos Frauen, ich habe beschlossen, dass wir in deinen Geburtstag hineinfeiern. Madame Yvonnes Etablissement bereitet ein Essen für uns vor und ein paar willige Frauen warten auf uns, um uns das Ende des Tages und die Nacht zu verschönern."

„Du willst mit mir in einen Puff. Mir schien es immer so, dass dein Hang hin zum weiblichen Geschlecht weit aus größer ist, als dein Interesse für Mathematik."

„Was die Kurvendiskussion anbelangt, mag das stimmen. Weibliche Kurven zu diskutieren, bereitet mir weit mehr Lust als die Untersuchung einer Parabel. Aber ich sehe auch gewisse Berührungen.

Eine Cosinuskurve erinnert schon an Weibliches, genauso wie ein fetter Vollmond an ein pralles nacktes Gesäß erinnert. Die Anziehung eines schönen Pos ist zumindest so bedeutend wie die Anziehung des Mondes, zumindest in der Gesamtheit aller Pos."
„Mein lieber Paul, du redest wie besoffen."
Ich wusste, dass ich ihn mit meiner Offerte äußerst reizte, aber er fürchtete auch Verwicklungen. Er hatte sich immer noch nicht so recht vom Einfluss seines Elternhauses gelöst. Die puritanische Moral seiner Familie war typisch für das Bildungsbürgertum hier. Vielleicht hatte Georges Recht und Paris war der interessantere Ort für mich, um mich ganz „meinem Studium" zu widmen, aber diese Stadt hier übte trotz allem verbreiteten Puritanismus einen ganz starken magnetischen Reiz aus. Das Klima ist mild, die Atmosphäre des großen Sees und der Umgebung, die nahen Alpen, die großen Köpfe, die immer wieder mal nach Genf kamen war eine Mixtur, die meine Vorstellung stärkte, ich könne hier den Rest meines Lebens verbringen. Sicher gibt es tausende reizvolle Orte und ich habe das Meer nur kurz gesehen, als meine Anreise mich durch Genua und Triest brachte, aber damals war die Wetterlage ungünstig. Das intensiv blaue Mittelmeer habe ich noch nie gesehen.
„Ich bin noch nüchtern mein Freund, aber wir sollten bald etwas trinken, mein Freund. Du wirst 32, zwei hoch fünf, wenn ich richtig erinnere, im Grunde eine sehr runde Zahl." -

„Zweierpotenzen sind schon etwas besonderes. Mit

ihnen lassen sich gut Phänomene beschreiben, die zwei Möglichkeiten haben, wie das Werfen von Münzen. Auch in der Logik spielt die Zwei eine herausragende Rolle, wahr und falsch."
„Wir wollen doch jetzt nicht wieder in mathematische Diskussionen abgleiten. Es dämmert langsam und wir sollten uns zu Madame Yvonne zurückziehen. Man wartet schon auf uns. Wir wollen ein, zwei Becher Wein trinken und uns von der holden Weiblichkeit inspirieren lassen. Es ist nicht weit."
Le Sage erinnerte sich immer gern an unsere Abenteuer mit Margarethe zurück, die verschwunden war.
Ansonsten wären sowohl er als auch ich zu weiteren Wiederholungstätern geworden.
Le Sage zierte sich immer, wenn wir gemeinsam ein Bordell aufsuchen wollten. Der Vorschlag kam immer von mir und ich habe ihn meistens rumgekriegt. Seine Eltern sahen den Kontakt zu mir nicht gerne, denn trotz unserer Bemühungen der Geheimhaltung sickerte das eine oder andere durch. Ein offenes Geheimnis war, dass Le Sage trank und Drogen wie Opium und Hanf zu sich nahm und man hatte schnell mich als Quelle des schlechten Einflusses erkannt. Le Sage entschuldigte sich damit, dass er die Mittel brauche, um den Schlaf einzuleiten. Ich war trotzdem zur familiären Feier geladen. Die calvinistische Gesellschaft verstand es gut, etwas unter den Teppich zu kehren. Der Skandal durfte nur nicht zu offensichtlich sein. Unser letzter

gemeinsamer Bordellbesuch lag schon ein paar Wochen zurück. Le Sage kannte Madame Yvonnes Etablissement, dass sich dadurch auszeichnet, dass es auch hervorragendes Essen anbietet. Man kann sich an den Frauen delektieren, sich stärken und in einer zweiten Runde weiteren erfüllten Sex finden. Le Sage und auch ich waren noch in den besten Mannesjahren und uns wurde das Glück oder vielleicht auch Unglück verwehrt, eine liebende, reizvolle Ehefrau an unserer Seite zu haben.
 Ein Weib, das wir ständig begehren können, ist das überhaupt möglich? Was bleibt also dann anderes, als hin und wieder Prostituierte aufzusuchen, wenn die eigene Männlichkeit nicht vertrocknen soll. Ich muss zugeben, dass diese Besuche bei mir öfters stattfanden als gelegentlich und bis auf einige unangenehme, aber harmlose Krankheiten, habe ich bisher Glück gehabt. Natürlich habe ich Le Sage an diesem Abend überreden können. Wir würden keine Experimente machen, wie bei der Hexe, vielleicht ein bisschen Cannabis nehmen, um die Sinne zu stimulieren und die Heiterkeit zu fördern, würden geschmortes Wildbrett essen, über die verschiedenen Seiten der Fleischeslust palavern, übers konvergieren und erigieren, über Steigungswinkel, eine gefühlte Kurvendiskussion bei flackerndem Kerzenschein und irgendwann würde Mitternacht vorbei sein und somit Le Sage seinen 32.Geburtstag haben. Im Osten ging der Vollmond auf und wir näherten uns der Berggasse, in der nicht nur eine Hure ihr Domizil hat. Die Berggasse ist recht dunkel, gilt unter der

feinen Bevölkerung als anrüchig und man vermeidet, dort gesehen zu werden. Sie läuft auf den See zu und es war mir immer ein besonderes Vergnügen nach einem längeren Spaziergang bei schönstem Wetter und Tageslicht mich dort zu stärken und zu delektieren.

Madame Yvonne begrüßte uns überschwänglich und zeigte uns unseren Tisch, wo wir unser Essen nehmen sollten. Das Etablissement war gut gefüllt mit Herrschaften aus allen Alterdgruppen und wir alle bildeten eine Art verschwiegene Gemeinschaft, eine Art Geheimbund in dieser doch sehr calvinistischen Stadt.
„Von hier aus haben sie die beste Sicht", meinte Madame Yvonne noch, für uns zuerst unverständlich. Eine aparte Bedienung nahm unsere Wünsche entgegen. Wir bestellten vom Roten und zwei Pfeifen, gestopft mit Cannabis. Sie sagte, dass das Essen bald serviert würde. Es hatte zuvor zwischen uns Diskussionen gegeben, ob wir nach unserem Mahl uns einzeln in verschiedene Gemächer zurückziehen sollten oder den Spiegelsalon wählen sollten, eine größere Räumlichkeit mit vielen Spiegeln und Lampen, in dem immer einige Paare kopulierten. Ich konnte mich schließlich durchsetzen. Sein Geburtstag sollte im Rahmen einer Orgie gefeiert werden. Der arme Le Sage. Ich habe ihm viel zugemutet.
„Aber mir wird meine Manneskraft versagen", wandte er bis zuletzt ein.

Wir zündeten unsere Pfeifen an, husteten mehrmals, denn das Rauchen ist für uns eher ungewohnt und nahmen vom Wein, der mir etwas sauer vorkam. Oh wundersames Cannabis. Ihm wird ja alles Mögliche nachgesagt, unter anderem, dass die Libido gesteigert wird, Impotenz und auch der Appetit soll positiv beeinflusst werden. Nach einigen Zügen musste ich lauthals lachen und ich hoffe, dass Le Sage nicht das Gefühl bekam, dass ich ihn auslache, denn Cannabis soll neben aufkommender Heiterkeit das Misstrauen fördern, welches zu Alpträumen werden kann. Das Wild, Hirsch, wurde serviert in dunkler Sauce, mit diesen neumodischen Kartoffeln und natürlich Rotkraut. Der erste Teil der Orgie konnte beginnen. Le Sage musterte aufmerksam das Fleisch, als wüsste er nicht, was er vor sich liegen hat.
„Das schmeckt Le Sage. Lang zu!"
Ich war derjenige, der nichts von Mathematik verstand, aber etwas von den weltlichen Dingen. Dieses Ungleichgewicht habe ich nie ausgleichen können, zumal ich an diesem Tage die letzte Mathematiklektion meines Lebens erhalten hatte, aber das wusste ich an jenem Tage noch nicht. Zu unserer Überraschung setzte sich Madame Yvonne an ein Cembalo, das mir noch nie aufgefallen war, und begann gekonnt zu spielen, vermutlich eine neumodische, italienische Komposition. Cannabis intensiviert auch die Hörerfahrung. Wir wurden von unserem Schmaus abgelenkt und dies umsomehr als zwei hübsche Damen begannen, kokett zu Madame Yvonnes Musik zu tanzen. Zuerst war es recht artig

und sie nahmen sich an die Hand, aber schließlich tanzten sie, wie man es den Wilden in Afrika und der Neuen Welt nachsagt. Heftig bewegten sie ihre Gesäße und zur jedermanns Begeisterung begannen sie sich auszuziehen. Dies war eine Sensation. Ein wenig passte die Cembalo Musik nicht zum wilden Teil und ich hätte mir rhythmisches Trommeln gewünscht, wie es die Wilden machen. Aber immer wieder passte auch das Cembalo, wenn man sich zum Beispiel der Strümpfe entledigte.

„Iss, Le Sage, iss", frotzelte ich Le Sage, der sich nicht sattsehen konnte.

Es kam der Zeitpunkt, als die Damen ihre Brüste und ihre Hinterteile freimachten. Welche Pracht für unsere Augen, und dieses neue Spiel fuhr auch in unsere Glieder. Das Spiel von Madame Yvonne wurde etwas wilder und ich vermutete, dass es sich um eine Art Improvisation handelte. Was für eine musikalische Frau. Ich bin stolz, sagen zu können, dass ich irgendwann das Vergnügen hatte, sie lieben zu dürfen. Madame Yvonne war nicht nur Chefin dieses Etablissement in der Bergstrasse, des öfteren bot sie selbst ihre Liebesdienste an und ich habe ihren üppigen, noch nicht verwelkten Körper genossen. Nicht an jenem Abend, aber auch dieser ist mir herausragend in Erinnerung geblieben. Als die nackige Aufführung beendet war, aßen wir an unserem Braten weiter. Zuvor hatte es tosenden Beifall in diesem kleinem Salon gegeben. Der Geheimbund hatte einer neuartigen Aufführung beigewohnt, verschwiegen würden wir unsere

Geheimnisse wahren und die Stadtoberen würden ahnungslos bleiben, was in ihrer Stadt getrieben wird, solange unser Stillschweigen bewahrt würde. Welch köstliches Mahl. Ich muss sagen, ich habe diese Kartoffeln lieben gelernt. Sie schmecken, gut mit Salz zubereitet, einfach vorzüglich. Es kam wohl zu keiner weiteren Aufführung an diesem Abend. Madame Yvonne spielte weiterhin Cembalo und ich nahm weiter von dem nicht ganz passenden Wein. Dann wurde es Zeit, in den Spiegelsalon zu gehen. Madame Yvonne hatte uns zugesteckt, dass Beatrix und Madeleine dort auf uns warten würden. Zuvor rauchten wir noch zwei Pfeifen. Ich war dann etwas unsicher auf den Beinen. Le Sage bemerkte das und witzelte.

„Mein lieber Haydn. Sie werden doch nicht die Gesetze der Stabilität vergessen."

„Wir werden doch an diesem Ort hoffentlich keine Lektionen pauken."

„Warum nicht?", witzelte Le Sage.

„Dann sag mir mal", witzelte ich, „wie groß der Umfang jenes Hinterteiles ist". Es war der Hintern von Beatrix, auf den ich zielstrebig zeigte.

„Ich brauche ein Maß, lieber Haydn, um dir diese Frage exakt beantworten zu können."

„Ich dachte, du siehst so etwas."

Die beiden Damen, Beatrix und Madeleine knieten auf dem Teppichboden, spielten vielleicht dort etwas und streckten ihre nackten Hinterteile uns, die wir in den Spiegelsalon eintraten, entgegen und der Hintern von Madeleine war nicht weniger imposant.

Lustschreie erinnerten uns daran, dass noch andere Pärchen hier tätig waren.

Mit uns waren im Spiegelsalon vier Pärchen zu Gange. Der Geschlechtsakt ist eine seltsam erregende Angelegenheit und ich kann nicht umhin zu sagen, dass das Cannabis diesen Umstand noch verstärkt. Kein Wunder, dass die Kirchen und Moralapostel auf diesem Kontinent diesen tabuisieren und ihn im Zusammenhang mit Hanf zu praktizieren müsste noch als schlimmerer Verstoß gegen Gottes Gebote angesehen werden und man kann sich gut vorstellen, dass die Praktizierenden gleich Ketzer auf einem Scheiterhaufen landen oder zumindest in finstere Keller eingesperrt werden. Aber wir leben in einer Zeit der Aufklärung und die Autoritäten sind etwas zurückhaltender in der Ausübung ihrer Gewalt geworden. Wir beide jedenfalls, ich hoffe, das auch für Le Sage sagen zu dürfen, hatten kein großes Unrechtbewusstsein, liebkosten die beiden Hinterteile, die sich uns so einladend darboten und waren schnell in media res. Unsere Oberschenkel klatschten gegen die nackten Arschbacken der Weiber und unglaubliche Erregung erfasste mich. Meine Hände suchten Halt an den Brüsten meiner Nutte. In diesen Momenten vergesse ich oft, dass dieser Akt zur Fortpflanzung führt. Ein starkes Stück hat sich Gott da einfallen lassen, um eines seiner ersten Gebote, sich zu mehren, ja nicht aus den Augen zu verlieren. Man kann es nicht vergessen! Es erscheint mir aber für uns Menschen nicht widernatürlich zu sein, den Akt aus reinem Vergnügen zu betreiben. Ich gehe bicht davon aus, dass Le Sage sich an diesem Geburtstage vermehrte. Die Prostituierten kennen Wege und Mittel unerwünschte Schwangerschaften zu vermeiden, aber ganz sicher konnte ich mir nie sein, dass nicht irgendwo ein Sprössling von mir hier auf Erden sich bewegt, ohne ihn zu kennen. Die beiden Frauen hatten uns, unsere Gesichter nur in einem der Spiegel gesehen. Sie bemerkten, dass wir ausdauernde Liebhaber waren und vielleicht erwarteten sie schon sehnsüchtig, dass wir uns bald in ihrem dargebotenen Leibern entluden, aber das war nicht der Fall und dies war vermutlich dem Cannabis geschuldet, dass zwar die Erregung ins Unermessliche steigen kann, aber wie bei einer Impotenz das Kommen endlos hinauszögert. Ich sage „kann", und manchmal leidet auch die Erektion, sodass dieses Mittel wirklich nicht sicher ist, aber ich denke an diesen Gebrauch immer gerne zurück. Madeleine und Beatrix begriffen, dass wir mit einer Substanz den Akt verlängert hatten. Sie begannen zu schnurren wie Katzen, Lustschreie, die uns noch weiter erregen sollten, immer wieder und Madeleine bot Le Sage sogar an, ihn in den Arsch zu stecken, wenn er nur dann schneller kommen würde. Meine hatte sich mir entzogen und begann an meinem besten Stück zu lecken und zu saugen. Welch Wonne, die immer wieder bei diesem Tun den Körper übermannt, welch angenehme Schauer. Da die Brüste und das Gesicht von Beatrix sehr ansehnlich waren, bot ich dem Luder an, mich zu

reiten, um mir so den Saft aus meinen Gliedern zu saugen. Welch wohlige Erregung in meinem Unterleib. Irgendwann schaffte es ihre feuchte, enge Fotze mein Geschlecht zum Explodieren zu bringen während Madeleine weiterhin schrie und ihre Arschbacken klatschende Geräusche verursachten. An seinem Geburtstag machte Le Sage seine Sache gründlich, und während Beatrix und ich mich mit Zärtlichkeiten und Küssen befassten, die ich gerne nach einem gelungenen Akt genieße, kämpften Le Sage und seine Nutte noch um ihre Erlösung. Später gingen wir dann noch gemeinsam runter, tranken Wein und jeder von uns nahm noch eine Pfeife. Zudem bat Le Sage noch um Laudanum, weil er sich um seinen zukünftigen Schlaf sorgte, wollte er doch am nächsten Tag gegen Abend die Familienfeier in einem passablen Zustand über sich ergehen lassen.
Wir verließen dank der Geschwätzigkeit der jungen Damen das Etablissement in der Berggasse weit nach Mitternacht, ohne direkt nochmals von ihren körperlichen Vorzügen genossen zu haben. Wankend liefen wir die Berggasse hinauf, ein Stück gemeinsamen Wegs. Ich hatte dafür gesorgt, dass Le Sage nicht mitbekam, welch fürstliches Sümmchen ich für den gemeinsamen Abend ausgegeben habe. Irgendwann trennten sich unsere Wege, ich wünschte ihm eine gute Nacht, in dem Bewusstsein, dass er von diesen nicht so viele hat. Mein Schlaf jedenfalls war damals noch ungestört und nach solch Eskapaden schlief ich traumlos wie ein Stein. Etwas

fürchtete ich die morgige Familienfeier, hatte aber von Le Sage gehört, dass einige Geistesgrößen geladen seien, was mir etwas erleichterte, mich nicht vor der Feierlichkeit zu drücken. Seine Eltern hätten es sicher gerne gesehen, aber er selbst wäre beleidigt gewesen und das vor meiner großen Abreise nach Bistritz. Alleine die Hinreise würde über drei Wochen dauern.

Ich hatte keine Ahnung, welche Zukunft vor mir lag und dass ich Le Sage nie wieder sehen würde. Vielleicht hat Gott mich damals wegen meines frevelhaften Lebens verdammt zu einer niederen Existenzform, aber im Grunde ist es naiv anzunehmen, dass Gott, würde er denn wirklich existieren, sich um Einzelschicksale kümmert, auch wenn es in seiner Allmacht stünde, dies zu tun. Das Erdbeben von Lissabon hat uns gelehrt, dass Gott sich weder um Einzelschicksale kümmert, noch um das Schicksal ganzer Großstädte, die in wenigen Sekunden ausgelöscht werden von einer Natur, die man nicht grausam nennen kann, weil sie keinen Begriff von uns Menschen und sich selbst hat. Wäre die Natur imstande sich selbst als Ganzes zu zerstören? Werde ich irgendwann meine Memoiren schreiben, werde ich gerne die Tage in Genf aufnehmen. Sie würden sogar ein zentrales Kapitel darstellen, wobei ich nicht so sehr mein ausschweifendes Leben betrachten würde, sondern die Schärfung meines Geistes, die ich im damaligen Umfeld entwickeln durfte. Ich habe mit Voltaire, Rousseau und anderen berühmten Gelehrten diskutiert und oft hat man in mir einen gleichwertigen Gesprächspartner gesehen. Die Mathematik hat zu Le Sage Bedauern, aber bei mir nicht so recht gezündet, obwohl ich seitdem manche ihrer Ideen verstehe, ohne aber wirklich das Handwerk zu beherrschen, mit ihr wirklich zu arbeiten. Ich habe gegenüber Le Sage mein Versprechen, das ich wiederkehre, gebrochen, ohne es ihm jemals richtig erklären zu können. Ich habe von außergewöhnlichen Umständen gesprochen, von der die Ehre verlange, sie nicht näher zu erläutern. Le Sage hat wohl verstanden und ist mir ein Freund geblieben.

Meine Abreise von Genf geschah in der Frühe, gegen sechs Uhr Ortszeit. Da es Juni war, war die Sonne längst aufgegangen. Für meinen Freund Le Sage war es viel zu früh, um sich von mir zu verabschieden. Er kämpfte vielleicht in seinem Bett, noch oder wieder, um Schlaf zu finden. Meine Reise nach Bistritz würde mehrere Wochen dauern. Sie würde durch Italien gehen, Turin, Mailand und Triest waren feste Stationen und mich schließlich über Zagreb, Budapest in den Balkan führen. Es gibt im wesentlichen über diese Hinreise nichts zu berichten. Als Lebemann habe ich in den verschiedenen Städten Frauen aufgesucht und das Einzige, was daran berichtenswert wäre, ist, dass es die letzten Male waren, dass ich mit Frauen normal verkehrt habe. Ein Vorfall jedoch, es war in Triest, scheint mir zumindest kurz erwähnenswert. In einem Bordell traf

ich auf eine Wahrsagerin, die mir die Karten legte und mich davor warnte, meine Reise in den Balkan fortzusetzen. Sie sagte mir, dass großes Unheil mir dort widerfahren würde, ohne Weiteres zu erläutern. Als ich sie belustigt über ihre Prophezeiung ausfragte, ob ich dort sterben würde, sagte sie:
„Du wirst sterben, aber auch nicht sterben." Orakelhafter als das Orakel von Delphi je gewesen war, war diese Ansage, die ich, da ich an diese Art von Magie nicht glaubte, in keiner Weise Ernst nahm. Ich entlohnte sie zwar, nahm aber dann stark angeheitert, die Treppen, um mein kurzlebiges Vergnügen mit einer der Huren zu finden. Ich war inzwischen auf Habsburger Gebiet und hatte eine gewisse Vorfreude, meine alte Heimat, meine Eltern wiederzusehen. Eine so lange Reise macht einem bewusst, wie groß Europa doch ist, obgleich eine Reise von Sevilla nach Sankt Petersburg noch weit aus länger dauern würde. Aber wie ausgedehnt mag erst die Neue Welt sein, Afrika und der Weg von Russland nach China?

 Ich freute mich schließlich, nachdem ich die ungarische Tiefebene verlassen hatte, die Ausläufer der Karpaten zu sehen. Mein Patenonkel Paul war gestorben, der mir, so stand es im Brief meiner Eltern, ein beträchtliches Vermögen hinterlassen hatte, da er selbst keine Kinder hatte. Dieses sollte ich entgegennehmen und Weiteres in dieser Angelegenheit veranlassen. Welch eine Freude, meine alte Mutter wiederzusehen, die auch schon ihren fünfundsechzigsten Geburtstag gefeiert hatte.

Der zwei Jahre ältere Vater ermahnte mich, dass es an der Zeit wäre, Verantwortung in Bistritz zu übernehmen und eine Familie zu gründen. Ich war eine gute Partie. Auch meine Mutter wünschte sich Enkeln.

Meine lieben Eltern. Ich bin nicht sicher, ob ihr nicht schon irgendwo welche habt, irgendwo in Europa. Vielleicht heißt der eine oder andere sogar Paul, weil die betreffende Mutter sich meiner erinnert, aber das ist eher unwahrscheinlich, da es ja meist Freudenmädchen waren, die ich aufgesucht habe. Ich habe mich rausgeredet, dass ich zuerst zu meinem Wohle meine Studien in Genf beenden müsse. Alles Weitere würde sich ergeben. Ich habe nicht nur Le Sage und viele andere Freunde nicht mehr wiedergesehen, das Gleiche trifft für meine Eltern zu, denen ich noch weniger andeuten konnte, welches Schicksal mir schließlich widerfuhr. Ich hatte das Vermögen des Onkels in Gold entgegengenommen und wickelte dann noch den Verkauf der kleinen Ländereien ab. Einen Teil schlug ich den Grundstücken meiner Eltern zu. Ich traf mich mit alten Freunden, spielte mit ihnen Karten, erzählte von Genf, aber Bistritz ist nicht unbedingt das Städtchen, dass einen zu erotischen Abenteuern mit seinen Freunden einlädt, wenn man ein gewisses Alter überschritten hat. So sehr mir Genf und die großen Geister dieser Stadt fehlten, so genoss ich es, in meiner alten Heimat zu sein. Ich machte mit einem schwarzen Rappen Ausritte in der Umgebung, magisch angezogen von den Ausläufern der

geheimnisvollen Karpaten. Mein Letzter sollte zu meinem Verderben führen.
Es war inzwischen Mitte Juli, aber die Tage währten immer noch lang. Ich saß an einem Bach, mein Pferd war an einem Baum angebunden. Ich trank etwas Wein, der Tag begann sich zu verabschieden. Da sah ich sie, die weiße Dame auf weißem Pferd. Sie ritt auf mich zu, und als ich in ihr ein attraktives Weibsbild entdeckte, freute ich mich auf die Verwicklungen, die kommen mochten. Die Dame schien von edler Herkunft zu sein und anscheinend in meinem Alter, und sie war durchaus attraktiv. Ich bot ihr von meinem Wein an, sie lehnte aber ab und behandelte mich gleich so, als ob ich ihr Untergebener sei. Ich habe mich schon immer von allerlei devoten Spielereien angezogen gefühlt und bin in die unterschiedlichsten Rollen geschlüpft, mal der Herr, mal der Untergebene, wie auch in diesem Falle. Gerne hatte ich mich auf dieses Spiel eingelassen und begann zu schwören, dass ich der Gräfin, denn als solche stellte sie sich vor, dienen würde. Dies sind sexuelle Spielereien und diese Schwüre haben keine Bedeutung für mich. Die weiße Gräfin verlangte von mir, dass ich meine Hosen auszog. Ich war gerne bereit, dem zu folgen und zur Erbauung der Gräfin konnte ich ihr einen stark angeschwollenen Schwanz zeigen, der ihr sichtlich gefiel. Die weiße Dame machte leider keine Anstalten, sich zu entkleiden. Wie gerne hätte ich ihre nackte Brust gesehen.
Wenn ich dies so beschreibe, so ist dies die

momentane Laune, die mich damals umtrieb, da ich nicht wissen oder ahnen konnte, dass ich mein Verderben vor mir hatte. Sie nahm meinen Schwanz in ihre rechte Hand und prüfte seine Festigkeit, machte ein paar Übungen um ihn noch steifer zu machen. Sie küsste mich und lächelte mich mit stolzem Ausdruck an. Erst später war mir bewusst, dass es die Hölle war, die sie ausdrückte.


Sie raffte ihre Röcke und stieg auf mich, führte meinen Schwanz in ihr „Paradies" oder soll ich sagen in ihre „Hölle", denn hiermit begann die Hölle meines neuen Lebens. Aber welch Wonne spürte ich noch, als sie ihren Leib rhythmisch bewegte. Dann machte sie Anstalten mich zu küssen, aber sie biss in meinen Hals, ließ nicht los und saugte von meinem Blute, was mir erst später bewusst wurde. Ihr Becken hatte aufgehört, sich zu bewegen, mir wurde flau und schwarz vor Augen. Sie löste sich komplett von mir, ohne dass ich gekommen war, lachte böse und sagte, bevor sie davon ritt:
„So mein lieber Haydn. Du wirst fort an mein Schicksal teilen, den Tag meiden und das Blut anderer Menschen saugen."
Als die weiße Dame davon ritt, verlor ich das Bewusstsein und ich muss für einige Stunden besinnungslos am Bache gelegen haben. Als ich wieder erwachte, war längst die laue Sommernacht eingebrochen. Ich erinnerte mich an den merkwürdigen Vorfall, fühlte die zwei Wunden an

meinem Hals, erinnerte mich an ihre letzte Worte. Glücklicherweise war Vollmond und ich machte mich eher verwundert als besorgt auf den Heimritt. Am nächsten Tag plagte mich eine Art Migräne und ich vertrug schlecht das Tageslicht. Ich blieb im Haus, machte die Fensterläden dicht, nahm Laudanum und alles half eine Weile. Mit Ausbruch der Dämmerung verbesserte sich mein Zustand. Dies wiederholte sich nun von Tag zu Tag und es wurde schlimmer, zudem litt ich an Appetitlosigkeit, der abends aufgehoben wurde, aber es war Lust auf menschliches Blut, die aufkam. Mir wurde klar, dass wenn ich dem nicht nachgeben würde, ich immer schwächer würde und ich sterben müsste. Mir wurde auch klar, dass ich nicht länger im Haus meiner Eltern bleiben konnte. Ich besorgte mir eine Droschke, sprach den älteren, stummen Konrad an, ob er weiter mein Diener sein wolle, nahm mein Gold und wir verschwanden eines Nachts aus Bistritz.

Zuerst hatte ich beabsichtigt, zurück nach Genf zu reisen. Vielleicht konnten meine gebildeten Freunde mir helfen. Ich hatte die Sagen um Vampyre, die es in Siebenbürgen gibt, immer für eine Mär gehalten, musste aber feststellen, dass sie zumindest einen wahren Kern haben. Konrad wusste wohl, was mit mir geschehen war und ich wurde zunehmend schwächer, bis die Instinkte mich überwältigten und ich die erste Jungfer biss. Es ging alles wie von selbst. Welch Wohltat, die ich mir damit gönnte, welch Kräftigung meiner Sinne und meines Körpers, die danach erfolgte. Tagsüber verbrachte ich in der Kutsche, sorgte dafür, dass kein Sonnenstrahl ihr Inneres erreichen konnte. Der Sage nach ruhen Vampyre tagsüber in Särgen, die in dunklen Grüften liegen. Dies konnte ich vorerst nicht verwirklichen. Verwundert musste ich feststellen, dass mir zwei spitze Eckzähne gewachsen waren. Schon in der ungarischen Tiefebene war die Liste meiner Opfer, sowohl männliche als auch weibliche, stetig gewachsen und in Budapest fasste ich den endgültigen Entschluss, Genf den Rücken zu kehren und stattdessen nach Deutschland zu reisen. Ich kann nicht sagen, dass ich völlig zu einem Untoten geworden bin. Ich war durchaus Mensch mit menschlichen Bedürfnissen. Ich nahm normales Essen zu mir, trank Wein, kannte meine Notdurft. Ziellos reiste ich für Jahre mit meinem Diener durch die Lande, verbrachte meine Tage in verdunkelten Zimmern von Gasthöfen oder in meiner verdunkelten Droschke, träumte allenthalben von einer Gruft, die ich tagsüber aufsuchen könnte, und versuchte dem Krieg auszuweichen. Wie ein Wunder bin ich in all dieser Zeit nicht Opfer von Räubern geworden, sodass ich meinen Schatz, die nicht unerhebliche Menge Geld behalten konnte. Es war ein unruhiges, unstetes Leben. Meine Gier nach Blut bediente ich etwa wöchentlich und damit kamen immer wieder die Lebensgeister zurück, die ich für ein Überleben benötigte. Die Frage meiner Schuld stellte sich mir nur wenig und ich war weit davon entfernt, mir selbst das Leben zu nehmen, wenn dies denn gelänge, denn

wirkliche Gewissheit über meine Sterblichkeit hatte ich nicht. Der Sage nach musste ich ein unsterblicher Untoter sein. Ich wollte es nicht ausprobieren und ein gutes starkes Gefühl sagte mir, dass ich zu großen Teilen noch Mensch war. In den ersten Jahren trieb mich eine Angst von einem Ort zum nächsten, sobald ich ein weiteres Opfer gefunden hatte. Fluchtartig verließ ich die Stätte meines Verbrechens, sodass ich im ersten Jahrzehnt meiner Schattenexistenz den Gedanken, mich irgendwo fest niederzulassen, immer wieder verwarf. Ich schrieb meinen Freunden und Eltern, ohne dass sie recht die Chance hatten, mir zu antworten. Erst später gelang es mir, eine Art Plan zu entwickeln, wo ich mich in Zukunft aufhalten würde. Mit großen zeitlichen Abständen suchte ich in den Städten immer wieder die gleichen Gasthöfe auf, sodass in den letzten Jahren meiner unsteten Präsenz, der eine oder andere Brief mir doch zu Händen kam. Mit der Zeit musste ich aber feststellen, dass wie bei einer schleichenden Krankheit oder dem Altern an sich, mir immer schwerer fiel, die Tage in den verdunkelten Räumen oder in der Kutsche auszuhalten. In mir formte sich der Wunsch nach einer Gruft, aber diese konnte ich nur bei einer ständigen Bleibe realisieren. So kam es, dass bei einem Aufenthalt in Fulda ich von dem Anwesen in Poppenhausen gewahr wurde, das zum Verkauf stand. Ich schlug den Handel ein und zog mit meinem Diener nach Poppenhausen.
Es war das Jahr 1766. Es muss eine Art Schicksal geben, das mich zu diesem Anwesen geführt hat.

Schon am ersten Abend geschah etwas sehr
Merkwürdiges. Ich öffnete die Tür einer mir noch
unbekannten Kammer und traf auf mich selbst. Dies
musste eine mir unbekannte Sinnestäuschung sein.
Angezogen von meinem Gegenüber ging ich auf ihn
zu und umarmte ihn. Dann geschah etwas noch weit
Seltsameres. Wir verschmolzen ineinander mit einem
wunderbaren Gefühl, dass mir sogar das Bewusstsein
raubte. Dies ist das Einzige, an das ich mich, die
Dinge betreffend, die jenseits der Türe geschehen,
erinnern kann. Ich musste feststellen, dass wenn ich
die Türe am frühen Morgen benutzte, ich abends
erfrischt ohne jegliches Wissen zurückkehrte. Ich
benötigte keinerlei Gruft und auch das Bedürfnis
nach Blut hatte sich gemäßigt. Fortan verband ich
dieses mit meinem sexuellen Bedürfnis, das mir
zeigt, dass ich Mensch geblieben bin.

## 15 (present)

Pater Copleston hatte das Spiel, das ich ziemlich
fahrig begonnen hatte, gewonnen. Wir aßen dann
gemeinsam. Elfreda hatte sich in spanischen Tapas
geübt und kulinarisch war dieser Abend einer der
Abwechslungsreicheren. Inzwischen saßen wir
wieder in den dunklen Ledersesseln, diskutierten

noch etwas über das Spiel, bis Pater Copleston eine völlig andere Unterhaltung begann. Bruckners Vierte lief leise im Hintergrund.

„Seit einigen Tagen habe ich mir Gedanken über dich gemacht, Paul. Ausgelöst wurde diese Phase durch einen merkwürdigen, intensiven Traum, der dich zum Thema nahm. Meine Rolle in dem Traum war eher eine Randrolle, die eines Beobachters, der kaum Einfluss auf die Geschehnisse hatte. Du erzähltest mir davon, dass du Kontakt zu Außerirdischen hättest, Kontakt zur Zukunft. Du wolltest es mir beweisen. Zuvor rief aber noch Howard Jones an. Ich habe das erste Mal von der Benutzung eines Handys geträumt. Ich wusste nicht, woher er meine Nummer hatte, aber egal, er sagte, ich sollte mich von Autumn Woods fernhalten, denn sehr bald würde dort ein Polizeieinsatz erfolgen. Ich fragte, was denn los sei. Er aber sagte: Unser Paul Haydn ist vermutlich der größte Heroindealer des Landes. Dann sah ich einen merkwürdigen Außerirdischen, an den ich mich nicht mehr weiter erinnern kann. Keine Ahnung, wie er ausgesehen hat und was er von sich gegeben hat. Schließlich bin ich aufgewacht."

„Und so ein Traum beunruhigt dich. Glaubst du an Wahrträume?"

„Ja, letztendlich glaube ich an Wahrträume und ich konnte mich des Eindrucks nicht verwehren, dass es irgendwelche Elemente in diesem Traum gibt, die einen Bezug zur Realität, zu deiner Realität haben."

„Pater, mit dir geht etwas die Phantasie durch.

Möglicherweise eine Folge unseres
Dartmoorausfluges."
„Ich hege schon lange das Gefühl, dass mit dir etwas
nicht stimmt."
„Und jetzt glaubst du, dass ich der gefährlichste
Heroindealer Großbritanniens bin?"
„Ich kann mir nur schwer vorstellen, dass du
irgendetwas mit Heroin zu tun hast. Aber kann ich
mir sicher sein? Wie verbringst du deine einsamen
Abende?"
„Mit Rotwein und Bruckner"
„Es ist vielleicht etwas anderes, was mehr zu dir
passt. Es gibt ein Geheimnis um dich. Wieso dann
noch Außerirdische auf den Plan treten, kann ich mir
dann überhaupt nicht mehr erklären."
„Weil das alles nur ein dämlicher Traum ist, ohne
jeden Bezug zur Wirklichkeit. Ich träume jede Nacht
so ein bestusstes Zeug."

Das ist eine glatte Lüge und im Übrigen gibt es für
mich keine Nächte. Aber ich erinnere mich, dass, als
ich noch Schlaf kannte, oft von unsinnigen Träumen
geplagt wurde.

Der Pater kann also wahrträumen. So ganz hat er die
Wirklichkeit noch nicht getroffen, aber er ist
gefährlich nahe dran. Ich schenke weiteren Toro für
den Pater und mich ein.
„Du hast mich überaus professionell auf unserem
Dartmoorausflug geführt. Da ahnte ich schon, dass
du eine große unbekannte Seite hast."

„Und dann kam deine Traumphantasie und hat alles überhöht."

„Möglicherweise war es so Paul."

Wir hören ein Geräusch, was von der Treppe herrührt. Ein komischer Hund mit Händen und einer Gesichtsmaske läuft ins Wohnzimmer und sagt zu mir:
„Hallo Paul, wie geht es dir? Ich sehe, du bist nicht allein, ich störe doch nicht?"
„Aber nein, Passermonde, du störst nicht."
Ich bin entsetzt und vermutlich traut der Pater seinen Augen und Ohren nicht.
„Darf ich vorstellen. Passermonde, ein außerirdischer Freund. Ich vermute, dass er außerirdischen Ursprungs ist, aber das weiß er hier selbst nicht. Nicht wahr, Passermonde, du kannst dich an nichts erinnern, was hinter der Tür liegt. Du kannst dich an dein eigentliches Leben nicht erinnern."
„So ist es, Paul", sagt Passermonde.
„Ich erinnere mich nur an unser erstes Zusammentreffen hier. Wir waren gemeinsam durch die Tür gekommen. Ich vermute, auf der anderen Seite sind wir Freunde."
„Wir können alles auf der anderen Seite sein."
Pater Copleston war etwas blass geworden.
„Paul, du hattest mir doch versichert, dass man nach der Einnahme der Pilze nicht geisteskrank wird. Aber es ist wohl geschehen."

„Du kannst deinen Sinnen trauen Pater. Und du hast recht, es gibt einige Geheimnisse um meine Existenz und mit deinem Traum liegst du nur teilweise falsch. Aber du musst mir versprechen, über alles stillschweigen zu halten."
„Es ist verflixt, dass ich mein ganzes Leben vergessen habe und mich nur an die kurzen Momente in diesem Haus erinnere. Ich muss wohl nur durch die grüne Tür, um zurückzukommen", sagt Passermonde-

"Pater, ich weiß aus Erfahrung, dass Einbildung und Realität oft Hand in Hand gehen. Wenn du Passermonde betrachtest, siehst du, dass er kein Hund ist. Passermonde ist kein sprechender Hund mit Ärmchen, sondern ein Außerirdischer. Ein Botschafter der Zukunft, mit der ich nach deinem Traum in Verbindung stehe."
„Und das Heroin?"
„Das Heroin steht für etwas anderes. Vielleicht erkläre ich dir das später Pater. Pater, du wusstest nicht, dass mich zum späten Abend hin, Dämonen des Dartmoors bedrohen. Meine Angst wird unerträglich. Ich kann nicht zwischen Einbildung und Realität unterscheiden. Dann wähle ich eine der beiden Türe, eine, durch die Passermonde gekommen ist, führt vielleicht in die Zukunft. Passermonde und ich werden jetzt diese Tür nehmen. Geh nach Hause Pater und vergesse alles oder folge uns."

Essay: Die Zukunft der Menschheit

Wenn ich lese, dass sich die Strahlungskraft der Sonne in einigen Millionen Jahren vergrößert und das Leben auf der Erde, so wie es jetzt besteht, bedroht und auslöschen würde und die Menschheit bis dahin sich etwas einfallen lassen müsse, um diesen Gefahren zu begegnen, bin ich völlig fassungslos beziehungsweise amüsiert. Man glaubt doch nicht allen Ernstes, dass es in Hundert Millionen Jahren noch eine Menschheit gibt, eine Menschheit, die vielleicht größere Teile der Galaxis besiedelt hat. Die Wissenschaftler, die diesen Unsinn verzapfen, besitzen eine nicht zu übertreffende Naivität. Rein biologisch gibt es den Menschen noch keine hunderttausend Jahre, seit etwa zehntausend Jahren, man kann den Zeitpunkt auch früher setzen, hat sich eine kulturelle Evolution in Gang gesetzt, die sich insbesondere dadurch auszeichnet, dass sie immer schneller wird. Sie explodiert förmlich, beschleunigt sich exponentiell, wie immer man es auch bildlich beschreiben möchte. Das Ende ist die Auslöschung der Menschheit, in Form einer Katastrophe oder in einer Metamorphose hin zu einer anderen Lebensform, über die man nur spekulieren kann und die vielleicht sagen kann: Zu unseren Vorfahren gehört der Homo sapiens sapiens. Nun wirklich weise ist der Mensch mir nie vorgekommen. Seit etwa siebzig Jahren sind wenige Eliten der

Menschheit in der Lage, die gesamte Menschheit zu vernichten, und ich muss sagen, manchmal war man nahe dran, Dinge in diese Richtung einzuleiten. Auf Dauer geht so etwas natürlich auch nicht gut, mit unserer Mentalität kann man keine hundert Millionen Jahre überleben. Aber die Menschheit verändert sich ja. Eine Entwicklung ohne größere Katastrophe in den nächsten Jahrzehnten wird nach der Revolution der Informationstechnologie eine weitere Revolution starten, die der Biotechnologie, der Bioinformatik. Die Wissenschaft wird immer mehr in der Lage sein, Leben nach ihren Wünschen und Vorgaben zu designen und zu programmieren. Eine Frankenstein-Ära wird kommen, in dem Elemente der Robotik mit der der Biologie verschmelzen. Die Teile des Menschen werden ersetzt, durch Prothesen, im allgemeinsten Sinne verstanden oder biologischen Ersatz, der die Anfälligkeiten des alten Körpers ersetzt. Wer die Menschheit erhalten will, so wie wir sie kennen, müsste sich gegen diese Entwicklung stellen, versuchen sie aufzuhalten, aber man wird diese Entwicklung nicht aufhalten können. Es wäre so sinnlos, wie die Versuche des Unabombers, egal, ob mit Mitteln des Terrors angegangen oder mit friedlichen Wegen. Die Menschheit wird sich endgültig über die Natur erheben und sich selbst designen, neu entwerfen. Möglicherweise wird man Zellen so umprogrammieren, dass sie nicht mehr altern, Krankheiten wären letztendlich besiegt. Möglicherweise unterstellt man mir einen naiven Fortschrittsglauben – Fortschritt wohin? Dies hat man alles vor hundert oder fünfzig Jahren so ähnlich gesagt, dennoch habe ich das starke Gefühl, dass ein ähnlich gigantischer Fortschrittsschub, wie der der Informationstechnologie, in der Biotechnik auf uns zukommt. Reiche werden von dieser Entwicklung zuerst profitieren, denn die erhofften Erneuerungen könnten zuerst teuer sein. Gäbe es eine medizinische Forschung für Reiche, finanziert von Reichen, würde vielleicht der Fortschritt schneller eintreten. Der Mensch wird sich, wenn er will, wesentlich intelligenter machen können, gesünder, schöner, stärker, kleiner oder größer machen, so wie er es will. Vielleicht mag mancher „Mensch" im Körper eines optimierten Tigers leben, der seine Umwelt durch seine Gedanken kontrolliert. Vergessen wir nicht, neben der Revolution in der Biotechnologie gibt es auch eine explosive Evolution der Maschinen. Es wird immer mehr Verschmelzungen zwischen Biokörpern und Maschinen geben. Mag man am Anfang davon begeistert sein, sein Äußeres oder das seiner Nachkommen so zu gestalten wie Heidi Klum oder Penelope Cruz, Tom Cruise oder Arnold Schwarzenegger, irgendwann wird eine zeitgemäße Ästhetik entstehen, die weggeht vom klassischen Schönheitsideal. Etwas sehr Neues wird entstehen, vermutlich in einer großen Vielfalt. Die Menschheit wird ganz verschiedene Nachfolger haben, Launen eines Designertums und sollte es in diesen Zeiten eine Weltgesellschaft geben, so hätten ihre Mitglieder kein typisches Aussehen, man könnte noch nicht mal von einer Spezies reden, eher von einer Metaspezies.

Möglicherweise gibt es dann noch Wesen, die so aussehen wie heutige Menschen, aber ihr Gefühlsleben könnte ein völlig anderes sein, vielleicht unfähig, größere Schmerzen zu empfinden, die sie aber auf jeden Fall mit eigenen Mitteln eliminieren können. Diese „Menschen" könnten überragende intellektuelle Fähigkeiten haben, die eines Genies, eines Idiot Savant und eines Lebenskünstlers in einer Person, unterstützt durch verschiedene künstliche Implantate. Das Sehvermögen könnte um einiges gesteigert sein. Auch diese „Menschen", wenn sie auch gewählt haben, so auszusehen wie heutige Menschen, wären keine mehr. Nun sehe ich das nicht so, dass dies in 100 Millionen Jahren erreicht wird. Die Dynamik des Fortschritts ist so groß, dass 500 Jahre völlig ausreichend sind. Meine These: In 500 Jahren gibt es keine Menschheit mehr. Das ist nicht unbedingt schockierend, kann auch Segen für alles und jedes sein. Die Menschen werden zu Superwesen, ein wenig gottgleich. Möglicherweise gibt es in 500 Jahren noch Menschen in Zoos oder Reservate. Vorstellbar ist schon, dass die Buschmänner in der Kalahari überleben, wenn man das will und sie das wollen. Ich denke, es wird religiöse Sekten geben wie die Amish, die nicht zulassen wollen, dass der Mensch designet wird, aber sie werden eine verschwindende Ausnahme bleiben, sodass man von einer Menschheit nicht sprechen kann. Ich will nicht wissen, was dieses Jahrhundert noch an Fortschritt bietet; dieser hängt auch ab von den Folgen der

Klimaerwärmung. Ich kann mir gut vorstellen, dass ein Umweltaktivist, der in fast jeder technischen Veränderung eine Gefahr sieht, bei den letzten Seiten nur mit dem Kopf schüttelt, bei soviel Fortschrittsgläubigkeit meinerseits, aber ich weiß, wie schnell sich die Welt in den letzten hundert Jahren verändert hat.

Intermezzo (present – past -future)

Obwohl offensichtlich alt, weiß ich nicht, wer ich bin. Hier in der Obersten Zeith hat bisher niemand mir geholfen, diese Frage zu beantworten. Eine Tür steht symbolisch für die Fragen meiner Existenz, hinter ihr liegt ein mir unbekanntes Reich, vielleicht aber auch nur das Grab eines Scheintoten.

Ich bin eine Vampirexistenz, ich kann es nicht leugnen. Dieses Schicksal währt nun über zwanzig Jahre. Es ist ein zynisches Schicksal, das mich heimgesucht hat, denn ich war, trotz allem ein aufgeklärter Geist, der sich mit Geistesgrößen dieses Jahrhunderts getroffen hat. Ich gebe zu, dass ich schon immer einen Hang zum Okkulten gehabt habe, auch im Zusammenhang mit sinnesvernebelnden Substanzen, aber dies war mir eher ein Spaß, ein Spiel, auch mit der Täuschung. Der rationale Geist braucht manchmal ein Freizeitressort, in dem er ganz anders als sonst, sich mit dem Aberglauben vereinen kann. Es sind nur Substanzen, die die Sinne vernebeln.

Ich habe mich immer gefragt, warum ich in Autumn Wood geblieben bin. Schon nach der ersten Nacht hätte ich von hier verschwinden müssen, aber schon an den ersten Tagen wurde ich mir des Geheimnisses der zwei Türen bewusst. Es scheint kein Zufall zu sein, dass der Makler mir damals die Räume hinter den Türen nicht gezeigt hat. Ich habe nicht gefragt: Leide ich? Leide ich unter meinem Schicksal? Nein, wenn es so wäre oder auch in der Vergangenheit gewesen wäre, hätte ich Autumn Wood verlassen.

Es ist nur eine Schätzung. Ich denke, es sind achtzig Prozent meiner Zeit, die ich jenseits der Tür verbringe. Keiner kann mir sagen, was ich dort mache. Was geschieht mir dort? Es ist absurd anzunehmen, dass ich dort nur schlafe. Offensichtlich bin ich hier rechtlos oder ein Bürger zweiter Klasse. Ich habe das Recht zu erfahren, was während der Zeit hinter der Tür geschieht und ich habe ein Recht darauf, nicht mehr zu altern, wie alle anderen hier auch.

Obwohl ich ein Vampyr wurde, habe ich nie ein Schuldgefühl mit mir getragen. Ich bin schuldlos. Das Schicksal, das mir nahe Bistritz widerfahren ist, hätte jedem Manne passieren können. Jetzt muss ich das Blut von Frauen saugen und möglicherweise zerstöre ich ihre Existenz, töte sie oder schaffe weitere Vampyre. Bin ich ein verwerfliches Subjekt, nur weil ich meiner neuen Natur folge? Ich bin nicht verwerflicher als der Tiger, der sein Opfer jagt.

Zehn Jahre bin ich nun in Autumn Wood. Es ist ein zurückgezogenes Leben, aber ein Leben, wie ich es mir später immer gewünscht habe. Ich lasse es nicht mehr zu, dass mich Menschen verletzen. Ich hatte meine Liebe und sie endete in einer Katastrophe. Keine weitere Liebe mehr!

Ich sehne mich oft hier in der Obersten Zeith nach einer Liebe, einer liebevollen Freundin. Ich könnte mir den Wunsch im Simulatron erfüllen, aber das ist albern. Die Ärztin würde mir gefallen. Aber alle scheinen hier so oberflächlich zu sein. Man geht auf Feten, beteiligt sich an Orgien, benutzt die virtuelle Realität

Ich habe immer die Frauen geliebt, aber wahre Liebe nie gekannt. In früheren Jahren habe ich für die Gunst der Frauen bezahlt. Ich habe gerne bezahlt und ich habe es nicht bereut. Später, als ich zum Vampyr geworden war, habe ich die Frauen, die sich für Geld anboten, einfach genommen und gebissen. Um den vertrauensvollen Kontakt einzuleiten, habe ich ihnen oft Goldmünzen gegeben. Später habe ich sie dann gebissen.

Ich will kein Leben ohne Sex. Es gibt ein Leben ohne Liebe, aber durchaus mit Sex. Im Umgang mit Prostituierten habe ich keine Probleme. Im

Gegenteil! Das Treffen auf attraktive Nutten stellt eine große Bereicherung in meinem Leben dar und Gedanken an eine unerfüllte, vergebliche Liebe echoen nur in der Hintergrundstrahlung meines Selbst. Für meine Person dürfen sie keine Bedeutung haben, genauso wenig wie die kosmische Hintergrundstrahlung im Bewusstsein gemeiner Bürger.

Dieser See ist geil. Ich könnte mir vorstellen, für endlose Tage in einem endlosen schönen Frühling an seinen Ufern zu verbringen. Die Gesellschaft der Obersten Zeith ist sich gar nicht der Schönheit der Lage bewusst. Mit Freunden will ich hier für immer leben und nicht nur zwanzig Prozent meiner Zeit. Ich will hier meine Gastrolle beenden.

Zehn Jahre bin ich nun hier in Poppenhausen, aber ich habe das starke Gefühl, dass man mir eines Tages oder schon bald auf die Schliche kommen wird. Man wird mich pfählen oder auf eine andere Art umbringen. Ich bin mir da relativ sicher.


Ich habe immer die Wahl zwischen zwei Türen. Auch nach Jahren weiß ich nicht, welche mir lieber ist. Es ist die Wahl zwischen zwei Wegen und möglicherweise ist die Wahl in ihrer Bedeutung fundamental.

## 16 (present)

Es ist der zweite November 2018. Ich erwarte Howard und habe noch keine weiteren Nachrichten von Pater Copleston erhalten. Habe kurzfristig überlegt, ob ich die grüne Tür verbarrikadieren soll, um unerwarteten Besuch wie dem von diesem komischen Passermonde zu vermeiden, ich habe keinen Schlüssel für die Tür. Ich habe aber darauf verzichtet. Wenn es sein muss, werde ich dieses Geheimnis mit meinen Freunden teilen, möglicherweise erfährt die Welt um das Geheimnis von Autumn Wood, es wäre eine Sensation, aber vielleicht verschwindet dann der Spuk. Was war vor meiner Zeit in Autumn Wood? Ich weiß nicht, ob der Pater am Dienstag mit mir durch die Tür gegangen ist. Es gibt natürlich keine Erinnerung.
Als ich Mittwoch morgens nach Autumn Wood zurückkehrte, war er nicht da. Ich habe ihn nicht angerufen und er hat sich auch nicht gemeldet. Ich gehe nicht davon aus, dass ihm etwas zugestoßen ist, aber kann ich mir da sicher sein? Ich greife nun doch zum Telefon, wähle seine Nummer, aber in diesem Moment geht die Hausschelle. Bevor der Pater eine Chance hat, an seinen Apparat zu gehen, drücke ich ab und öffne Howard die Haustür. Vielleicht bilde ich es mir nur ein, aber ich habe den Eindruck, dass er mich irgendwie merkwürdig mustert. Draußen herrscht ungemütliches Wetter. Ich geleite ihn zum Schachtisch. Das Telefon geht. Ich nehme das Gespräch an.

„Bist du ok, Pater?"
Er ist ok.
„Howard ist gerade gekommen. Wir besprechen alles später."
Ich besorge eine Flasche Wein und begebe mich zurück an den Schachtisch.
„Ein ganz guter Tropfen"
„Heute Abend gibt es für mich keinen Alkohol. Vielleicht später, wenn wir die Sache hinter uns haben."
„Welche Sache, Howard?
Kein Alkohol, hmm, du willst wohl heute unbedingt gewinnen."

Die Alkoholmengen, die wir gewöhnlich während des Spiels trinken, sind eher gering, zu viel würde dem Spiel nicht bekommen. Ein oder zwei Gläschen sollten aber nicht schaden und stimmen auf das Essen und den weiteren Abend ein. Ich baue die Figuren auf, stelle die Schachuhr. Ich spiele heute mit Schwarz. Howard ist während des Spiels auffallend ruhig, aber er scheint irgendwie nervös zu sein. Irgendwie sind seine Züge auch fahrig, ungenau. Man könnte meinen, dass er sogar lustlos spielt. Bei den letzten Malen war ich derjenige, der unkonzentriert gespielt hat. Da waren die Vorbereitungen zu dem Deal, aber das habe ich ja glücklicherweise hinter mir. Die letzte Zeit war aber durchaus bewegt. Der Unfall, die Übergabe und das Auftauchen von Passermonde. Das mögliche Auftauchen dieses kosmischen Hundes könnte mich

schon nervös machen. Als Howard dann die Springergabel übersieht, ist die Partie vorzeitig entschieden und ich erlaube mir zu fragen, was mit ihm los sei.
„Hast du Sorgen Howard?"
„Das könnte man so ausdrücken."
„Du warst bei dem Spiel gar nicht richtig bei der Sache."
„Tja Paul, manchmal kann man sich nicht von seinem Job lösen. Heute ist einer von solchen Tagen."
„Willst du mir Näheres erzählen? Aber das darfst du sicher nicht."
„So ist es Paul."
Ich weise Elfreda an, das Essen vorzuziehen. Heute ist das alles eh eine schnelle Sache. Blutige Rumpsteaks mit Röstzwiebeln - das Fleisch stammt von einem benachbarten Biobauern - und Pommes, dazu einen Tomatensalat, den sie schon vorbereitet hat. Ich frage Howard, ob er bei seiner Abstinenz bleibt. Er bedauert, dass er heute keinen Wein trinken würde. So kenne ich ihn gar nicht, er, der trinkfeste Inspektor, der sogar noch bei einer Flasche Wein in sein Auto steigt, um die zwei Kilometer von Autumn Wood nach Okehampton zu fahren.
„Hat dir dein Arzt etwa eine Leberdiagnose gestellt? Schlechte Leberwerte?"
„Nein, Paul, keine schlechten Leberwerte, ich habe nach unserem Essen noch etwas vor."
„Ach, du bist im Dienst"
„Nicht ganz, Paul. Im Moment habe ich noch frei,

aber ich denke, ich werde nach dem Essen wieder mit dem Dienst beginnen. Ich wollte mir unser Spiel und das Essen nicht nehmen lassen."
„Das Essen ist mit Sicherheit nach deinem Geschmack. Steak mit Pommes, einfach, aber äußerst schmackhaft, da von Elfreda zubereitet. Da kommt sie auch schon."
Die Steaks haben mindestens dreihundert Gramm. Gierig macht sich der Inspektor über das Fleisch her, so als ob er völlig ausgehungert ist oder wie jemand, der nie die Gelegenheit hatte, Steaks zu essen, davon aber immer geträumt hat. Es sind vielleicht unpassende Vergleiche. Der Inspektor fiel mir immer schon dabei auf, schnell zu essen, aber heute ist wohl ein ganz besonderer Tag.
„Du scheinst es wirklich eilig zu haben. Du musst wohl gleich nach Exeter düsen und einen Dealer hochnehmen. Kann man das denn nicht tagsüber? Ich verstehe, ihr habt eine Drogenübergabe eingefädelt und das ging nur am späten Abend."
„Ja, so könnte es sein Paul. Aber es ist anders."

Etwas unlustig pickt er an seinem Salat, Fleisch und Pommes hat er gegessen. Ich kann mir auf das Ganze keinen richtigen Reim machen, es sei denn …. Etwas habe ich mich von dem Esstempo Howards anstecken lassen, alles ist wieder mal vorzüglich, auch der Tomatensalat. Ich lasse es mir nicht nehmen, ausgiebig Wein zu trinken. Schade, dass der Inspektor heute noch einen Einsatz hat. Ich weise Elfreda an, das Geschirr abzuräumen. Der Inspektor

macht eine merkwürdige Bemerkung:
„Es tut mir leid Elfreda"
Sie sagt darauf hin nichts und verschwindet.
„Wollen wir noch einen Cigarillo rauchen?" frage ich ihn.
„Das können wir machen. Aber ich glaube, ich brauche noch einen Schnaps, einen Gin am besten."
Verwundert gebe ich ihm den Schnaps, den er schnell kippt. Dann nimmt er sein Handy, wählt und sagt:
„Ihr könnt jetzt kommen!"
Gefasst gebe ich ihm Feuer.

Sie wollen mich verhaften, mein Gehirn scheint plötzlich doppelt so schnell zu denken wie zuvor, äußerlich versuche ich, gefasst zu wirken.
„Wie seid ihr mir auf die Schliche gekommen?"
„Es gab einen Tipp vom Geheimdienst, mehr als einen Tipp. Dein Internetverkehr wurde überwacht. Deine naiven Tarnmanöver haben dir nichts genützt, im Gegenteil, sie haben die Neugierde der Dienste auf sich gezogen."
„Howard, ich fühle mich nicht als Verbrecher, eher wie ein Idealist."
„Ich weiß gar nicht, was du für mich bist. Ein gefährliches, kriminelles Schwein, eine Gefahr für die Menschheit! Meine Jungs werden gleich anfangen, dein Haus auseinanderzunehmen. Das ganze Scheißzeug, was hier noch steckt, werden sie finden und du mein Lieber kommst für mindestens zehn Jahre in den Bau."

Da nützen keine kräftigen Lungenzüge, Howard ist unversöhnlich.

„Für mich persönlich ist es die größte Katastrophe, dein Freund gewesen zu sein."
Howard hat seine Prinzipien und er hasst Drogen.
„Ich würde gerne noch ein paar persönliche Sachen zusammensuchen."

„In Ordnung, aber mach keine Dummheiten und stell dich deiner Verantwortung."
Es klingelt, Elfreda wird wohl aufmachen, und während eine vermutete Hundertschaft in mein Haus stürmt, will ich mein Heil hinter den Türen suchen. Wird mir wohl nichts nützen, da ich ja immer gedächtnislos zurückkehre, aber wer weiß? Howard, ich schieße mir schon keine Kugel durch den Kopf. Ich nehme die Treppe und obwohl mir irgendetwas sagt, dass es wohl besser wäre, die grüne Tür zu nehmen, auch vielleicht wegen Passermonde, kann ich eigentlich gar nicht anders und nehme die blaue.

Ich komme durch die Türe und finde meinen Diener in aufgeregten Zustand vor.
„Was ist los, Konrad?" will ich ihn fragen, aber er ist ja stumm.

Dann höre ich die Menge, den Pöbel vor dem Eingang. Man versucht wohl einzudringen, will mich wohl fassen und töten. Irgendwann musste der Tag kommen. Eine brennende Fackel wird durch ein

Fenster geworfen. Kann ich mich mittels der Türe in Sicherheit bringen, da ich doch immer hier hin zurückkehre? Sie werden mich in meiner Gruft finden, vielleicht tief schlafend und mich pfählen. Aber trotzdem, ich sage meinem Diener, dass er sich stellen soll. Mir bleibt nur die Türe.

Ich komme durch die blaue Tür, auf dem Gang steht ein uniformierter Polizist. Keine drei Minuten war ich weg. Bevor der Polizeibeamte reagieren kann, bin ich durch die grüne Tür….

Um mich herum Gelächter, wie ich es kenne. Es tauchen noch ein paar uniformierte Gestalten auf, die sich offenbar in einem verwirrten Zustand befinden. Sie sind mir wohl gefolgt und von der gleichen Amnesie befallen, die mich immer befallen hat, wenn ich hier in der Obersten Zeith ankomme. Kann es sein, dass sie mich wirklich verfolgen? Sie sehen wie Polizisten aus dem zwanzigsten Jahrhundert aus. Ein völlig verwirrter Haufen, der sich vermutlich untereinander auch nicht kennt. Es ist vielleicht ihr erstes Mal. Sie befinden sich nun hier in der Obersten Zeith und können sich an nichts anderes erinnern als ihren Namen und ihre Sprache, so jedenfalls ging es mir. Man scheint auf den verwirrten Haufen aufmerksam geworden zu sein. Da ist Passermonde, der auf mich zukommt.
„Gute Nachrichten, Paul! Deine Ärztin hat eine Substanz entwickelt, die dich von dem Zwang befreit, die Tür benutzen zu müssen."

Es tauchen noch ein paar von den uniformierten Gestalten auf. Inzwischen kümmern sich Roboter um sie. Niemand der Uniformierten hat ein Anzeichen gezeigt, dass er mich kennt, genauso wenig wie dieser ältere Mann – er müsste etwa mein Alter haben, der von den Robotern höflichst gebeten wird, dorthin zurückzukehren, woher er gekommen ist. Er trägt ähnliche Kleidung wie ich. Wir starren uns kurz an, aber wir kennen uns nicht.
Das Ganze hat einige Schaulustige angezogen, das typische Gelächter ist hier wohl unvermeidlich. Ich begebe mich zu meiner Ärztin, die mich freundlich begrüßt. Ich würde gerne auf sie in einem der Simulatoren treffen.
„Gute Nachricht für sie Paul. Ich habe ein Serum für sie, dass sie von dem Zwang befreit, die Tür zu benutzen."
„Aber vielleicht möchte ich die Tür benutzen?"
„Dann wäre es immer noch von Vorteil, dass sie die freie Wahl haben. Ich denke, bei dem Wirbel, den sie erzeugt haben, wird man diese Pforte zur Vergangenheit sowieso schließen. Wer will sich schon mit einer Horde verwirrter Menschen aus dem 20.Jahrhundert abgeben? Ich glaube, sie haben da in dieser anderen Welt ein Problem gehabt."
„Können sie mir vielleicht auch mein Gedächtnis wiedergeben?"

„So weit bin ich noch nicht, Paul. Ich weiß auch nicht, ob das für sie jetzt gut ist."
„Am Besten der Dreierpack: keinen Zwang mehr,

mein Gedächtnis und die Unsterblichkeit."
Nachdem sie mir ihr Serum verabreicht hat, stelle ich fest, dass ich gar keine Lust mehr darauf habe, sie in einem der Simulatoren zu treffen und sie dort zu beißen. Ich schaue ihren bezaubernden Hals an. Ja küssen könnte ich ihn, aber beißen?
„Ich fürchte, Ärztin, du hast mich durch dein Serum irgendwie kastriert oder impotent gemacht,"
Sie lächelt und guckt fragend, dann sagt sie:
„Bin ich nicht mehr anziehend für dich?"
„Nun ja, ich will sie nicht mehr beißen."
Es stellte sich tatsächlich raus, dass die Vampirrolle mir nichts mehr sagte, stattdessen habe ich einige simulierte Städte aufgesucht. Es gab keinen Drang mehr zurück in die Vergangenheit und das bedeutete für mich ein völlig neues Leben in der Obersten Zeith, in dieser dekadenten Zeit mit all ihren Möglichkeiten. Die Tür, die Pforte zur Vergangenheit blieb verschlossen.

—